雨后梅前

〔日〕永井荷风————著

潘郁灵————译

中国出版集团 现代出版社

图书在版编目（CIP）数据

梅雨前后 /（日）永井荷风著；潘郁灵译. —北京：
现代出版社，2021.5
ISBN 978-7-5143-8982-1

Ⅰ. ①梅… Ⅱ. ①永…②潘… Ⅲ. ①中篇小说—小说集—日本—现代
②短篇小说—小说集—日本—现代 Ⅳ. ①I313.45

中国版本图书馆CIP数据核字（2021）第017002号

梅雨前后

作　　者：［日］永井荷风
译　　者：潘郁灵
责任编辑：曾雪梅　朱文婷
出版发行：现代出版社
通信地址：北京市安定门外安华里504号
邮政编码：100011
电　　话：010-64267325　64245264（兼传真）
网　　址：www.1980xd.com
电子邮箱：xiandai@cnpitc.com.cn
印　　刷：三河市中晟雅豪印务有限公司

开　　本：880mm×1230mm　1/32
印　　张：9.75
字　　数：183千字
版　　次：2021年5月第1版
印　　次：2021年5月第1次印刷
书　　号：ISBN 978-7-5143-8982-1
定　　价：49.80元

目录

梅雨前后　/　001

散柳窗的晚霞　/　129

背阴之花　/　183

某夜　/　265

羊羹　/　277

永井荷风年谱　/　288

梅雨前后

一

　　君江是一家咖啡馆的女招待，她每日只需在下午三点到达位于银座大街的咖啡馆。这天她从市谷本村町的出租屋出门，沿着护城河悠闲地走到见附外车站后，坐上一辆前往日比谷站的公共汽车。下车后，她在铁路高架桥前拐入一条小巷。这是一条颇具乡村风情的巷子，挂着店旗的小餐馆随处可见。君江走进了一家租来的店铺，店门口的玻璃窗上挂着"周易占卜金龟堂"七个烫金大字，很显然，这是一家占卜屋。

　　君江觉得自己从去年年底起就一直霉运不断。先是跟两三个女同事一去起歌舞伎座①看演出回来时，她披着的海豹皮大衣和里面成套的大岛羽织、小袖，甚至贴身的长襦袢都被人划了一道长长的裂痕，一直延续到了袖口。不久后，她又发现自己的珍珠玳瑁梳不知在何处竟被人拿走了。起初以为这些不过

━━━━━━━━━━━━━
①歌舞伎座，日本用于歌舞伎演出的剧场。

是小偷所为，直到壁橱里出现一只死猫，她才开始怀疑这些或许都是来自仇家的恶作剧。虽然自己这些年的生活不怎么检点，但左思右想也没能想出有过招人记恨的行径来。一开始虽然觉得有些不可思议，但也未放在心上，直到那家总爱报道银座附近餐馆和咖啡馆的女招待绯闻的报纸——《街巷新闻》上刊登的一则理应无人知晓的新闻进入她的视线，这才意识到事态的严重性，于是决定听从他人的建议，姑且找个算命先生算上一卦。

《街巷新闻》上的报道倒也不算是对君江的诽谤或者中伤，反倒是毫不吝啬地对她的美貌大加赞美，唯一令人疑惑的只有一段话："君江小姐的大腿内侧自小就长有一颗黑痣，这颗黑痣预示着她成年后必将从事色情行业。果不其然，她成为女招待后，大腿内侧的黑痣不知何时起增加到了三个，对此她感到亦喜亦忧，因为她觉得这意味着自己会拥有三个常客。"君江看到这篇报道的时候心里很是不舒服，甚至可以说是厌恶。她的大腿内侧确实如报道所说的那样，起初只是一颗黑痣，如今已经长成了三颗，这一点不可否认。去年春天起，君江找了一份女招待的工作，在上野池之端的咖啡馆待了没多久后就去了银座，也就是在那段时间发现了自己大腿内侧黑痣数量的变化。然而知道这一秘密的应该只有两个人：一个是姓松崎的好色老头儿，自从自己做了女招待后就一直跟他保持着暧昧的关系；另一个则是一位名为清冈进的文学家，自从来到上野工作后，自己和他的绯闻就不曾断过。黑痣的位置就连自己的亲兄弟也未必清楚，哪怕是澡堂掌柜也未必会注意到这个部位，但为何竟被一个小报记者知道了？君江不由得又联想起去年发生的一系列诡异事件，总觉得还有更大的陷阱在前方等待着自己。长这么大却连一根签都没抽过的无神论者君江，此时突然觉得是该好好找个大师算一卦了。

这家占卜屋面积不大，位于一所公寓内。里面坐着的算命先生看上去约莫四十岁，脸上干干净净的，不见一丝胡楂，鼻梁上架着一副玳瑁粗框眼镜。他正倚着桌子等待客人的光临，乍一看倒像是个医生或者律师。透过那扇上方悬挂着"天佑平八郎书"匾额的玻璃窗，可以看见一辆辆省际电车疾驰而过。屋内的墙上贴着一张日本地图和一张世界地图，桌旁的书架上整整齐齐地码放着一些外国书籍和装帧收藏的日本书籍。

君江脱下身上的薄披肩后拿在手中，并在算命先生示意的那把椅子上坐下。一身西服的算命先生坐在旋转座椅上，合上桌上的书，扭了扭腰身转向君江，旋即挤出一道职业性的笑容问道：

"阁下到此，是问姻缘，还是测吉凶呢？"

"我不问姻缘。"君江低头说道。

"那我先看看您的整体运势吧。"这位算命先生露出一副如妇科医生般的神情，努力用拉家常的语气和君江聊着，希望借此让她放松下来，"这些年算命，也遇上了不少有意思的事情，接触到的客人也是形形色色。有些人甚至习惯于上班前顺路过来算上一卦，测测当天的运道。不过呢，算卦这种事不可能百分之百灵验，哪怕今天算出来的是凶卦，也不用太过在意。那么，请先告诉我您的年岁吧。"

"我今年正好本命年。"

"也就是鼠年了，那您的生日呢？"

"五月三日。"

"哦，鼠年五月三日生人。"算命先生马上拿起卦签，一边小声地重复着君江的生辰，一边把算木摆到了桌上，"照您的生年来看，应的是离中断之卦，跟您解释卦象想必您也未必能听懂，还是简单跟您说说我能想到的事情吧。一般说来，这一卦象对应之人，无论男女都将六亲不靠，孑然一身。再说您的生辰，当是游魂巽风之卦，此卦象对应之人可能会遭遇一些异常之事，但最终都会逐渐散去，不留痕迹。从卦象来看，您现在遇到的那些不可思议之事都是暂时的，最终都会慢慢平息的。这就好比暴风过后，虽然不会立刻恢复如常，但随着时间的流逝，一切终将回归平静。现在的您，就处在这个恢复平静的过程中。"

君江摆弄着刚刚放在膝上的披肩，眼神凝滞地看着面前的算命先生，他刚刚的话并非全都是信口雌黄。想到发生在自己身上的某些事还是如他所言，心情低落的君江又再次垂下了眼帘。所谓的异常之事，想必就是指当时自己不顾父母的阻拦，一意孤行要来东京，最终找了一份女招待的工作吧。

君江之所以要离家上京，主要就是被父母等亲戚孜孜不倦的说亲举动闹得不胜其烦。她出生在埼玉县的丸圆町，距离上野车站只有两个小时的车程，家里经营着一家特产点心店。君江有一个特别要好的小学同学，名叫京子，在牛込做了大约一年时间的艺伎后便被赎身做了外宅。不愿嫁给农民为妻的君江逃出家乡后便躲到了闺密京子的家中。其间也被老家找来的亲戚强行带回去过两三次，但无一例外地都被她顺利逃脱。如此反复几次后，父母也就歇了逼她结婚的心思，索性遂了她的心愿，让她找一份银行或者公司里的文员工作。

在京子的金主川岛先生的帮助下，君江很快进了一家保险公司上班，但所谓的上班不过只是当初敷衍父母的一个借口而已，所以不到半年就辞职不干了，整日里住在京子的家中无所事事。后来京子的那位金主因为挪用公款而突然被捕，无以为继的京子只好重操旧业，把艺伎时代的一些常客又带回家中，实在缺钱的时候还会去一些相熟的艺伎茶屋或是婚介所，日子倒也过得十分滋润。潜移默化之下，君江也开始向往这种无忧无虑的生活，便决定加入京子。但这种行当毕竟上不得台面，时刻都有被抓的风险，所以京子还是想重返艺伎的舞台。对艺伎生活十分好奇的君江原本也打算体验一番，后来听说从事艺伎工作还得拿到从业资格证，而申请资格证的时候，当地的警署会到申请人的老家询问情况，无奈之下只好放弃，便找了现在这份女招待的工作。

君江无须像京子那样定期向家里寄钱，而且她一个乡村长大的姑娘本就对流行服饰无甚兴趣；至于戏剧或电影，若无人邀请也是不会主动去看的。日常的兴趣爱好大概也就剩下偶尔在电车里看看小说了吧。所以只要赚够房租和头饰的开销，倒也无须向男人索取生活费。没有金钱要求又听男人话的君江虽然一直都过着淫恣的生活，但要说跟谁结怨，那也是不太可能的。想到这里，她开口问了一句：

"所以我现在倒也无须过多担心，对吗？"

"不知你健康状况如何。如果现在身体无恙，那么最近一段时间是没有病痛之忧的。您现在的状态还不是我刚刚所说的暴风雨后的平静，而是有些萎靡不振。或许连您自己都没有意识到内心的那种不安与焦虑吧。不过从卦象上看，您身上出现的异常情况正在逐渐消失，以后不会出现什么意外事件了。若有具体的担忧或者迷茫不妨告诉我，有针对性的占卜更准确。"算命先生说罢，便再次拿起了卦签。

"其实我确实有件事一直耿耿于怀。"君江提起话头，可又觉得黑痣的事情实在有些难以启齿，便换了一个说法道，"我觉得自己似乎被什么人误会了，只是我也不知道究竟是为了何事。"

"哦哦。"算命先生闭上眼，似乎在认真思考着什么，接着数了数卦签后重新摆好算木，说道，"原来如此。此卦中也有杯弓蛇影之意呀，看来应该是您多虑了。您担心的那件事应该根本不存在。这个卦象若用通俗的语言来解释，就是一幻一实。每个实物都会有影子，这是最正常不过的事情了，但有时也会出现相反的情况，就是先有影，后有实。这种情况下只需除影，便可实归。所以您若能平定思绪，摒除杂念，忧虑自然会随之消失的。"

君江不由得点头称是，一想到此前发生的种种"意外"不过是自己的胡乱猜测，便不由得释怀了许多。原本还想多问几句，但又担心问得太细容易暴露自己现在的职业，特别是两三年前自己和京子经常出入艺伎茶屋及婚介所的事情，更是不能让他知道。本想问问死猫或者丢梳子的事情，但再不去咖啡馆上班就该迟到了，只好先作罢。

"不好意思，请问我该付您多少钱呢？"君江说着便把手伸到腰间准备掏钱。

"问卦定价一日元，具体给多少您自己定。"

门忽然开了，两个身着西装的男人走进占卜屋，毫不客气地挨着君江坐了下来，而且她还注意到其中一位的眼神凌厉，看起来像是警察。于是君江目不斜视地站起来，甚至连声再见都没说便迅速开门离去。

走出那栋楼后，五月初的晴天让君江更是心情大好，日比谷公园到护城河一带在初夏的阳光下更显绿意盎然，不远处是几个衣着时尚的人，在等待电车的人群中尤其显眼。君江此时已经从高架桥下穿过，她抬起手腕看了看表，继续走向数寄屋桥边。这一带高楼林立，包括朝日报社在内的每一座大楼顶上都挂着宣传用的氢气球，正迎风翩翩起舞。就在君江驻足仰望空中的美景之时，背后突然传来了一声"君江"，随之而来的是一串急行的木屐声。君江扭头一看，迎面而来的是一名二十一二岁的女子。她叫松子，是去年在池之端 Luck 俱乐部工作时的同事，只是穿着打扮都比去年时尚许多。君江凭着经验试探性问道：

"松子，你也是去银座吗？"

"嗯，不是。"松子含糊地答道，"去年年底，我在 Alps 待了一段时间，就没再工作了。不过我还是想找个工作的，你知道五丁目有一家叫 Lenin 的酒吧吗？和我们在 Luck 一起工作过的丰子就在那边，所以我寻思着过去看看。"

"是吗？你还在 Alps 待过啊。我还真没听人说过。我从 Luck 出来后就一直在 Don Juan 上班了。"

"好像是今年的春天吧，我在 Alps 听店里的客人说过你的事。一直想去看你，也没时间。对了，听说老师最近也还好吧？"

君江觉得她口中的老师，指的必是小说家清冈进无疑，但毕竟和自己有往来的客人不在少数，其中的律师和医生也都可以被称作老师，于是她便含糊地回答道："嗯，据说最近一直在忙着报道还有电影的事儿呢。"

"哎，可不是。"不知松子是不是误会了，她深吸了一口气，似乎被君江的话所触动，"一到关键的时候，男人就会变得很无情。我也没少遇见这种事呀，所以，我这次一定要好好为自己打算一番。"

君江听罢，内心不由得暗笑，就松子这样的女孩，顶多也就交往过五到十个男朋友，居然还在这里大肆谈起经验来了，真是如井底之蛙般可笑。于是她故意压低了声音，用半是玩笑的语气说道："那位老师不仅有一位体面的夫人，更有女明星玲子红袖添香，像我这种女招待不过只是人家一时的玩物罢了。"

说话间，两人已经一起过了桥来到热闹的尾张町附近了。可是松子却丝毫不顾忌来往的人群，突然一脸正义地提高音量说道："可是，我听说正是因为听老师说他爱的是你，玲子小姐才会选择结婚的。难道不是吗？"

君江怎么也想不到松子居然会在大街上问她这个问题，惊讶之余连忙岔开了话题："松子，这事回头我再跟你细说吧。如果你有需要可以随时到 Don Juan 找我，店里正好在招人，要不我介绍你来吧。"

"那家店现在有多少人呢？"

"六十个，分为两组，每组三十人。打扫和收拾之类的粗活儿都由男人来做，所以我们的工作会比其他地方轻松很多。"

"一天轮几次班？"

"嗯，最近也就一天三次左右吧。"

"这样啊，那要是买点好看的衣服，就基本剩不下钱了。而且尝到坐汽车的甜头后，就会忍不住每晚都想坐的……"

君江向来不爱听这种婆婆妈妈的琐事，哪怕与自己无关也会觉得难以忍受。而且钱这种东西，她根本无须开口，自会有男人塞到她的手里。想到这里，她甚至懒得去看人群那边的松子，而是径直仰望前方的三越大厦，阳光的照耀让它显得更为光彩夺目，闪得她有些眼花。她随后便快步地穿过十字路口走向马路对面，但转念一想，又觉得自己的举动对松子似乎有些过分了，便回头看了看松子，发现她还站在原处，于是远远地弯了弯腰以示道别，随即一身轻松地消失在了人群中。

二

从松屋和服店向京桥方向走过两三家店铺后，就能看见一家占了四间门面的咖啡馆，店铺正中央是一道气势恢宏的拱门，门边画着个裸体女郎，女郎的手中捧着这家店的洋文招牌——"Don Juan"，画得十分精致。夜幕降临后招牌上的红色灯光便会亮起，这便是君江工作的咖啡馆。可类似的咖啡馆在这条街上比比皆是，放眼望去就连门面都毫无二致，若不仔细分辨，很容易就会走错。就连君江这个已经工作了一年多的"老员工"，都是以巷口的眼镜店和五金店为路标，才能顺利走入两店之间的那条小巷子。这条巷子很窄，勉强可容一人穿行其中，可里面却摆满了大大的垃圾箱。即使是冬日的寒风也阻挡不住漫天乱飞的苍蝇，黄鼠狼大小的老鼠更是肆无忌惮，不分昼夜地出没。一旦发现有人来了，老鼠们便会在巷子里乱窜，水坑里的积水被它们的长尾巴甩得到处都是。好在距离并不算远，君江捂着衣袖小心翼翼走上十步就能离开。走到隐约可见穿梭于巷内的其他人时，一扇冒着刺鼻的廉价食用油油烟的小门出现在眼前，钻进去便是灶虫遍地的后厨。脏乱差的后厨俨然一幢地震时的临时小屋，屋顶和墙体是用一整块生铁皮围成的，与面向银座的那个豪华正门相比简直就是天壤之别。简陋的后厨旁边架着一条很陡的楼梯，不用脱鞋便可以直接爬上去。二楼是一间十叠①大的房间，十四五面梳妆镜围绕在四周的墙上。君江到达时是下午的两点五十四五分，恰好是上午十一点上班的女招待们交接班的时间，所以不大的房间内坐得满满当当，再多

①叠，日本房间面积的计量单位，一叠即一块榻榻米面积，约为1.62平方米。

一个也塞不下了。每面镜子前都挤着两三个抻长了脖子的女人，或是继续给本就已涂得很白的脸敷粉，或是整理着头上的发髻，或是站着换衣服，或是盘腿坐着换短布袜。

君江脱下身上的竖纹短外套，并把它和披肩一起放在包袱皮中包好。然后在走廊出口的衣帽架上找到贴着自己名字的空位，放入手中的包袱皮。接着一边用粉扑在鼻尖上补着妆，一边沿着走廊向前走去，穿过食品储存室后便看见从二楼迎面走来的春代。两人下班后都往四谷方向，所以她自然成了六十个同事中与自己关系最亲密之人。

"阿春，昨晚你可是爽约了哦，一会儿你得请我吃饭才行。"

"爽约的人是你吧。我昨晚等了你好久呢。今晚一起走吧，这样划算一些。"

君江一走到二楼的外面，就听到楼下看鞋男童的不停喊叫声："君江姐姐，有你的电话。"

"来啦。"君江大声回应道，嘴里一边小声嘀咕着"谁呀，真够讨厌的"，一边快速穿过桌子和盆栽后走下楼。

楼下是一间十分宽敞的房间，与面向银座的正门之间隔着一扇彩色玻璃门。三四十坪①大小的房间内，左右两侧的桌椅间以屏风阻隔成一个个卡座，从天花板上的吊灯到下方的桌椅板凳全都用假花或盆栽进行装饰，有些地方甚至还夸张地摆放了

①坪，日本面积单位，一坪约为 3.3057 平方米，为两块榻榻米的面积。

舞台上用的成片人造草丛。整个房间看起来不仅拥挤，还显得不伦不类。最靠里面的角落中摆着一个酒架，整齐地陈列着一瓶瓶洋酒。墙上挂着巨大的摆钟，摆钟下方是一个收银台，旁边的玻璃门里放着一部电话。君江朝着电话房走去，一路上微笑着和每一个路过的人打招呼。"您好，请问您是哪位？"她接起电话后问道，结果对方找的并不是她，而是一位名叫清子的女招待。

君江用指尖推开电话房门后大声喊了一句："清子，你的电话！"接着又转身看了看四周，此时正是中午，店里只有两拨客人，七八个女招待正围绕在客人身边。她透过绿叶的缝隙寻找清子的身影，却并未找到。这时不知哪里传来了一句："清子上的是早班吧。"她如实转述给对方后便推开玻璃门走了出去。

"君江小姐……"一个男声叫住了她，循声望去，那是一名身穿西装、身形清瘦的中年男子，此时正斜身倚靠在收银台上，"占卜的结果如何？"

"刚刚去算过了。"

"然后呢？果然还是与男人有关吧？"

"要真是那样，我又何必找人算命呢？我现在哪还有什么男人缘啊，小松先生，我现在可是心如死灰啊！"

"啊……就连君江小姐都……"君江的话让面前这名四十岁左右、姓小松的男子不禁笑了起来，他圆脸上的细长眼睛旁也爬上了细纹。小松目前在神田的一家舞厅当会计，每天傍晚六点上班之前，他一定会先到几家相熟的咖啡馆里转转，帮女招待们解决一下租房的问题，或是帮忙典当一些东西，或是帮着取戏票，等等，总之无论大事小忙都会尽心竭力，至于回报嘛，那些女孩们笑容灿烂地小松先生长小松先生短地叫着，就足够他受用了。他虽然在各家咖啡馆里的人缘都很好，但从不在店里消费。有传言说他过去在歌舞伎座为艺伎弹奏，也有说他曾做过艺伎的随从。君江便是从他的口中听说了日比谷的那位算命先生。

"君江小姐，到底怎么了？那个算命先生没给你什么提示吗？"

"嗯……他倒是说了很多，但听完他的话我更糊涂了。后来我也没多问了。"

"那怎么行呢。君江小姐怎么总是这样大大咧咧啊！"

"白白浪费了一日元。"小松这么一说，君江这才意识到自己根本就没听懂那位算命先生说了什么，而且自己也根本就没认真问过什么。真该好好问问自己最近的那些烦心事。

"不过小松先生，我最近也没遭遇什么特别的事，能想到的也就只有那些了。虽然他跟我说了很多，但我就觉得'完全听不懂'啊。真的是一点都没听懂。那好歹也是我有生之年第一次算命吧，没问出什么结果总是不甘心的。不过算命这种事，是不是得会问才行啊？"

“我只听说过要会算的，倒从未听过还要会问。”

“但是我们去看医生的时候，不是也要先描述自己的症状吗？所以我觉得算命也是一样的吧。”

说话间，从外面的楼梯走下一名三十出头的丰满女子，叫蝶子。蝶子来到收银台边，递过一张十日元的纸币说了一句“请结账”后，就对着墙上的镜子整理起和服的半襟，口中说道：

“君江，你去二楼看看矢先生吧。他真是吵得不行。”

“刚刚我遇见他了，只是还没到我上班的时间，就先下来了。我听说他曾经是辰子的金主，真的吗？”

“对呀。后来辰子就被日活的吉先生给包了嘛。”收银的女店员一边说着，一边把小票和找零递了过来。这时，酒吧的镜子里出现了店主池田和男助理竹下的身影，只见他们正从收银台通往厨房的那道小门走过来。蝶子和君江都不想跟他们打招呼，便假装没看见，迅速走上二楼。池田五十多岁，长着一嘴龅牙，身形十分消瘦。据说他是阪神大地震那段时期从南美的殖民地回国发展的，用自己多年的积蓄在东京、大阪和神户三地开了多家咖啡馆，至今为止还都处于盈利状态。

上了二楼后，蝶子将找零递给了坐在墙边的两位客人。君江则走向了窗边，矢先生此刻正坐在那个可以眺望银座大街的好位置上。

“欢迎光临，矢先生，好久都没见您来了呢。”君江边走边向矢先生打着招呼。

"还真是恶人先告状啊。前几天我可是被人拉着听了好一顿炫耀呢，打从出生起还没这么丢脸过。"

"矢先生，人家有时候也是迫不得已嘛。"君江换上了一副撒娇的模样，拉过一把椅子坐在男子的身边，两人的膝盖都快碰到一起了。她径自从矢先生放在桌上的敷岛烟袋中抽出了一支，衔在口中，看上去十分亲密。

矢先生号称自己在赤坂溜池经营着一家汽车进口商会，有一段时间几乎天天中午都会来店里玩。因为那时女招待们都不用工作，他便时常请四五个店员工一起在店里吃晚饭。有时也会带艺伎来店里炫耀一番。他大约四十岁，平日里高调到让人讨厌，比如摘下戴在手指上的两枚钻戒，然后开始"非常耐心"地教店里的女孩们如何鉴别钻石、如何判断价格等，但胜在舍得花钱，所以女招待们还是争先恐后地想要和他交往。君江已经接受过两三次他的戏票了，休息的时候矢先生还会带她到和服店里买几件羽织和半襟，再邀请她一起吃饭。既然收了人家那么多的东西，再拒绝也未免有些太过无情了，所以对他刚刚那番挖苦，君江觉得干脆和他打开天窗说亮话，遮遮掩掩的反倒麻烦。矢先生用一副笑脸掩藏着内心的愤怒。

"我还真是挺羡慕那个浑蛋的。"他用一种玩笑般的口气对着围在桌边的阿民、春江和定子等三四个女招待说道，"人家说这两个人可亲密了，大街上还难分难舍地牵着手呢，我还真是被炫耀了一脸了。"

"哎呀，不是吧，要真到了这么难舍难分的地步，我看去的可就不是戏院了吧。谁知道是不是去了什么别的地方啊。"

"真是浑蛋！"矢先生一把掀翻了原来放在桌边的汽水瓶，怒气冲冲的样子仿佛下一刻就要出手伤人，吓得四五个女招待惊叫着从椅子上跳开，有的人不仅捂紧了自己的长袖，还撩起了裙摆以防从桌上流下的汽水溅到自己的衣服上。君江深知这场闹剧皆是因自己而起，只得起身拿来了抹布，用嘴咬着衣袖擦干桌上的水渍。就在此时，又有两三个客人上了二楼。"欢迎光临。"年长的蝶子连忙开口迎客，可还没等她询问客人的需求，那边已经先一步开口："今天谁当值？""是君江吧。"不知是谁应了一句。"来了……"君江回答着，把手中的抹布往盆栽的土上顺势一丢，连忙向新来的客人一路小跑。

两位客人都留着胡子，看上去五十岁左右，举止间颇有绅士风度，手里都拿着购物纸包，似乎刚去过和服店或者三越一带。他们只点了一杯红茶便认真地谈论起来，其间看也没看过君江一眼。君江很喜欢这样省心的客人，于是独自退到墙边的卡座坐下休息。那是闲下来的女招待们经常聚集的角落，桌子上摆着一袋一袋的葛羊羹、盐煎饼、花生米等零食，以及胡乱地堆在一起的报纸杂志，女孩们总喜欢用指尖拈起零食丢入口中。

没事干的时候，女孩们净聊些电影海报或者朋友间的八卦，时间长了难免也会觉得无趣。偶尔犯困，却又不能在上班时间睡觉，所以全是一副无所事事消磨时间的懒散模样。一个坐在角落里随手翻看杂志图片的女孩突然说了一句：

"哇，这是清冈老师的太太啊，真是好看啊。"

一番话惹得正在卡座里休息的女孩们都抻长了脖子想要一探究竟。就连正在和嘴里的葛羊羹做斗争的君江也立刻探身说道：

"哪个哪个？快给我瞧瞧，我还没见过他太太呢。"

"来，慢慢看。"女孩递过手里的杂志，指着插图道。照片中是一名坐在连廊上的端庄女子，旁边还配有几行文字——"名士之家""小说家清冈进先生的太太鹤子夫人"。

"君江，你怎么还能这么淡定啊。要是我的话，吃了她的心都有。"说话的女子名叫铁子，嫁给一名牙医后，迫于生计做了女招待。此时她正用一颗花生米恶狠狠地戳着杂志上的那张照片。

"你呀，怎么醋劲这么大？"反倒是君江被她的话吓了一跳，回过头来看着她说，"这有什么关系呀，太太就太太呗，没什么好在意的。"

"君江真是想得开啊。"百合子附和道，她是从舞厅辞职后来到这家咖啡馆工作的。

"不管怎么说，最幸福的当属清冈老师了，有个正房美人，还有个名头在银座响当当的女招待相伴……"琉璃子也忍不住插了一句,她以前在一家理发店里为客人梳头。

"什么响当当啊,你们别胡说八道了!"君江佯怒地倏然起身,走向刚刚被自己冷落在一旁的汽车进口商会经理矢田。其他的女招待们自然也知道她不是真的恼了,只是略带担心地望着她离去的背影。特别是琉璃子,以前在理发店工作的时候曾做过私娼接过客,其间也和君江交谈过一两次。后来两人偶然在这家咖啡馆相遇,不过也都非常默契地为对方保守秘密,也因此两人之间无论怎么开玩笑,彼此都不会真的生气。此时,一阵类似敲桌子的声音传来,大家纷纷确认是不是自己负责的客人发出的响声。就在这时,琉璃子从对面墙上的镜子内看到一个身着西装的男子走上了二楼,于是她小声地对大家说:"呀,是清冈老师。"

"老师,您刚刚打喷嚏了吗?"和君江最为亲密的春代最先走上前去挽着清冈的袖子说道,"那边的卡座可以吗?"说话间已经领着清冈走向设在角落的不显眼的卡座了。善解人意的春代担心矢田来者不善,若是遇上清冈可就糟糕了,便在位置的安排上花了些心思。

"走过来还真是够热的,给我来点黑啤吧。"清冈今天穿着一件双排扣的普通西装,颈部扎着蝴蝶状领结,坐下后便从怀中取出最新的杂志和报纸,并将它们塞入桌子底下的隔板里,接着将头上那顶深灰礼帽挂在人造花的花枝上。清冈三十五六岁，鼻尖和下巴都长得特别突出，眼珠的颜色偏白，面庞虽大却两颊凹陷，看起来就更显神经质了。可他偏又留着长长的头发，看似随意地扎在脑后，但细心观察就不难发现隐藏于这份"随意"背后的刻意了。他在人前永远保持着一副新时代艺术家的形象，如同从电影海报里走来那般亮眼。清冈的父亲是一位汉学家，而他在仙台当地某所大学内的成绩也只是差强人意罢了，虽然毕业后走上了文学这条路，但直到三四年前为止都没写出过一部能够登上月旦评的作品来。后来不知怎么就一飞冲天了。他以曲亭马琴的小说《梦想兵卫蝴蝶物语》为底本，将原著中的风筝改为飞机后创作的通俗小说，改题为《他将飞向世界》，主要反映了现代社会中的世间万象，并被连载于某份报纸上。没承想这本小说竟大受欢迎，还被改编成了年轻演员们的新剧目和电影。他本人也因此而声名大噪，从此邀约不断，几乎所有的杂志和报纸上都会出现他的名字。

"这也是您的书吧。"春代很随意地拿起桌上一本书，看着封面问道，"不过还没拍成电影吧？"

清冈故意装作不耐烦地说："阿春，你帮我打个电话给《丸圆新闻》编辑部，问问村冈是不是在那里，就是京桥的某某号。要是在，就让他马上过来一趟。"

"是之前那位村冈先生吧？"

"是。"

"京桥的某某号对吧？"春代记下后便转身离去了。随后当值的定子端来了黑啤和一碟花生米，一边为清冈倒酒一边说："老师的小说唤起了我内心深处的记忆。那时候我刚进蒲田，还是一个微不足道的龙套。"

"你在蒲田待过？"清冈单手执杯，歪着头问定子，"那为什么后来又不干了呢？"

"嗯，因为看不到未来啊。"

"你的脸还真适合演电影，我是说真的。是不是不肯听导演的话？无论多么优秀的女人总还是需要有个男人做靠山的，你看那些畅销书女作家，哪个没些背景的。"

这时君江走过来了，嘴里还叼着根烟，她安安静静地坐到清冈的身旁。春代正好打完电话回来了，告知结果后便一起坐了下来。

"老师，请我们吃点东西吧。阿君来点什么？"

"我喝这个就可以了。"君江说着便拿起了清冈喝剩的那杯黑啤。

"啧啧啧，你们还真亲昵。春代，要不我们来一份鸡肉饭之类的？"定子从腰间取出点餐本，写下要点的食物后起身离去。

不知不觉间，窗外的夕阳也已落下了地平线，留声机的音乐从楼下传来，告诉所有人此刻已是五点半。三点后休息的女招待们开始补妆上班，整间咖啡馆都在电灯的照耀下进入夜晚的世界。窗外的夏日余晖虽未完全消失，窗内却早已披上了夜的霓裳。

三

君江和春代下班后都是前往四谷方向，所以基本每晚都会在数寄屋桥附近同乘一日元出租车[①]。但银座大街上人来人往，还有些从咖啡馆出来后到处游荡的醉汉，两个女孩在这种环境下就会显得特别惹眼，所以她们宁可多走几步再拦出租车。上车前再跟司机讲讲价，一般三十钱[②]就能成交。可是那天晚上她们走过了数寄屋桥，甚至穿过高架桥一直走到日比谷的十字路口附近，都没能遇到一辆愿意三十钱载她们走的出租车。气得春代直喊："好过分啊，是看不起我们吗？我还以为他会停下来呢，结果又走了。"

"没关系啦！散会儿步不也挺好吗？正好有些喝多了。"

"夏天真的来到了！你看护城河那边，像不像剧场舞台后面的那块幕布？"

---

①一日元出租车，大正、昭和时期特有的一种出租车，定价一日元，只在指定区域行驶。
②钱，日本旧时货币单位，一日元等于一百钱。

日比谷的十字路口处聚集了许多等电车的人。

"要不今晚省点钱坐电车吧。"

就在她们走过十字路口，沿着宽敞的人行道走向铁轨时，突然从旁边蹿出一个穿着西装的男人拦住了她们的去路。二人吓了一跳，发现竟是下午来过咖啡馆的那位戴钻戒的矢田先生。

"您可真是够悠闲的，刚刚是不是去哪儿喝酒了？"

"我送你们吧！"矢田说着便伸出手来准备拦辆一日元出租车。

"我坐电车就可以了。跟顾客一起坐出租车会被说闲话的。"春代下意识地想要躲开，矢田想必早就听多了这种借口，便回答道："那是在银座大街吧，这里能有什么事？你放心，我保证没问题。"

"我看您不如也省点钱坐电车吧？"正好一辆红色的电车开来，君江说完便拔腿跑向电车，连句话都没顾上说的矢田只好紧跟二人登上了那辆开往新宿的电车。

电车里的人少得出乎意料，除了他们三个还有三个其他店里的陌生女招待，以及五六个男人，无一例外都在闭眼打盹儿。电车开过半藏门到达四谷见附^①前，矢田都安安静静地坐着，就像和她们不认识似的。直到看到君江准备先下车时，他才快速跟上来说：

---

① 见附，即城外郭，是为了警戒监视外敌入侵、攻击而设立的城门。江户城沿着外濠与内濠建造了三十六个见附，包括赤坂见附等。

"君江小姐，已经没有换乘的车了，不如叫辆出租车吧？"

"不用，前面就到了。"君江沿着寂静无人的护城河向本村町走去。一路上也不乏奔驰而过的一日元出租车，看到走在路上的两个人时，有的司机从车窗里伸出手来告诉他们车费可以打折，有的则探出满是泥垢的笑脸打趣他们。矢田一步不落地跟在后面恳求着：

"君江小姐，你今晚一定要回家吗？不能陪我一晚吗？呃，君江小姐，要是一晚不行的话，那就一个小时，哪怕三十分钟也行啊。或者听我说完马上就走也行，求你陪我一会儿吧。我不会为难你的，今晚一定会让你回家。"

"已经很晚了。再不走，我就回不去了。而且我明天还要上早班呢。"

"就算是早班，也是十一点才开始的不是吗？你看我们现在这样也是浪费时间。就在这里好好谈谈行吗？或者我们去荒木町，要不牛込怎么样？"矢田紧紧地握着君江的手，怎么也不肯放开。

随着河堤地势的逐渐走低，夜空也变得越发开阔。站在市谷远眺牛込，薄薄的青雾将护城河两岸的河堤和树木紧紧地拥在怀里，似给整条护城河披上了一件朦胧的外衣。深夜的微风吹来了青涩的米槠花香和野草清香，偶尔还会从松树高耸的护城河对岸的空中传来苍鸽的啼声。

"啊,真像一处宁静的村庄啊!"君江望着天空感叹道。

矢田连忙趁机劝道:"要不我们找个安静的地方吧?你就为了我牺牲一个晚上吧!"

"矢先生,如果我们今晚这个样子被人看到了,你就为我冒充成那个人吧。其实,我也不打算继续在那家咖啡馆干下去了。"君江继续静静地往前走,只是身体故意靠近了矢田几分,想要借此试探他。在决定要不要跟他走之前,她得先看清面前的男人究竟是否舍得为自己花钱。

"那个人?你说的是之前跟你一起去邦乐座的那个人吗?"

"不是……"君江说到一半突然意识到自己说漏嘴了,赶紧慌乱地改口道,"对,就是那个人。"上次和自己一起去邦乐座的那个人既不是自己的金主也不是恋人,只是和眼前这位矢田先生一样逢场作戏的客人罢了。

"啊……原来那个人就是你的金主!"矢田一脸认真地说着,"可是你如果一直都是跟他在一起,现在又突然要离开,是不是不太妥当啊?我也不想因此而得罪人啊!"

君江好不容易才忍住笑:"所以,我才说万一嘛。要是被人看到就麻烦了,所以今晚的事一定要保密。"

"这你就放心吧,有事我担着。"矢田一想到今晚君江将只属于自己一个人就按捺不住内心的狂喜。正好此时护城河畔空无人烟,他激动地抱住君江,在她的脸上亲了一口。

不知不觉间，本村町的电车停车场已经被他们甩到了身后，他们正站在一个被高乐松的繁茂枝叶覆盖的斜坡上。市谷站停车场和八幡前值班岗亭的灯光照亮了前方的夜空。

"那个值班岗亭麻烦得很，时间稍晚些路过就会被反复询问，我看我们还是坐车走吧。"

早已急不可耐的矢田看了看四周，发现居然连一辆出租车都叫不到，二人只好站在原地。

"我家就在前面那条小路上，拐角处有个药店，屋顶上整夜都会亮着写有'仁丹'的广告灯，特别好认。你在这里等我，我回去放下东西就出来。"

"真的吗？你该不会骗我吧？"

"我没那么不守信用。你要是不放心就跟我一起过去吧。因为楼下的阿姨要等我到家了才会锁门。"

从那棵高乐松的位置再往下走五六户人家，然后拐进一条巷子后，狭窄的道路瞬间截断了此前一览无余的护城河，让人有种突然被捏住鼻子般的压迫感。杂乱无章的低矮房屋，破烂不堪的小门、绿篱和竹篱笆等在巷子两侧交错，看起来就像是个贫民窟。君江走到前面那家鱼店后说了一句"请在这里等我"，便径直走入旁边的巷子里。矢田差点就要拔腿跟上，可又怕君江生气，只得站在原地抻长脖子努力地观察着漆黑巷子里的情形，直到听到一扇貌似老旧小门发出的吱呀声，这才终于放下心来。但他又忍不住想看看里面发生了什么，便一点一点地往巷子那头挪过去，突然脚下一软，像是踩进了积水的淤泥中似的，吓得他立刻后退，连忙借着鱼店屋檐上的灯光，在一旁的沙砾和脏水沟盖上蹭皮鞋上的淤泥。没过多久君江就出来了。

"哎呀，怎么了这是？"

"没事没事，就是这路也太差了，好像满地都是猫粪狗粪吧，臭死了。"

"所以我才让你在外面等着不是吗？你身上真的好臭！"君江说着就从他身边躲开，"我还穿着草屐呢，那些东西要是沾到袜子上就麻烦了。"

矢田一路边走边在沙地上蹭着自己的皮鞋，走到护城河畔时刚好在拐角的一户人家门前看到了摞成小山的柴火和炭包，这才算是彻底拯救了自己的鞋底。就在矢田终于把鞋底的污垢清理干净时，一辆出租车自动地停在了他们的眼前。

"去神乐坂，五十钱。"矢田拉起君江的手便钻进了车里，"我们在斜坡那里下车，然后走一段路好吗？"

"好哇！"

"我也不知为什么，今晚特别想和你彻夜散步。"矢田伸出手，轻轻地将君江拉进怀里。君江也乖巧地依偎着他，明知故问道：

"矢先生，我们到底要去哪里呀？"

矢田想，她这一定是在装糊涂，不过人不可貌相，虽然君江看似见惯风月场的女人，但自己毕竟不了解她的过往，或许她的内心依旧纯洁。自己还是单纯把她当作温顺的女招待来对待为好。于是他在君江的耳畔轻轻地回答道："我们去艺伎茶屋。没问题的吧？已经很晚了，我直接带你去一家我认识的店吧。当然，如果君江小姐有推荐的地方，我们也可以直接去的。"

君江一时语塞，便随口答道："没关系的，我去哪儿都行。"

"那我们在斜坡下车，我知道尾泽咖啡馆后面有一家不错的店，很安静。"

君江顺从地点了点头，继而看向窗外。短暂的沉默后，车子停在了神乐坂。所有的商店都已经打烊，就连营业到深夜的路边摊也已散去，留下散落一地的纸屑等垃圾。原本热闹的街上此刻寂静无比，只剩下零星的几处小酒摊。街上的汽车正努力躲避摇摇晃晃的醉汉们，偶尔还能看见几位穿梭于小巷间的艺伎们。走到毗沙门小社时，矢田停下脚步望着对面的巷口说：

"就在里面。这里有水坑，小心你的草屐。"

这条铺着小石子的狭窄小巷容不下两人并行，可若是让君江跟在自己身后，又不免担心她会逃跑，所以矢田宁愿忍受着肩膀胳膊不断与墙板摩擦，也要努力侧身与君江并行。不多久，巷子的尽头出现了一座小庙，看起来像是一处稻荷神社。前方的道路在一处低矮的石墙下分成四个方向，两人沿着面前的石阶继续往下走，寂静的空气中突然传来了一阵嗒嗒嗒的木屐声，迎面走来了一名提着裙摆前行的艺伎。两个人自觉地将身子侧开几分为她让路。女子的发髻明显已经松散开来，行走的姿态也毫无端庄可言，让人不禁生出许多遐想。夜深人静的小路，带有几分香艳气息的艺伎——如此暧昧的画面别说矢田了，就连君江也不禁心神荡漾了起来，传说中的花柳巷果然名不虚传啊。君江不禁停下脚步，着了迷似的目送艺伎越走越远。艺伎并不知道身后发生的这一切，在稻荷神社前的拐角处左转，打开小门钻进了一家艺伎茶屋。里面传出一声神采飞扬的"妈妈桑，我没迟到吧？"与此前的疲惫模样真是判若两人。

听到她的这句话后，君江对矢田说道："矢先生，我之前也想过做艺伎，很认真地想过这个问题。"

"是吗？"矢田一脸惊讶，正想再问她两句却发现已经到达目的地了。大门紧闭，里面似乎还有人声，于是矢田边敲门边喊道："有人吗，有人吗？"话音刚落就传来了一阵玻璃门的开门声以及木屐的声响。

"哪位啊？"一个女声响起。

"是我，矢田。"

"哎呀，是您来了呀！"老板娘打开门，一看门口还站着君江，立刻换了一种语气，"哎呀，快请进快请进。"

在老板娘的指引下，二人穿过走廊，眼前出现了一扇杉木门，似乎是厕所，不远处是一座瓦塔①，只见老板娘推开瓦塔前的那扇门，带着他们进入里面那间四叠大的房间。屋内的酒香还未散去，空气中弥漫着浓浓的烟味，紫檀桌的缝隙中还夹着一两颗煎豆，大概前面的客人也刚离开不久。老板娘从角落的坐垫堆中抽出一块，对着二人说道："真不好意思，我也是刚刚大致收拾完这里，马上为二位重新打扫干净。"

"你的生意可真好。"

"没有没有，还是老样子！"老板娘起身去准备迎客茶点。

"要不要开点窗？"

"真是挺闷的呢。"君江跪着爬到窗边打开了格子窗，走廊外的庭院中挂着许多灯笼，点缀着墨一般的夜空。

"哇，好美啊，就像戏里演的那样。"

"跟咖啡馆真是完全不一样的世界啊。是不是感受到了浓郁的江户气息？"矢田把双脚伸到门口的脚踏石上，点燃了一根烟。

透过院子里的树木，君江看到隔壁二楼窗子的竹帘上映出了一个女人的身影。女子梳着岛田髻，正站着除去身上的和服。君江扯了扯矢田的袖子，那个香艳的身影却已如天上的云朵般飘散而逝，只传来几句微弱的说话声。矢田似乎对此毫无察觉，此刻他已经脱下了西装的上衣，脖子上的领带也已松开，双脚

---

①瓦塔，奈良至平安时代的一种塔，模拟木造塔形态，主要用于烧制物品。

依旧搭在那块踏脚石上。君江则依旧望着隔壁的烛光发呆，直到老板娘端上了茶水，然后又送来了浴衣。君江的脑海中不由得浮现出了初次被带入艺伎茶屋时的场景。只是当时来的不是牛込，而是一家位于大森的茶屋。那一夜，自己也是和一个男人坐在走廊上等着老板娘，院中的枝叶缝隙中也透出了对面二楼的烛影摇曳，一切的一切都是那么相似，就如同穿越了时空再次回到那个夜晚一般，唯一改变的，大概只有自己的心境吧。那个时候的自己内心十分忐忑，有点不安又有点期待；而现在呢，早已见惯风月的自己内心已不会再起一丝涟漪。

"阿君，你要不要吃点什么？虽然现在只剩中华荞麦面了。"

矢田的声音拉回了她的思绪。回头一看，矢田已经换上了浴衣，正站着绑腰带。

"不用，我不饿。"君江也开始动手解单层羽织的带子。

老板娘将放有矢田西装的小箱子挪到角落："今晚的客人实在是太多了，这间房有点小，还请多包涵。"说着从旁边的壁柜中取出床褥放好，而两人则再次坐在走廊边看着庭院。君江的眼前浮现出第一次的那个夜晚。

"浴池中随时都有热水。"老板娘说完便退出了房间。

"阿君，想什么呢？换衣服吧。"矢田握着君江的手，有些不安地看着她的侧颜。

君江披着羽织依旧坐着，笑意盈盈地望着矢田，依次取下和服带子里的衬垫和绦带①，慢慢掏出怀里的东西。三年前君江离家出走来到东京后，一直寄居在同学京子的家中。当时，京子是被人包养的外宅，而自己则在京子金主的帮助下进了一家保险公司上班，进公司一两个月后就被当时的课长引诱到位于大森的那家艺伎茶屋。那是君江第一次踏足风月场合，虽然在那以前京子也会瞒着金主带些男人回来过夜，甚至有时还会三人共处一室。说起来自己与生长在艺伎茶屋和艺伎家庭的女孩一样，自小便深谙男女之事。当时的自己，未经人事却又好奇心旺盛，对课长的引诱毫不抗拒，甚至还感到十分开心。课长五十多岁，看起来不像经常混迹于风月场的男人，那晚君江喝了点小酒后便和他开起了玩笑。这个本该羞涩的女孩竟一副久经沙场的模样，课长反而觉得意兴阑珊，早早地告辞离去。往日的回忆让君江不由得嘴角上扬，矢田只当她这是对自己的暗示，开心地一把拉过她紧紧搂住。

"阿君，你终于答应我了。你不知道我之前有多绝望，我以为自己不可能得到你了。"

"净瞎想，只是人家是个女人嘛。你们男人一旦得手就会忍不住炫耀，所以我才一直逃避呀！"君江任由矢田抱着，她单手伸进羽织抽出腰带，薄薄的金纱夹衣在两人的厮磨中滑落，露出诱人的香肩，丰满的胸部在段染的长衬衣下若隐若现。

①绦带，和服的腰带。

矢田早已无力克制，粗重地喘息着："你要相信我，别看我表面上油嘴滑舌的，其实我嘴巴可严了。我谁也不会说的。"

"咖啡馆的那些大嘴巴好讨厌，一天到晚多管闲事。"君江一边说着，一边解开和服的掖衣带抽了出来，从矢田的膝头慢慢滑落，顺势仰面倒在了床褥上，满目风情地轻声呢喃："帮我脱光，包括短袜。"

君江喜欢与不同的男人交往，陌生男人带给她的刺激远比熟客更甚许多，而且她还喜欢使出浑身解数，不把那些男人迷个七荤八素就绝不收手。在被男人追求时，她也清晰地意识到自己不知何时竟有了这种特殊的癖好，不是没想过改变，但理智的抗拒却让这种原始的欲望变得更加疯狂。更难以置信的是，她对征服美男并没有多少欲望，反而是那种又丑又老的男人，或是初次见面时让她感到厌恶的男人，更能激发她挑逗的欲望。事后她也无数次对自己的下贱感到恶心。

今夜也是如此，君江一直以来都很厌恶高调做作的矢田，但他的无理纠缠今日反而让自己改变主意投入他的怀抱，这一定也是内心暗涌的那股怪癖石作祟。

四

第二天早上，君江与矢田同乘一辆出租车离开了茶屋，然后在士官学校的围墙旁先行下车，回到巷子里的出租小屋。一坐到镜子前就感觉困到快要晕厥，就连补妆的力气都使不出来。于是她胡乱地脱掉披在最外面的羽织后就马上倒了下去。她看了看手表，这会儿是早上九点半，可以睡上半个小时，等十点再起来，随即便闭上了双眼。就在这时，格子门上的铃铛传来了丁零零的声音，随之而来的是一个男人的声音。居然是清冈来了，吓得君江赶紧坐了起来。

清冈总会选择君江第二天上五点晚班的日子来她的住处。而且来之前也一般会在咖啡馆里告诉她，所以基本不会像现在这样大清早突然袭击。君江心里很是忐忑，莫非自己昨晚的行径已经败露了？可又觉得不至于这么快吧。眼看着人就走到跟前了，她只能迅速调整心情，装出一副若无其事的样子来。

"您今天来得可真早。我房间还没收拾呢。"

门外的清冈正在脱鞋准备上楼。门口打扫卫生的阿姨看起来也很精明，一脸关心地问道：

"君江小姐，要是还难受就再吃一次阿姨给的药吧？昨晚真的被您吓到了。"

君江自然不会听不出其中的意思，顺势道："已经没事了，一定是昨天吃了不干净的东西。"

"怎么了？吃坏肚子了？"清冈边说边走上了二楼，在窗边坐了下来。

二楼有两个紧挨着的房间，一间六叠大，另一间三叠大。屋里的布置很是简陋：一个只有表面使用桐木的衣橱，一面化妆镜，一个装着茶具的盘子，除此之外别无他物。衣橱上没有放任何杂物，所以整个二楼空荡荡的，进门后便会不由自主地注意到破旧的榻榻米和灰色墙壁上的污渍。化妆镜前放着一个平纹薄毛呢坐垫，不仅褪色还满是污渍。墙边被随手扔了两件麻质的夏季和服，看上去已经穿了好几年了。君江一如既往地将镜台前的坐垫翻过来后递给清冈，清冈接过坐垫后将其放在窗框上，然后小心翼翼地坐在上面，生怕在裤子上留下褶子。

透过二楼的窗户，可以看到一楼的那片老旧镀锌板屋顶，原本涂着一层煤焦油，只是如今也已剥落得差不多了，上面满是香粉和刷牙水风干后的痕迹，以及每天打扫二楼后倒出的灰尘，里面还夹杂着不少线头和纸屑。对面是一栋二层的小屋，小屋的正门与士官学校的大门间隔着一条大路，背后则正对着眼前这片不堪入目的屋顶，楼下晒着许多脏污的衣服、旧毛毯和婴儿尿布，缝纫机和印刷机的声音不绝于耳。士官学校的校园里不时传来训练的口令、军歌和喇叭声，白日里马场里的沙尘还会随着风吹入房间，别说榻榻米了，就连关着门的壁橱也无法在灰尘的侵袭中幸免于难。清冈去年第一次被君江带来这里时，就曾建议她另外找个干净点的出租屋，君江却只嘴上答应，实际上根本就没想过搬家。家具就别说了，这一年的时间里甚至连新的茶碗都没买过。君江在经济方面肯定是毫无问题的，也不知为什么就这么俭朴。屋里连个桌子和衣架都没有，电灯上依旧盖着一个罩子，看样子她不管住多久都不会改变这个格局了。明明是个年纪轻轻的小姑娘，却完全不像其他女孩们那样喜欢在窗台上摆点花花草草，或是在衣橱上放点人偶或玩具什么的，或是在墙上贴几张明信片……她的生活真可以说是索然无味。当然，清冈也早就发觉君江身上的这份特别了。

"不用给我备茶了，你差不多要出门了吧？"清冈带着坐垫一起从窗框滑下后盘腿坐在地上，"我也准备去新宿车站办点事，所以顺路过来看看你。"

"这样啊，不过至少喝口茶再走吧。阿姨，要是水开了就帮我端点过来吧。"君江大声喊着下了楼，不多久便提着一个搪瓷的药罐上来了。

"你昨天去算命了吧？知道《街巷新闻》上的黑痣究竟是谁搞的恶作剧了吗？"

"没有，那件事依旧毫无头绪。"君江在茶碗中倒入久须茶①，"我原来是打算多问一些事情的，但是突然又没了兴致，所以也没问什么。可是仔细想想真的很奇怪，黑痣的事应该不可能被其他人知道的。"

"要是连算命先生都没办法，那下次就找巫女或是道行高深的狐仙看看吧？"

"巫女？"

"你没听说过吗？很多艺伎都会去找巫女帮忙看的呀！"

"我就连算命也是昨天才尝试的。以前总觉得那是忽悠人的，完全没了解过那些事。"

"所以我一开始不就让你别在意吗？"

"但那也太诡异了呀，明明不可能有人知道的事情却被人捅了出去，这也太奇怪了吧。"

"也许那只是你自己这么认为的，这个世上本就有很多不可思议的事情，毕竟从来就没有不透风的墙。"清冈说完立刻就意识到自己说漏嘴了，于是连忙点了一根烟叼在嘴里，斜着眼偷偷观察着君江的脸色。君江一副欲言又止的样子盯着清冈，手里端着的半杯茶迟迟未曾送入口中。四目交接下，清冈只得装作被烟呛到，把脸转向外面以掩饰自己的尴尬。

"要我说，你就别当一回事好了。"

"嗯，还真是。"君江放柔了声音，装出一副顺从的样子以

①久须茶，日本的一种茶叶种类。

防清冈起疑，但又不知道接下来该说什么好，只好慢慢地喝完手中的茶后轻轻地放下茶杯。即使清冈此刻尚未发觉昨日自己与矢田在神乐坂的一夜疯狂，但毕竟两个人的关系也持续了两年多，以清冈的本事想必也发现了不少自己的所作所为，只是不知他具体知道多少。君江正打算找个机会跟他彻底分手，然后找一个对自己的过去一无所知的新恋人。君江不喜欢被别人了解太多，哪怕是一些无关紧要的小事，她也会在别人问起时笑着敷衍过去，要不就是随口编个谎言搪塞过去。对自己本应该最亲近的兄弟姐妹，她更是抵触，绝对不会让他们看透自己的内心。至于对清冈这种自认为被自己深爱着的男人就更不用说了，对方越想了解她，她就会越沉默地不作回应。所以大家都说君江是咖啡馆里最好相处、最善解人意的女招待，但相处久了就会发现她也是最神秘的人。

清冈是在下谷池之端的一家名为Luck俱乐部的酒吧里认识君江的，那也是君江第一天到酒吧上班。当时他就想着，如果这个女孩子以前从未接触过女招待的行业，那她或许曾在哪里做过艺伎吧。君江的容貌并不出众，圆圆的额头，淡淡的眉毛，眼睛不大，鼻梁也不高，从侧面看去，就像一个两头高中间低的月牙一般。不过她额头上长着一个美人尖，让一头青翠的秀发看上去就如假发一般精致，微微翘起的下唇让她的面容更添一分说不出的娇媚。说话时，小巧的舌尖就仿若在葫芦籽般整洁的牙齿内跳动一般灵动可爱。君江的皮肤很白，肩若削成，形态娇美的背影更是让清冈爱恋不已。那一晚，清冈被眼前沉默寡言却又举止优雅的君江牢牢地吸引住了目光，离开前还十分大方地给了她十日元的小费，但他并未真的离去，而是悄悄地躲在咖啡馆门口等待她下班。对此一无所知的君江如往常一般步行至广小路的十字路口，坐上开往早稻田的电车，接着在江户川边换乘一辆电车来到饭田桥后继续换乘，但那晚恰好错过了途经饭田桥的那辆红色电车。一路坐在汽车里尾随的清冈连忙抓住这个难得的机会下车走向君江，假装自己只是刚好路过此处。送君江回家的路上，无论清冈怎么问，她也绝口不提自己的住处，只说住在市谷一带。两个人沿着护城河的外堤一直走到了逢坂坡下，一路上君江都是一副低眉顺目的温婉模样。

那时，一直与君江同住并一起以暗娼为生的京子终于离开了小石川诹访町的房子，搬到了位于富士见町的艺伎馆中，虽依依不舍也只能含泪分别。随后君江便独自一人搬到了市谷本村町的那间二楼出租屋里，那时的君江不想再从事暗娼的职业了，所以在后来的一个来月内从未带过男人回来过夜，就连深夜外出也基本没有过。久违的深夜，美丽而宁静的护城河堤，重新挑起了君江内心的欲望。五月初的清爽夜风轻轻地吹着夹衣的袖口与前襟，如一双温柔的大手轻抚着每一寸肌肤。清冈看起来就像一位年轻有为的大学教授，所以君江一开始就不讨厌他，不过她深谙欲迎还拒之道，努力地抑制着内心的喜悦，无论清冈怎么暗示都是一副矜持的模样，当然最后还是顺从地被带去了四谷荒木町的艺伎茶屋。君江生来就是情场高手，她对新的情人总是若即若离的，让人猜不透她内心真实的想法，让男人们难以自拔。清冈也不例外，他和君江一直缠绵到第二天傍晚还不舍得分开，君江便干脆请了一天假，和他一起去了井头公园的旅馆后，第二天夜里又去了丸子园，就这么倒凤颠鸾了三天后清冈才陪着君江回到市谷的出租屋，然后依依不舍地离去。

那时，刚好清冈的情人，也就是电影演员玲子投入了他人的怀抱，君江的出现让正在物色新情人的清冈眼前一亮，特别是她从肉体到心灵的彻底归附更是极大地满足了自己的欲望，让自己深陷其中。他愿意倾尽全力给君江一个奢侈的生活，所以他也曾劝君江辞职，不过君江表示自己以后想开一家咖啡馆，所以暂时还要继续这份工作。清冈告诉她，若要积攒经验就得去最繁华的银座开开眼界，随即让她辞去了池之端 Luck 俱乐部的工作，然后又带着她在京都大阪旅游了半个月，托关系安排她进了现在这间银座大街上著名的 Don Juan 咖啡馆工作。梅雨季节过后，日本进入了盛夏，他们一起从炎炎夏日走到了秋风初起，清冈始终深信君江是深爱着自己的。直到不久后的某天夜里，清冈和两三个文学爱好者一起去戏院看完戏，顺便拐到银座的店里想见见君江，可店里的其他女招待告诉他君江因为身体不适，傍晚就请假回去了。清冈与朋友分开后便打算去本村町的出租屋看看她，谁知走到护城河畔那条蜿蜒的巷子时，出现了一个女人的身影。那时还不到十二点，但一侧的道路上已是家家关门闭户，路上不见行人和电车，只有偶尔飞驰而过的一日元出租车打破夜的寂静。那个女人与自己相隔四五户人家，穿着白色的绉绸，系着一条翠竹纹路的腰带。清冈很快就认出了她，满心疑惑地一路跟着她穿过车道，沿着堤坝上的人行道慢慢向前走。只见前方的女子从容地走过值班岗亭，就在清冈觉得她要去市谷车站等电车的时候，她却出人意料地穿过八幡的鸟居，走上左边的女坂^①，一路上从未回头看过身后。这让清冈更觉可疑，为了避免被对方察觉，凭着对这一带地形的熟悉，他利用男人脚步快的优势迅速小跑绕到前面的左内坂，随后从神社的后门潜入神社内，好窥探外面的情况。正殿前面是一段石阶，石阶的前方是一个可以俯视市谷见附护城河夜景的宽阔山崖，山崖上放着三四张长椅，每张长椅上都坐着一对卿卿我我的恋人，君江也在其中。这儿真是有利于观察的好地势呀，清冈内心暗道。于是他在樱花树丛的掩护下慢慢靠近山

①女坂，（神社、寺院前有两条坡道时其中的）慢坡道。此处指东山七条的智积院与妙法院之间的斜坡。

崖，想听听君江到底在说什么，同时也很好奇究竟是什么样的男人在与她交往。

清冈心想，恐怕所有的侦探小说主人公都不会有今晚自己这般成功的追踪经历，可下一刻发生的一切却让他惊讶得完全忘了愤怒。君江身边的那个男人头戴一顶巴拿马帽，身穿一件藏蓝色的浴衣，就连夏天的羽织都没穿，身旁还放着一根手杖。虽然乍一看不显老态，但花白的胡须还是没能躲过昏暗路灯的照射。此刻他的胳膊正从君江的腰带下环绕着她的腰部。

"这里果真很凉快。你还真是给了老夫一个美妙的夜晚。能在六十多岁的时候和女人在长椅上幽会，简直跟做梦一样难以置信。这座神殿的对面从前是一座大弓箭场，现在也应该还在，我年轻的时候还去里面射过弓箭呢。说起来也有几十年没爬过这个石阶了。话说回来，我们今晚去哪儿呢？这个长椅我看就不错，哈哈哈哈。"老头儿笑着亲了一下君江的脸颊。

君江一言不发，只是任由老头儿摆布，过了一会儿才慢慢地站起来整理了一下衣服，用手轻轻抚平鬓发后说道："我们散散步吧。"接着拉着老头儿走下石阶。清冈连忙绕回刚刚石阶下的女坂处，悄悄地尾随在后，好在两人都毫无察觉地沿着护城河边走边聊。

"京子从富士见町出去后过得怎么样？以她的姿色，想必每天都有很多客人光顾吧？"

"据说每天中午开始就有客人来找她了。不久前我去看过她一次，可她忙得都顾不上跟我多说几句话。亲爱的，不如我们现在过去看看她？就算不在也没关系，对吧？"

"嗯，说起来我们三个人也好久没有一起过夜了。想想当时我们在诹访町那间小屋二楼里度过的那些美妙夜晚，你和京子真是一对完美的姐妹花。有的时候，我在认真上班的空当突然冒出一些奇怪的念头，就会马上想起你，然后又想起京子。那种感觉真是如梦似幻啊！"

"但我还是比京子正经一点吧？"

"这我可说不准了。单就你那单纯无辜的外表就够罪孽深重的，去了咖啡馆也没见你有什么变化。洋人怎么样？"

"银座那种地方人多嘴杂，很多时候都要瞻前顾后的，还是做艺伎的时候舒服，哪有那么多条条框框。说起来还是在诹访町的时候最开心。"

"那位金主呢？还没出来？"

"应该是吧。后来我没再关注他了，毕竟他跟我本来就没有什么关系。当初只是因为他帮京子偿还了债务才有点瓜葛的，也没有其他的想法。"

"京子现在还是叫京子吗？"

"不，改名叫京叶了。"

两个人打情骂俏地走在宁静怡人的护城河上，夏夜的凉风让他们感到无比惬意。转过新见附后，两人从一口坂的电车车道走进三番町的一条巷子内。巷子里春色无边，艺伎馆的灯光如漫天繁星般，让宁静的夏夜更显风情万种。他们在一家挂着"桐花家"灯笼的艺伎馆前停下了脚步，老头儿一脸猥琐地问正在门口凉榻上乘凉的艺伎：

"京叶小姐在吗？"

话音刚落，就看到一个女人从屋里迎了出来，她长着一张精巧的圆脸，长长的头发中央用一根发绳松松地扎在身后，诱人的裸体上只围着一条腰带。她倚在窗框上惊喜地看着来人，道：

"哎呀，你们居然一起来了，太好了！我正好也刚回来。"

"有没有什么好去处推荐？我们今晚好好叙叙旧。"

"那就去……"裸体女人小声地在老头儿耳边说了地点后，三人便立即动身，从前面的一个岔路口拐了进去。

巷子的阴影很好地掩藏住了清冈的身影，既然天公作美，他的跟踪行动自然不可能就此停手。清冈算好时间后踏进了刚刚三人走进的那家艺伎茶屋，就像突然到访的客人般吩咐老板娘安排一个年轻的艺伎，并预先支付了费用，随后不动声色地进屋睡下了。第二天早上，清冈在天亮之前便悄悄离开了，经过这一夜，他已经彻底明白了神秘老头儿、君江与京叶之间存在着何等淫乱不堪的关系。可这时距离平时回到赤坂家中的时间尚早，他只好在四番町的土手公园内找了一张长椅坐下，目光呆滞地眺望着护城河堤坝对面的高地。

今年已经三十六岁的清冈居然在昨夜目睹了自己平时连做梦都不曾想到过的场面。他这才意识到自己对女性的认知一直都错得离谱，这一刻，他甚至连忌妒和愤怒的力气都没有了，只剩下莫名的郁闷。一直到昨天为止，清冈都以为包括君江在内的所有年轻女人之所以愿意牺牲对爱情与性欲的渴望而委身于五六十岁的老男人，是因为所求的终不过是生活上的安稳罢了。原来自己竟是如此无知。就像自己曾信心满满于君江对自己的忠诚，可事实上呢？她竟然和一个低贱的艺伎还有一个丑陋猥琐的老头儿做出如此放荡淫乱的无耻之事。清冈这才认识到，自己曾经的经验与认知竟是何等的浅薄无知。至于君江那个下贱肮脏的女人，自己绝不会再沾染一次了。回到家中后，身心俱疲的清冈倒头就睡，睡醒后发现清晨的那股愤怒早已消失大半。他认真地想了想，以为继续若无其事地与君江交往已经毫无意义，可若不当面揭穿她，让她认罪并跟自己道歉，实在难平自己心中的怒火。但转念一想，君江可不是一般的女人啊，就算自己当面质问，以她的性格必会供认不讳，说不定还会在心里暗暗嘲笑自己没见过世面。君江又不是普通的良家妇女，自己竟还会嫉妒她和别人在一起。这对一个男人而言，简直比自己的女人出轨更耻辱难堪。清冈自然不会善罢甘休，可要是君江表面认罪背地耻笑，岂不是更让人难受？如此反复思来想去，清冈最终决定暂时装作什么事也没发生，就当自己依旧被蒙在鼓里好了，等合适的时机出现，自己必将狠狠地报复那个女人。

清冈毕竟也撰稿多年，长期以来也算培养了两个心腹。其中一个姓村冈，刚刚毕业于早稻田大学，他的工作就是把清冈口述的文字记录下来并撰写成稿，清冈每月都会付给他一百日元的报酬；另一个姓驹田，是个五十岁左右的男人，他的任务就是将清冈的文稿推荐给各大报社或杂志社。驹田曾经在某家报社的会计部工作多年，对稿费的市场行情十分了解，再加上多年的浸淫让他也结交了不少记者好友，从事文稿的宣传工作自然是轻车熟路，所以清冈也和他做了约定，将自己稿费的两成作为驹田的劳务费。清冈命自己的门客村冈在君江从歌舞伎看戏回来的路上用安全剃刀割破她的袖子，当然，这件和服本来就是自己送给她的。不久后清冈在与君江一起坐汽车的途中，又在下车前悄悄偷走自己在三越买给她的那把珍珠玳瑁梳子。原以为君江发觉后肯定要大哭大闹一番的，哪知人家看起来就跟没事人一般，甚至根本都没想过要跟清冈或是出租屋的阿姨等其他人说一说。

在跟君江的交往中，清冈了解到她是一个生活懒散的女人，毫无毅力，虎头蛇尾不说，花钱还大手大脚，但在穿着上又似乎没什么追求，他还真没想到这个女人居然能漫不经心成这样。

他又趁君江不在家的时候往她的衣橱里扔了一只幼猫的尸体，饶是如此，君江也没表现出一丝害怕的样子来。这让清冈感到很是挫败，所以他还是选择了铤而走险，吩咐村冈向《街巷新闻》投稿，将君江的大腿内侧有黑痣的秘密公之于众。想到君江看到这则新闻后必定会寝食难安，清冈就觉得终于能出一口恶气了。然而，自从自己开始留意君江的私生活后，他发现这个女人身上的可恶之处实在是太多了，这种程度的恶作剧根本就难消自己的心头之恨。为了找到一个能够一击击溃君江身心的机会，清冈努力隐忍着内心的愤恨，尽量在君江面前不动声色以防打草惊蛇，甚至还装出一副比以往更加痴情的样子。平静的外表下隐藏的是他内心的无比怨恨，清冈必须竭力控制自己不在言语中让对方察觉出异样。

清冈之所以在刚刚算命的话题上急于掩饰自己，正是不希望自己好不容易压抑许久的情绪在这里前功尽弃。两个人就这么大眼瞪小眼地坐着，也实在是尴尬。他看了看手表后故作惊讶道："竟然十点了，不如我陪你出门吧？"

这句话正合君江的心意，毕竟欢好了一晚上连个澡都没来得及洗，现在又被一个男人这么盯着看实在心慌，还是先出门缓解一下为好。

"好哇，一起去外面散散步吧，这么好的天气我都不想去上班了，到了店里就是不见天日了。"君江连忙附和道，随即披上随意扔在一旁的竖纹单层羽织，关上了窗户。

"要是今天上十一点的班，明天上的就是五点的班对吧？"

"是的，所以今晚来店里找我吧。我们找个地方好好玩玩，可以吗？"

"嗯。"男人含糊地回应了一句后便拿起了帽子。

"去玩吧，好不好？反正今晚随你去哪里都行，我都能好好陪你的。"君江依偎在正准备下楼的清冈身边，如索取他的吻般扬起脸贴近他，微微闭着双眼，长长的睫毛轻轻地抖动着。

清冈虽然十分厌恶她的故作深情，但毕竟也是曾经爱过的女人，如果在自己面前摆出一副风情万种的模样，也确实让人不由得生出几分怜惜，他忽然感觉到心中郁积已久的那份怒火竟在这一瞬间几乎烟消云散了。或许自己本就不该站在道德的高度对这种生来就属于风月场的女人多加指责。若单纯把她当成是取悦男人的工具，那无论她在自己看不到的时候做什么，自己都不应该横加指责的，不是吗？只要把她当作召之即来挥之即去的玩物不就好了？这个刚刚冒出的想法突然又激发了他的占有欲，要是她能更加忠心于自己，洁身自好成为自己的专享，岂不是更好？这样想着，清冈转过身去不动声色地说道：

"总之今晚先在银座见面再说，到时候再决定吧。"

"嗯，一定要来哦。"君江忽然开心地笑起来，吧嗒吧嗒地快速跑下楼，从阿姨的手中一把抢过抹布，亲手帮清冈擦起了鞋子。

通往市谷护城河堤坝的巷子里人来人往，他们为掩人耳目而选择了从其他巷子绕过另一条后，从士官学校大门前来到比丘尼坂，再沿着本村町的护城河堤坝走向四谷见附。考虑到现在还是白天，他们虽然同行，但还是故意拉开了一点距离，一路上两人都默契地沉默不语。君江用一把太阳伞挡着自己的脸，忽然间她的脑海中浮现出昨夜十二点过后的场景。当时下了电车后，自己也是在这条路上牵着矢田的手散步，或许是被此时的明媚阳光照得清醒了过来，她突然觉得自己也真够没出息的，昨晚竟然会鬼使神差地接受了矢田那个恶心的男人。不知道这事要是被清冈知道了，他该有多生气。于是她带着一丝愧疚和同情，在太阳伞的掩护下偷偷地看了看清冈的侧颜，决定以后一定要约束自己的行为，绝对不能再出现下班路上一被男人纠缠就把持不住的情况。大概是因为现在不能直接道歉，君江忽然觉得更爱清冈了几分，冲动之下也就顾不得旁人的眼光了，靠到清冈身边握住了他的手。

清冈以为君江大概是被石子绊到才猛然握住自己的手，问了一句"怎么了?"，又担心被人看到，于是迅速向水沟那边躲去。

"我……今天不想去上班，我打个电话请假吧?"

"请假去干吗?"

"我可以随便找个地方等你呀!"

"晚上不就能见面了？何必要请假呢？"

"人家就是突然想请假嘛！但如果你觉得不好，那就算了。"

清冈本来也没有什么要紧的事，今天出来原本就只是想给君江来个突然袭击而已。此刻他却忽然觉得要是现在分开，面前这个放荡的女人说不定会在今晚和自己见面前就做出什么羞耻之事来。

君江这些年也算是见识了不少男人，经验丰富的她知道越是碰到男人有所顾忌，就越要任性撒娇，反而会带来意想不到的效果。刚刚清冈在提到算命那个话题时的反应，她总觉得有些蹊跷，所以她已经等不到晚上了，现在就要用尽一切方法套出他的话。无论男人多愤怒，只要跟自己欢爱一番都会乖乖听话的，君江对自己的这种魔力十分自信，而且屡试不爽。君江身上的魔力就在于她肌肤上与生俱来的特殊温度和体香，在和男人云雨的过程中，根本无须使用任何技巧，就能让男人感受到永生难忘的快感，没有一个男人能在尝过她的滋味后还能把持住自己的，不少男人都会在事后感慨她真是一个妖精。君江也慢慢了解到自己的这个优势，再加上身经百战的丰富阅历，她早就对自己的本领深信不疑了。

就在两人即将走到四谷站时，君江忽然面带悲伤地说道："对不起，刚刚是我太任性了，我这就坐一日元出租走。"

"嗯。"清冈敷衍地回答道。可他又忍不住看了一眼楚楚可怜地期待自己回心转意的君江，倏然有了一种与昨天刚交往的恋人分别的错觉，不由得起了几分怜惜之情。太阳伞的伞尖正插在脚下的沙砾中，君江努力用委屈而蒙眬的眼神望着清冈，诉说着自己满满的不舍之情。

梨花带雨的美人当前，清冈哪里还顾得上生气？他温柔地靠近君江安慰道："好，请假吧。我陪你，去哪儿都行。"

"亲爱的，你说的是真的吗？"晶莹的泪珠在长长的睫毛里将落未落，听到清冈的回复后她又娇羞地慢慢低下了头，这样的女子怎能不让人动心？

五

走到府下世田谷町的松阴神社鸟居时，面前出现了一个三岔路口，沿着其中的一条道路走过一两町[①]后，迎面而来的是一座茶园和一扇头顶挂着"胜园寺"三个大字的朱红色大门。旁边有个斜坡，远远望去，豪德寺后方的杉林、竹林，更远处的良田以及周遭的景色尽收眼底。这一带也是世田谷町中最完整地保留了原始风光的世外桃源，想必也是最幽静不过的地方。沿着寺门方向看去，茶园的对面是一排西洋风格的房屋，坡下

---

①日本长度单位，1 町＝60 间≈109 米。

又是另一番风景，四五户铺着茅草屋顶的农舍四周都长满了青翠茂盛的树木，远远望去就像是被一排绿色的篱笆墙所包围。其中有一间屋子最为特别，拉门两旁的栗木门柱上都点缀着钵状的装饰物，高高的树木如同一把绿色的大伞罩在屋顶上，让这栋看似花房的屋子巧妙地隐藏在周围的绿色中。门柱上的"清冈家"门牌在常年的风吹日晒下已经变得有些难辨字迹，此处是小说家清冈进的老父亲清冈熙的隐居之所。

初夏的正午阳光照在门内的栗子树和檀香树上，在篱笆外的小路上投下了一小片树荫，四周一片寂静，只有数不清的公鸡还在雄赳赳气昂昂地打着鸣。这时，一名端庄华贵、年约三十岁的女子走进他们的视线。她很随意地扎着一根发绳，一头美丽的秀发垂落在颈部，身着一件井字纹的金纱衬里和服，外罩一件黑色的一字纹夏羽织，白色披肩更是衬得她弱柳扶风，修长的脖颈、精致的五官和肤白如雪的瓜子脸让她看起来更添了几分空谷幽兰之魅力，但总感觉这份典雅与沉稳的背后似乎隐藏着几分极难察觉的落寞。只见她收起手中素雅的茶色太阳伞，将拎着的包袱皮换到另一只手，走进清冈家后关上了门。门内的风景与日晒下的炎热小路截然不同，夏日的阳光让树木安静而充满活力地生长着，偶尔微风透过茂密的树荫吹拂而来，也吹乱了少妇的秀发。她轻轻地将随风飘扬的碎发拢到耳后，并停下脚步举目四望。

院内的小径两旁长着许多麦冬草，一侧的空地上种着的梅树、栗树、柿树和枣树在初夏时节里茂密地生长着；另一侧则是一小片江南竹，竹林间还夹杂着许多长势旺盛的竹笋，有些已经长成了青翠的嫩竹，粗壮的竹子枝头不时有鲜嫩欲滴的竹叶飘落，在院内随风起舞。栗树上已经长出了美丽的花朵，浓郁的花香弥散四方。柿树的新叶焕发出勃勃生机，婀娜多姿更甚枫叶。初夏，正是绿叶最柔软最鲜嫩的时候，阳光从树梢的缝隙间星星点点地洒落，在厚厚的青苔上摇曳闪耀。耳畔传来水流般的轻柔风声，不知名的鸟儿在空中清脆地啼叫着，比秋日清晨的伯劳鸟啼声更加婉转悦耳。

少妇轻轻地走在院内的沙砾上，怕自己的脚步声惊扰了空中啼叫的鸟儿。她沿着小径斜绕过竹林，一直走到尽头那栋很有年代感的平房前才停下。平房的玄关处有一扇磨砂玻璃材质的格子门，看起来是后来才安装的。整栋房子看起来十分坚固，就像是古寺僧侣的卧房一般。只是粗壮的柱子和底座都已经出现裂痕，屋顶的瓦砾也已被青苔染绿。玄关一侧的墙壁上那扇高高的窗户此刻正完全敞开着，寂静的屋内不见一丝声响。窗户下面种着一整排的黄杨树与满天星，互相交错缠绕着，形成了一道天然的屏障，将这间小屋与前面的院子隔离开来。明媚的阳光下，红白相间的芍药花已傲然怒放，让整个庭院显得更加生意盎然，这显然是经过主人的精心打理。只是此刻这里也是一片寂静，完全听不到花剪或是扫帚的声音。只有通往厨房后门的走廊上的葡萄架内，一群牛虻正忙碌地在盛开的葡萄花丛中穿梭，不停地嗡嗡作响，似在诉说着夏日的悠长。

"打扰了。"少妇取下披肩后轻轻地打开了格子门。

"谁啊？"里屋传来的声音打破了屋内的宁静，只见一位眉毛花白、戴着老花镜的老者立刻打开了拉门。这便是宅子的主人清冈熙。

"原来是鹤子来了，快请进吧。今天家里的阿姨去扫墓了，传助也去东京办事了，家里就我一个老头儿在。"

"那正好，我来帮您干点什么吧？"少妇拎着包，跟着老人穿过门廊坐在房前的门槛上。

"该晒书了吧？"

"晒书倒没有什么固定的时间，什么时候都行。我这个岁数，晒书倒是一项很适合活动筋骨的运动。"

半个门廊区域和八叠大的房间里都铺满了古书和书画帖，拉门和隔扇也都被完全拉开了，不时还有蝴蝶飞入屋内，不久后又飞到院子里去了。

鹤子把包袱皮放在膝盖上打开："前几天的衣服我已经为您改好了，放在那边。我给您倒杯茶来吧。"

"好，帮我倒一杯吧。茶室里好像还有别人送来的羊羹，你也一起拿过来吧。"鹤子起身去了茶室，而老人则继续一本一本地整理晒在门廊处的古书。老人留着平头，头发、粗眉和胡须都已变得雪白，让他看起来更加红光满面。他虽身形瘦小，但看起来似乎随着年岁增长越发精神矍铄。没多久鹤子便端来了茶和点心，老人看到后就顺势在门廊边坐了下来。

"最近都没见到你，我还以为你感冒了。听说城里现在流感四起呀！"

"父亲您倒是去年开始就没感冒过吧。"

"因为我跟小年轻的运动方式不一样啊，哈哈哈……不过很多人都说平时看着硬朗的，真要倒下也就是一瞬间的事，世事难料啊！"

"您看您，又乱说了。"

"以前老人就常说，世上唯君恩与老者的身体最是难测，哈哈哈哈。对了，阿进最近怎么样？"

"嗯，挺好的。"

"我最近想跟他见个面聊聊。其实，我前几天在电车上遇到了你哥哥……"老人咳嗽了一下，并透过眼镜看着鹤子的脸。鹤子的脸上倒是看不出丝毫波澜。

"是说了什么关于我的事情吗？"

"是，倒也不是什么不好的事儿，就是聊了一下你的户籍问题。这种事情一开始总是难免会遭人非议的，但不都说'成事不说，遂事不谏，既往不咎'吗？所以我跟你哥哥说了，这件事我是没什么意见的。只要你们家里和我都同意，阿进也不会有什么意见，对吧？这件事我们就抓紧办了吧，找区政府的代笔人写个申请书，你呢，就只要盖个章就行了。"

"好。我回去以后马上就办。"

"虽然我也觉得户籍这种事根本妨碍不到什么，但毕竟牵扯到了人伦之道，我们还是依传统办事的好。毕竟你们都在一起这么多年了，跟夫妻也没什么两样了，户籍嘛自然也是要合二为一的。我倒是不太清楚你们在一起几年了，听你家人说有五年了？"

"嗯，应该是。"鹤子含糊地应了一句后低下头。其实根本不用特意去算，对于两人交往的时间鹤子是绝对不会记错的。五年前，也就是她二十三岁那年，前夫从陆军大学毕业后前往西洋留学，自己正是那时在轻井泽的一家旅馆中和清冈进有了婚外情。前夫家是子爵身份，虽没有家财万贯，但毕竟是旧华族世家，为了避免家丑外扬，他们在鹤子前夫回来之前便擅自做主以鹤子体弱多病为由赶回娘家。当时，鹤子的父母都已去世，所以家里的一切都由哥哥说了算。鹤子的哥哥也算是商界名流，他不愿意自己的名声被妹妹所拖累，于是给了她一笔丰厚的生活费，并严禁她今后再与娘家或是娘家亲戚往来。当时的清冈进还在位于驹込区千驮木町的老父亲清冈熙的宅子里与一群文学青年创办同人杂志。在鹤子被赶出婆家后，他也搬离了父亲的家，与鹤子一起在镰仓组建了新家庭。半年后，清冈熙突然得了流感，导致妻子被传染并因治疗无效而离世。不仅如此，自己由于文官年限令的发布从帝国大学教授的位置上退了下来。他干脆将千驮木町的房子租了出去，搬回世田谷町的这栋曾经作为度假别墅的老宅中颐养天年。

世田谷町的老宅一直是清冈熙的父亲玄斋隐居之处。大约十年前，八十岁的清冈玄斋去世后，这里便空了出来。明治维新前，玄斋一直在德川幕府的药园中工作。他是一位本草学家，发表过著述，在业界也算是大名鼎鼎的人物。明治维新后，也有不少人劝他出仕，但守节义的他坚决不仕，选择回到这个村庄中安稳度过余生。如今庭院内的繁花似锦，无一不是玄斋的遗爱。

清冈熙加入中村敬宇①的同人社后便开始研究佐藤牧山②与信夫恕轩③这两家之学，从帝国大学毕业后便直接留校任职助教，一直到退休前，他在汉文课程的教学方面已经兢兢业业长达三十年之久。一直就对时势感慨颇多的清冈熙时常规劝自己的学生，如今研究汉文就是愚蠢至极的行为，汉文如死文，视为古董闲时把玩足矣。遇到谁询问汉文之事，也大都笑而不答；与其他教授也没有过多的私交，只喜欢自顾自地研究研究老庄之学；著书不少，却无一流传于世。

听说自己的儿子不仅与有夫之妇私通，甚至还敢不惮人言

①中村正直（1832—1891），号敬宇，日本近代启蒙思想家、教育家。
②佐藤楚材（1801—1891），号牧山，日本汉学家。
③信夫恕轩（1835—1910），日本汉学家。

另立门户后，清冈熙气得暴跳如雷，但转念一想，哪怕自己端起老子的架子训斥儿子，现在的年轻人也不过就是左耳进右耳出，所以也懒得多说什么，只是表面上装作对此一无所知，实际上已经如同断绝了父子关系，自己一个人隐居在世田谷中三年，一次也不曾与儿子联系过。清冈进也了解父亲的脾气，知道父亲气恼自己的行为，反而生出了一丝逆反的心态，索性就真与鹤子长期住了下来。但老人的坚持却在亡妻忌日那一天发生了动摇——当天清冈熙来到位于驹达的吉祥寺内祭奠亡妻，看到一名女子手捧着鲜花正在妻子的墓前祭拜，这让老人上了心。当时两个人所处的位置恰巧是在一个狭窄的墙根处，女子看到老人后，略带忸怩地行了个礼，老人问了姓名后才知道原来眼前的女子就是自己不孝子之妻鹤子。老人有些不可置信，为什么爱上性格乖戾的儿子并愿意与之共度一生的女子，竟然是个会记得自己婆婆的忌日，甚至还会前来拜祭的有心人。他一度觉得是自己年纪大听错了，所以在与女子沿着墓地旁小路并肩而行的过程中，又反复确认了几遍她的姓名。两人一路同行，在走出寺门各自乘上不同电车前，不觉中竟聊了许久。清冈熙向来觉得现代的青年男女是毫无道德观念的一代人，男人大多乖张跋扈，女人大多水性杨花。然而，鹤子的言行举止却无一处不温文尔雅，这让他越发觉得难以理解，如此一个知书达理的女子，怎么竟会做出婚内出轨这种伤风败俗之事呢？到家后他又反复思考良久，最后下了一个结论：鹤子一定是被自己那个轻薄无行的逆子给骗了。这么一想，鹤子岂不是很可怜？自己作为那个浑蛋的父亲多少也要负一点管教无方之责吧。内心愧疚的清冈熙后来在新宿车站偶遇鹤子时，竟主动开口叫住了她。此后，鹤子就被默许可以时常进出世田谷的老宅，但清冈熙和儿子之间的隔阂依旧并未消弭，所以二人还是继续形同陌路。至于生计问题，小有名望的清冈进如今自然是财运亨通，而清冈熙一向对物质要求不高，养老金足以养活自己，所以两个人从未过问彼此的生活。

世田谷町的老宅中配有打扫院子的男女用人，只是老人在饮食穿衣等生活琐事上多有些不便，鹤子一一细心记下，暗地里尽心竭力地予以照顾。鹤子知道，如果直接表示要在身边照顾，以清冈熙的性子一定不会同意；更何况清冈家有个嫁给医学博士为妻的女儿，自己若是过于殷勤，恐有喧宾夺主的嫌疑，所以她一直暗中告诫自己不可过分表现。以清冈熙的眼力又岂能看不出她的玲珑心，便越发觉得这是个可怜的孩子，就这么跟着自己那个不长进的逆子生活一辈子，真是委屈了人家。

老人喝完茶后并未放下茶杯，就这么握着放在膝盖上："我想找个时间去你家拜访一下。年纪大了，就连穿袴①都觉得麻

---

①袴，套在和服外边，从腰部遮到脚的宽松衣服。穿着时系住缝在上（腰）部的带子。一般像裤子那样两腿部分分开，但也有裙式的。古时只有男子穿着，明治维新后女性也穿。

烦，但也不能第一次上门就穿着便装①去吧。而且我还在想要带什么礼物去好。你也一直都没回去过吧？”

“是的，我后来都没回去过。哥哥有嫂子照顾，所以我也不用担心。”

“说起来也确实是这么回事。”

“不管怎么说，这都是我咎由自取的结果，怨不得其他人。”

“你能这么想，已经很难得了。”这时，从外面飞了一只巨大的马蝇进来，落在书法字帖上，老人连忙起身驱赶，“知错就改，善莫大焉。谁年轻的时候还没犯点错，人的善恶呀，没到晚年都不作数的。”

鹤子正欲开口，又怕自己颤抖的声音泄露了真实的情绪，于是顺势低下了头，回想这几年来经历的一切，泪水蓄满了眼眶。幸好这时门口似乎有人来了，鹤子连忙起身走到外面，正好借此调整一下情绪。

老人看了看马蝇飞走的方向，说：“大概不是酒保就是邮差吧，放那里就行了。”接着慢慢收拾起古字帖的拓本来。

为了防止即将夺眶而出的泪水被老人看见，鹤子连忙向厨房走去。确如老人所言，来者是一位酒馆的伙计，不过他放下酱油瓶后就回去了。厨房门隐藏在葡萄架的树荫下，茂密的葡萄叶让洒下地面的阳光少了一分灼热，多了一分柔和。从竹林

①此指不穿裙子的便装，只穿外衣（在日本男人穿和服不穿裙子）。

吹来的凉风掠过肌肤，让人不由得备感清爽。女用人的房间里干干净净的，就连火盆里的炭灰都被利落地堆在一起，看得出在出门前一定认真地打扫过。酒馆的伙计离开后，鹤子觉得四周终于一个人也没有了，眼眶中的泪水终于无力隐忍地流下，她连忙取出手帕擦拭。其实清冈熙不知道，自己与清冈进之间的夫妻关系早已是名存实亡，入籍与否如今早已无关紧要。清冈进前天出门了，想必今晚也不会回来。这两三年里，他总是以写作为由夜不归宿，一旦出门便是两三天也见不到人，所以现在若是提出让自己以正妻的身份正式入籍清冈家，清冈进虽然不会拒绝，但也绝不会高兴的，甚至还有可能因此而摆出一副臭脸给自己看。鹤子知道这是老人的一片好心，但现在自己真是无福消受。一想到此，泪水便又止不住地淌了下来。

清冈进与自己的如胶似漆事实上只维持了短短的一年时间，也就是两个人住在镰仓出租屋里的那段日子。后来清冈进凭借着那部小说鱼跃龙门，在文坛上迅速走红，很快便靠自己的笔杆子赚了个盆满钵盈，不仅给一位名叫杉原玲子的电影演员购置了一套房产，还与数不清的艺伎保持着暧昧关系。后来玲子离开了他，选择与一名同行男演员结了婚，清冈进转身就找了一个咖啡馆的女招待填补情人的位置。鹤子想不到丈夫竟是如此衣冠禽兽之徒，她甚至无力嫉妒，心中早已因丈夫的无底线人格而感到万念俱灰。鹤子在女子学校上学时，曾有幸得到一名法国老妇单独教导法语和法国礼节，后来又师从某位国学大师学习书法与古典文学，不承想这些高雅的涵养与爱好竟成了导致自己不幸的根源。若自己只是一个普通的女子，又岂会在嫁入军人家庭后嫌弃他们的生活枯燥乏味、不解风情呢？而自己亲手选择的伴侣、文学家清冈进，也已失去了让自己再付出真心的价值。如今这位赫赫有名的通俗小说家清冈进，早已不是当初在轻井泽的教堂经人介绍下认识的那个男人了。五年前的清冈进还是一名志向远大、性格耿直的无名作家，而现在呢？对他而言，所有曾经的烦恼都已随风而逝，只要能够保持对流行风向的敏锐度，学会汲汲钻营，就可高枕无忧了。可以说现在的他首先是一名兼职的投机商人与策划人。只要看看他在报纸上连载的那些小说就知道了，那些他所谓的作品无非就是白话文重新解释了一遍著名的讲谈①和传奇而已，说句不好听的话，只要稍微读过一些书的女性就会觉得他的"作品"毫无价值。鹤子看到清冈进在去年年底连载于某家妇女杂志上的小说时，突然想到了六树园的《飞弹匠物语》。她的思绪飘回到了小时候上源氏课时国学老师的那句口头禅：现在这些所谓的文学家啊，就连给江户时代那些作家提鞋都不配。只要看看平时与清冈进密切来往的那群文学青年就知晓了，不知情的还以为是一家子亲兄弟呢，言谈举止都如出一辙。只要聚集两三个人，

①讲谈，日本传统曲艺形式，和中国评书类似。主要以军事政治类的历史故事为主。

就会马上打开一瓶洋酒，不是坐着就是躺着大声喧哗，乍一看还以为在吵架。谈话的内容可就真是毫无意义，不是讨论赌马、麻将，就是说些其他朋友的坏话，要不就是谈论谈论出版社和稿费，除此之外就是些关于女人的秽言污语。

鹤子不止一次下定决心，只要有机会就离开这个男人。虽然自己已经无法再回娘家，但当时哥哥为了断绝兄妹关系而补偿给自己的那笔生活费如今还有将近一半存在银行里，她可以取出一部分来租间房子，然后再随便找份文职工作。一切准备就绪，鹤子只等着最后的摊牌机会。但清冈进却什么也没说，在外给足了她清冈夫人的面子；而在家却是置若罔闻，大概是担心离婚后的赡养费问题吧。两个人就这么一直拖着，鹤子也完全找不到机会跟他提分手。沉浸在自己思绪中的鹤子靠在厨房的柱子上，嘴里咬着手帕，就这么呆呆地听着葡萄架下牛虻嗡嗡的扑翅声。

突然传来了一阵脚步声，吓得鹤子连忙回过神来整顿心绪，但眼角残留的泪痕与沉重的颜色却不及马上掩盖。

原来是老人看鹤子去了这么久也没回来，怕她遇到了不讲道理的商贩，连忙赶来看看到底是怎么回事。

"鹤子，是不是心情不好？要不要休息一会儿？"

"啊，我没事。"话虽如此，鹤子还是有些不自然地在木板房间内坐了下来。

"你的脸色不太好。"敏锐的清冈熙似乎察觉到了什么,"我不是一个多嘴之人,所有他人之事听完都只会放在肚子里。就像从前有位叫作细井平川的老师,每次看完别人的来信都会当场烧毁,你不用担心我会告诉别人。"

听到这里,鹤子再也忍不住了,只想好好地向老人倾诉自己心中的苦楚与无奈。于是她向老人方向慢慢挪了过去,说道:"确实有事想跟您说。除了父亲您,我再也不知道该跟谁说了。"

"嗯,我听着。刚刚就觉得你有点不对劲。"老人看到刚刚酒保离开时没关上厨房的玻璃门,于是伸手拉上了门。

"父亲,刚刚您说的那件事⋯⋯我很感谢您一直想着我的事,但其实,那个对我已经不重要了。"说到后面,鹤子已经忍不住抽泣起来。

"这样啊,看起来你在家里过得并不顺心。唉,真是的,那你现在有什么打算吗?"

"我现在已经什么都不在意了。即使入了籍,也只是徒有虚名罢了,我也不知道将来会变成什么样子,我倒觉得现在这样或许更好。父亲,对不起,我知道自己太自私了⋯⋯"

"不,我已经大概明白你们的事情了。阿进他对你是太过分了,但现在世道就是这样,不仅是他,所有舞文弄墨的文学青年都是不懂道理的。老朽做了这么多年的老师,这点事情还是明白的,但凡阿进还有些希望,我都会好好教导他的,但现在我对他已经绝望了……"

"我担心要是您找了他，不仅改变不了他，反而会让他迁怒于我……"

"那就听你的，什么都不说吧。但这么下去可怜的还是你呀！"

"没事的。我也不是小孩了，您不用太担心我。以后还长着呢，或许会出现什么让他回心转意的事情也说不定呢。"

"是呀，是呀！"老人站在那里抱着双臂叹息道，突然听到这时后门传来了一阵声响，"可能是传助回来了，我们过去再说。"

老人伸手想要拉起鹤子，让她快点随自己回到房间去。

六

外面依旧有雨，但下得并不大，也没风。梅雨季节的天空中，厚厚的云层仿佛被切割成了一块块豆腐，透出一道道亮光，虽然已是晚上七点，天色依旧明亮。富士见町的野田家艺伎茶屋门口来了一辆汽车，走下了三个人。看起来五十岁左右的秃顶阔口男人便是那位负责出版清冈小说的驹田弘吉。与驹田一同下车的还有一个约莫四十岁的男人和一个三十岁光景的男人，他们都穿着西装戴着眼镜，看上去像是报社的记者。驹田率先走到茶屋门口拉开了格子门，边脱鞋边跟老板娘调笑，随即大摇大摆地走上二楼的大包间。大概是事先已经通过电话预订，包间里已经按人数铺好了坐垫，每个坐垫旁都放着一整套烟草盆①，空气中弥漫着香薰的香味。"洗澡水已经为各位准备好了。"老板娘恭敬地说完，走进来一两个艺伎：大的年约三十岁，看起来应该颇有名气；小的年约二十岁。两人都是当地的女子。接着老板娘又将外面送来的酒菜一一摆在桌子上。

驹田估算了一下，现在《丸圆新闻》上连载的清冈小说大概再有半个月就该完结了，于是他又找了另一家出版社继续洽谈下一部小说的出版事宜。主编的回扣早已暗中安排妥当，今天主要就是在艺伎茶屋宴请两位记者，看看表演，培养培养私交。

"老师也差不多要到了，二位别客气，我们先吃吧。"驹田说罢向年长的记者举起了酒杯，同时也揭开了汤碗的盖子。

"我实在不会喝酒。"年长的记者让艺伎为自己斟上一杯酒说，"每次都是倒得最快的那一个。"

"说起来也真是不好意思，其实您这样的客人倒是我们最喜欢的。"

"我怎么记得在哪里见过你，嗯，一下子想不起来。难道是

---

① 烟草盆，又称"盂兰盆"，是日本为吸烟开发出的一整套仪式中必备的物件，就像茶道一样。可以理解为一个"吸烟套盒"，其中包括火入（点火盆）、灰吹（金属烟灰筒）、烟草盒、烟管、香箸（火筷子）、托盘等器具。

在哪家咖啡馆吗？"

"没有呢。不过您记错也是有可能的，因为最近很多艺伎改行做了女招待，很多女招待又改行做了艺伎，这两个职业如今还真是难以分辨了。"

"艺伎改行做女招待倒听说过不少，但女招待改行做艺伎的不多吧？"

"哪里呀，也不少呢。是吧，姐姐？"

"是吗，有不少？这倒真是没想到。"

"对啊，五六个……要是认真找找，说不定更多呢。"

"银座一带也有吗？"

"上次在辰巳家见过的那个新人，叫什么来着……"年长的艺伎将喝完的空酒杯握在手里，皱着眉头想了想，"那个孩子好像就在银座待过。"

"是新桥会馆吧？"年轻的艺伎立刻接话道。

"新桥会馆，真的吗？那是什么时候的事情？"一直沉默不语的年轻记者突然推开了桌子。

驹田见状立刻扭头问老板娘道："去叫那个艺伎过来。对了，她叫什么名字？"

"是辰巳家的辰千代小姐。"年轻艺伎回答后，老板娘立刻站起身来。这时楼下传来了一个声音："阿花，有客人来了。"

"大概是老师到了。"驹田回头看着门口，同时挪出一个空位置来。楼梯上随即响起了脚步声，上楼的是一位手持巴拿马帽、身穿双层深灰斜纹哔叽①的男子，正是清冈进。

"不好意思，我来迟了。"清冈进说着便将帽子和外套递给年长的艺伎，留下一件单衣和一件青色无纹的单层羽织。他稍微理了理羽织的带子，坐在已经摆放好小碟和筷子的空位上。年长的记者显然与清冈进相识，他向年轻的记者做了介绍后，两人便坐着互相交换了名片。

老板娘端着酒壶进屋，说道："辰千代小姐马上就来。"

"大家怎么都这么拘谨呢？"年长的艺伎接过新上的酒壶后亲密地说道，"亲爱的，张嘴。"

"各位都别客气，随意一些才好。"清冈让艺伎倒了酒后，转头问驹田，"还叫了其他人吗？"

"我们还在挑选。主要是不太熟悉，既然有做过女招待的艺伎，那应该也有做过舞者或是演员的艺伎吧？既然要叫，就叫些不同寻常的如何？"

"您还真是老手！"

"我们家最近倒是真有几位特别的姑娘，叫谁好呢？"

"姐姐，不如叫那个桐花家的？最近不是很有名吗？"

"对啊，京叶小姐。"年长的艺伎赞同地拍了拍大腿，"说到京叶小姐，可不得了。她还能倒立，比专业的舞者都厉害。"

①哔叽，用精梳毛纱织制的一种素色斜纹毛织物，光洁平整，纹路清晰，质地较厚而软。

"那岂不是长得五大三粗的？"

"哪儿的话，京叶小姐可漂亮了！那张小脸蛋啊，勾人得很。总之，她现在是我们这一带最受欢迎的人。"

"你怎么这么卖力吹捧她呀？收了人家多少好处？总之快叫来，叫来。"驹田喝了几口酒后兴致高涨。可是清冈一听到桐花家京叶这个名字，便立即想起了去年夏末那次恶心的遭遇，但这时也不能扫了大家的兴致，只得强装若无其事。

年长的艺伎打算说些趣事活跃活跃气氛："我要是再年轻个三四岁，也不做艺伎了，去银座那边多好哇。那些女招待外表看起来一本正经的，背地里还不是借着这个名头尽情放纵。我可是认真地想过的。你们知道吗，我家隔壁就是一家艺伎茶屋，经常能看到女招待带着不同的客人来过夜。那片房子盖得密密麻麻的，窗户纸还都是单层的，所以里面说什么那可是听得清清楚楚的。我就见过一个特别好看的，身材苗条不说，就连穿衣搭配都比艺伎更有品位，我猜大概也是在银座的一流咖啡馆里做女招待的。一般都是很早就来了，有时候甚至早上九点前就到了。一直会待到正午前后才走。我一般都睡到九点多十点才醒过来，最近家里也没请用人，屋里安静得很，隔壁发生什么也就听得更清楚了。"

清冈沉默着让年轻的艺伎给他倒了一杯酒。两位记者则一脸好奇地催个不停："然后呢？然后呢？"

年长的艺伎更来劲了，便继续说道：

"她经常带不一样的客人来店里。我经常听客人们叫她阿君阿君的，大概不是叫君子就是叫君代吧。那个女人啊真是不得了，有时候连我都忍不住佩服她。"

清冈抬起头盯着记者看了一眼，驹田不愧是个老江湖，一下子就意识到了艺伎所说的女人八成就是 Don Juan 的君江。他略带担忧地看了一眼记者，但这两位似乎完全没听说过银座咖啡馆的事情，依旧兴致高涨地问着："你说的'佩服'是什么？难道比艺伎的功夫还厉害？"

"那还用说吗？各位且听我慢慢道来，接下来要说的事那可是神奇得不得了……"

驹田看这艺伎丝毫没有停下的样子，便故意打岔道："喂，刚刚那个艺伎怎么还没来？还不快再去叫一次。"

"好的。"年轻的艺伎立刻起身出门，驹田又趁势继续说："我想吃点东西了。"

"也给我来点吧。"那位不喝酒的记者附和道。于是年长的艺伎停下了刚刚的话题，转而起身为他们准备饭菜，重新沏茶。正好辰千代也出现在包间的门口。

辰千代看起来约莫二十岁，松松的岛田髻上缠着一根长长的发绳，身着一件淡紫色不规则纹路的和服，长长的裙摆显得甚是华贵。她的身材十分丰满，看上去不像艺伎，反倒像是个娼妓。

"你以前是在银座工作？"

"嗯，是呀！"辰千代得意地回答道，"难道您见过我？哎呀，恕我眼拙没认出您来。"

年长的艺伎看起来十分反感辰千代这种进门就自顾自地说个不停，连正眼都没瞧过自己一眼的猖狂模样，便一脸厌恶地瞥了她一眼，辰千代却依旧毫无顾忌地继续拿起酒杯连喝两杯，然后看着那位年轻的记者说道："我来这里以后就一次也没回去过了，现在银座一定变了很多吧，哪里最热闹呢？"

"你之前是在银座的哪家店待过？哥伦比亚吗？"

"您这是瞧不起我呢？我当时可是在新桥会馆呢。"

"为什么又改行做了艺伎呢？难道是太受欢迎遭人嫉恨？"

"那也是一部分的原因，不过主要还是因为咖啡馆的时间太不自由了。每天的中午一直到夜里十二点都必须待在店里不得动弹。"

"我问的是十二点后的事情。"

"十二点过后不就是回家睡觉了吗？要是熬夜第二天可就起不来了，对吧，亲爱的？"

这时门口又出现了两个艺伎，其中一个同样扎着松松的岛田髻，身材小巧，看上去二十二三岁的样子；另一个则身形高挑，梳着时尚的西洋发髻，看起来只有十八九岁。两人进门后便一起坐到了末席上。清冈进一眼就认出了那个小巧的艺伎就是京叶，因为那晚自己从市谷八幡一路跟踪君江的经历毕生难忘。他觉得还是不要让对方认识自己为好，所以后来虽然也到这一带来过两三次，但都尽量避开了京叶。这时他又故作随意地别开脸，对着空中吹出几口烟圈，正好驹田也吃完饭站在走廊上。

"驹田先生，请您来一下可以吗？"老板娘把驹田带到后面的楼梯口后说，"阿北姐姐差不多喝了两瓶了，您看是不是可以让她先回去？"

"剩下的几位还行吗？"驹田看了看手表。

"只有菊代喝得有点多。"

"那就让她也回去吧。反正我也不需要人作陪，你留三个人在包间就可以了。"

"那就留下京叶、辰千代和松叶三个人吧。"老板娘说罢又问了一句，"您看怎么安排才妥当呢？"

看到老板娘一脸为难的样子，驹田提议自己一会儿从厕所绕到收银台，然后把清冈叫出来，只留下那两位记者在屋里，让他们先挑喜欢的艺伎。

"就按您说的办。"老板娘回到包间里喊出年长的艺伎，同时观察了房内的情景。这时辰千代已经坐在年轻记者的膝盖上，倚着窗户欣赏外面的风景，嘴里哼着流行歌曲。老板娘不动声色地走近年长的记者对他耳语了几句。清冈见状，先是神情如常地起身走向厕所，又假装去寻找驹田，从里侧的楼梯下到一楼。等他再次回到二楼时，两位记者已经不见人影，老板娘手里拿着他们脱下的西装外套和公文包，对正准备起身的京叶说了一句："三楼最里面的房间。"清冈若无其事地坐到窗边，房间里只剩下那个高挑的艺伎了，她看到清冈进来便默认这是自己的客人，于是坐到他身边搭讪道："天晴了呢。"

窗外不知何时已经云消雨霁，这条小路的两旁尽是艺伎茶屋，木屐的声音也随着天气放晴变得频繁起来，遥远的拐角处传来一阵阵小提琴声，想必是唱着流行歌曲的乞儿正在到处乞讨。

"刚刚回去的那个阿北住哪里？是富士见町吗？"清冈状似随口问道。实际上，他是想探听一下刚刚那个艺伎说的"隔壁的艺伎茶屋"究竟是哪里。

"不是，她家在三番町再过去一点……"

"那里好像有一家女子学校还是什么的，是那附近吗？"

"嗯，是的。我就住在阿北姐姐家隔壁。"

"这样啊。刚刚她说她家隔壁是一家艺伎茶屋？"

"是的，叫千代田家。这家茶屋的隔壁是北姐姐家，然后就是我家了。"

"哦，看样子说的就是这家了。这种跟普通人家背靠着背的情人茶屋，就不觉得别扭吗？"

"确实是挺别扭的。"

"我有个亲戚住那边，我想找个时间过去看看他，就怕不认识路。"

"那边只有千代田家一家艺伎茶屋，因为再过去一点就不是特准区①了。"

老板娘从三楼下来后对着清冈说了一句"请吧"。但清冈对这位艺伎并无多大兴趣，便委婉推辞道：

"我还有点事，就先走了。驹田在哪里？还没走吗？"

"刚刚还在收银台那边看到他跟老板说话。我再过去看看。"

老板娘起身时，正好驹田也从外面的楼梯走了上来，正把一个大纸袋往西装的内袋里塞。驹田这个人若是出入艺伎茶屋或是咖啡馆，多半都是为了谈生意，基本不会花钱到这种地方找女人。外面传言他在报社营业部上班的时候就已经开始做股票和房地产生意，现在更是腰缠万贯。即便如此，他也和过去还没通电车时一样，住在四谷寺町一带的穷巷陋室中，那个巷子窄得连汽车都开不进去。因此，清冈一直觉得驹田就是个一毛不拔又冥顽不灵的守财奴。

"驹田君，你要是打算回去的话就一起走吧。时间还早，反正你也是坐电车吧。"

①特准区，指允许色情交易的地区。

"你是不是要去银座？"

"不，我不会再去找那种女人了。你大概也知道了，那就是个人尽可夫的贱人，再跟她纠缠下去，我的声誉就全毁了。我是有事要跟你商量，一起走走吧？"

"哎呀，二位这就回去了吗？"艺伎一脸不可置信，清冈看也没看她一眼，只是拉过窗户柱子旁的呼叫铃绳子后按下了按键。

和清冈一起从外面的梯子下了楼的驹田忽然想起了什么，便回头对出门送客的老板娘交代道："那个，要是他们今晚在这里过夜，你别忘了提醒艺伎明天到点儿就回去！"

"我明白的，您放心。"

"没什么东西落下吧？带盒火柴走。"驹田穿着鞋一边精明地算计着。

"记得常来玩儿。"身后传来了老板娘的声音。两个人打开格子门走了出去，雨后的天空中挂着一轮明月，夏季的花巷格外妖媚，到处都是身穿浴衣的女子，让人不由得停下脚步多看几眼。

"驹田君，要不要陪我去赤坂？"

"怎么最近迷上那边的姑娘了？"

"咖啡馆玩腻了。还得是艺伎才够味道。我在想要不要为最近看上的那个姑娘做点什么。"

"做点什么？你说的是为她赎身之类的吗？嗯，你可要考虑清楚哦。"

"我就知道你肯定会这么说。"

"我劝你还是别在这种女人身上花太多钱。你帮艺伎赎身后，要是有娶她或者其他的打算，女方也会认真起来。可你要是不打算认真对她，到最后我看你还是会吃不了兜着走。"

"以后的事儿我现在也说不清楚，也许还是会继续一个人过吧……"

"是吗？你这人就是一天一个样儿。"

"也没到那个程度。只是我不想每天到家后，都是一片死气沉沉的样子。"

清冈原想着既然聊到这里了，就干脆把自己家里的事情跟驹田好好说说，可还没想清楚从哪里开始说时，就发现两人已经走到富士见町的电车站了。清冈一直也没打算明媒正娶地迎鹤子入门，只是想让她当自己的地下情人罢了，谁知女方却异常认真，最后闹到难以收场的地步。所幸鹤子从哥哥那边拿到了一笔不菲生活费，清冈听说了以后便在镰仓租了一间房子与她过上了同居生活。清冈也知道才貌双全、完美到无可挑剔的鹤子做妻子是再好不过了。但两人一起生活后，清冈慢慢开始感到自卑，他知道自己就是个品行不端之人，面对端庄的鹤子就连开个玩笑都变得小心翼翼，这样的生活简直要把他逼疯了。

所以他才会每天都去咖啡馆或者艺伎茶屋喝上两杯，再调戏调戏女招待或艺伎以排解内心的苦闷。清冈甚至想过，但凡女招待君江对自己有一点真心，不管她是要咖啡馆还是酒馆，自己马上就会掏腰包帮她安排妥当，但君江似乎从来就没有想过要他帮忙。一气之下他干脆转换目标，想着要是有满意的艺伎，就出资帮人家赎身。清冈今天约驹田出来，正是打算顺便问问驹田的想法，哪知驹田一看到电车驶来，便迅速抱好公文包准备飞奔过去，哪里看得出是个年逾半百之人。清冈顿时没了再说下去的兴致，便说道：

"那就回见吧，我正好顺道办点事。"

"明天下午我会在丸圆社，有什么事请来电话。"驹田说完便上了车。

清冈抬手看了看表，已是晚上十点，现在回家倒是刚刚好。只是自己早已习惯了精彩的夜生活，要是不再找家店玩玩，就这么回家总觉得有些意犹未尽。可是到了这个时间，满街都是晃晃悠悠的醉汉不说，要是去银座的 Don Juan 咖啡馆之类的吧，自己和君江之间的关系在那一带无人不知，自己就这么一个人过去未免不太好看。还要担心被每天出没于银座附近餐厅的无赖和堕落文人等纠缠，更何况要是再看到君江跟哪个醉汉搂搂抱抱的，岂不是更让自己堵心？这么一想，还是只能去最近经常光顾的那家赤坂艺伎茶屋了。可自己看上的那个艺伎已经拒绝自己五六次，今晚就算去，估计也不会答应。清冈这么一想，还没去那边就已经满腹郁闷。但其实认真想想，自己的郁闷并非因为那个不顺从的艺伎，根本原因还是在于对君江的愤恨之情。要是君江能一心一意对待自己，自己又岂会去找那个艺伎，更不会三番五次地被拒，真是丢尽了脸。想到这里，那股复仇的邪念再度复苏，在清冈的内心不断翻涌。他最生气的就是，君江平日里总是一副无忧无虑的样子，不管遇到什么挫折都不会往心里去，还有就是君江对自己能够拥有一个名声显赫的文学家情人，丝毫没有表现出半点骄傲和开心。就算自己跟她提出不再往来，她估计也绝不会有半分留恋，甚至对她来说还是一件好事，她扭头就可以另寻新欢，然后继续像现在这样糊里糊涂地过日子。这种对名利毫无欲望、一心只想过得懒散淫恣的女人，想要让她深受打击简直就是难如登天。要对付这种女人，大概只能在肉体上让她感到痛苦。但自己也干不出剪她头发或是划她脸蛋的事，那估计也就只能诅咒她得上个什么两三个月下不了床的重病吧。清冈就这么边想边随意走着，回过神来才发现已经来到灯火通明的市谷停车场入口。斜眼望去，可以看见低矮的护城河外的那座小镇，还有仁丹广告的霓虹灯在梅雨季节的漆黑夜空中忽明忽暗。

君江的出租屋就在闪烁着仁丹广告牌的那条小巷子里，算起来自己也有三天没看到君江了，再加上刚刚又在富士见町听到艺伎说的那番话，更忍不住要偷偷去看看君江现在究竟在做什么了。下定决心后，他沿着护城河堤拐进了熟悉的那条小巷。

　　拐角处的酒馆和药店还亮着灯，照亮了在这条狭窄的小巷里往来的行人。清冈自去年开始，每隔四五天就会来这里一次，算起来也有一整年了，巷子里的店主大概都认得他。所以清冈一走进巷子就连忙压低了帽檐，脚步也不由得加快了几分，哪知前方的点心店和烟草店居然还未打烊，幸好店里的灯光比较昏暗而且看上去似乎没人。小路入口的小吃店已经关门，清冈四下张望准备走进那条幽暗的小路，谁知竟遇上了君江的房东太太。本想趁着夜色假装没看见快步走过，却没逃过房东太太的好眼神。"哎呀，老爷您来了。"房东太太喊住了他，"差点没看见您。都怪我太疏忽了，刚想锁了门去洗个澡的。阿君今晚会早回来是吗？"

　　"没有，我刚刚正好去市谷办点事，顺便过来看看。我就不等她回来了，您也别跟她说我来过这里，省得她担心。"

　　"那您喝杯茶再走吧。"

　　"您不是正准备去洗澡吗？"

　　"不要紧，洗澡而已，又不是什么急事。"

　　话都说到这份儿上了，清冈自然不好强行离开，只好随着房东太太走进她的卧室兼客厅，在长火盆旁坐了下来。这个房间与楼上一样，都是六叠大，墙壁和天花板都已泛黄，地板大概也松动了，踩上去咯吱咯吱地响着。屋内却被归置得十分整洁，不落尘埃，就连拉门和隔扇纸上的破损都被修补得完完整整，让人感觉这本就是房东太太准备租出去的房间。壁龛里挂着一幅卷轴画，似乎是摩利支天的画像，看起来这幅画从来就没有被更换过。柿漆①的衣柜应该颇有些年头了，而且看起来廉价得很，衣柜上供奉着一个小小的佛坛。火盆里的火支子上架着一个被磨得发亮的铁壶。房东太太的年纪从这些摆设中便可知一二了。她说过，丈夫曾是日俄战争时的一名陆军中尉，最终马革裹尸于战场上。后来她为了抚养唯一的女儿长大成人，只好找些侍女和保姆之类的活计糊口。好在女儿长大后嫁给一个十分富有的贸易商人，现在两人移居美国生活了，孝顺的女儿担心母亲生活过于拮据，总是不时地寄些钱回来。不过也听说女儿寄钱给她是真的，只是并未嫁给商人，而是做了一个洋人的情人，生了一个孩子后便跟着那洋人回国了。清冈不知道这两种说法究竟孰真孰假，也不知道君江为什么会选择住在这里的二楼，为什么怎么都不愿意找个更好的房子。就房东太太现在的言行举止而言，他很难想象这曾经是一位中尉的夫人，倒更像是本所浅草一带巷弄里的普通老太太，就是那种出身低微、缺乏教养、只能勉强看懂酒馆账单的老太太。看房东太太

---

①柿漆，用柿子未成熟的果实榨汁过滤，发酵而成的胶状液。古时沿用下来的传统工艺，在制扇和制年箪艺中均有广泛应用。

对穿着西装留着胡须的男人总是特别尊敬，也不难推测。清冈知道就算现在向她打听君江的情况，八成也问不到什么有价值的信息，只好尽量克制住内心的郁愤，努力用轻松的语气和她闲聊。

"咖啡馆那里人多嘴杂，所以我晚上就算路过一般也不会进去。"

"可不是嘛。而且您这样高贵身份的人尤其引人注意，很容易就被人添油加醋地传出什么不好听的话。哎呀，这都十一点了。"听到旁边的时钟传来的整点报时声，房东太太抬头看了看衣柜上的八角时钟，"老爷，君江就快回来了，不如您再等一个小时吧。要不您上二楼等她，我先把火盆给您点上。"

"我今晚不见她也没关系，明天我再来。"清冈说着就将敷岛烟袋塞回袖兜里。但房东太太从刚刚看到他在附近徘徊的样子就已经看出来不对劲，再加上自己也知道君江的私生活何其放荡，两下一想就大概明白了。她依旧装作若无其事的样子热情挽留道：

"老爷，您要是现在就走，回头君江就该怪我了。"

"你不说不就好了？"

"但我还是会感到愧疚，我去酒馆打个电话给她吧。"说罢，房东太太抽出火盆下的抽屉，从里面拿出一张写着电话号码的纸。

"那我就先去二楼等她，反正她十二点就回来了，你也不用特意打电话过去。"清冈说完站起身来，"阿姨，你先去洗澡吧，我留在这里帮你看家。"

清冈打发房东太太去澡堂后，径自上了二楼，想趁着四下无人看看君江房里有没有什么秘密的信件，要是发现就偷偷带走。房东太太之前就被君江嘱咐过，一旦家里发生什么异常就给君江打电话。所以她出门的时候带上了那张写着电话号码的纸，想着顺路找家酒馆或者药店给君江打电话。

七

房东太太打来电话时，君江刚好就在电话房旁边的卡座陪客人喝酒，听到是自己的电话便立刻过去接。因为距离打烊只有三四十分钟了，大部分客人都已经喝得酩酊烂醉，店里一片骚乱，房东太太在电话里絮絮叨叨说了一大堆，可君江只听明白一句"清冈老师来了"。今晚本不是清冈要来的日子，而且他一般也不会不打招呼就来个突然袭击，所以君江很放心地在傍晚就约好了留洋回国的舞蹈家木村义男共度春宵。谁承想和自己幽会过两三次的汽车进口商矢田居然今晚也来了，还邀请自己和春代、百合子三个人下班后一起去松屋和服店后巷新开的丽丽亭关东煮店尝尝鲜。矢田把她拉到外面央求说，如果跟人有约了，那就陪自己一个小时，哪怕半个小时也好。应付完矢田，她出去了一趟，等再回到店里时就看到矢田正在喂四五个女招待吃东西。也真是凑巧，平时基本不会来店里的松崎老绅士今晚居然也来了，他说自己是到东京站送人的，回家时顺便过来这里看看。这下子君江可真真切切地体会到了分身乏术的痛苦。

银座大街上的咖啡馆可远不止 Don Juan 这一家，但每家店都是临关门前迎来生意最火爆的时刻。留声机里不停放着的音乐，早已被淹没在嘈杂喧闹的人声和乒乓作响的杯碟声中，烟鬼们不停吐出的烟雾弥漫在满是尘埃的房间内。君江感到有些头疼，许是今晚喝了不少酒，可现在不仅要应付好店里的三个男人，还要考虑家里的那位不速之客，君江真是感到束手无策。为什么这么多人就像约好了似的同时出现在自己面前呢？她不觉得这是自己的问题，而是将这一切都归咎于无辜的旁人。不如干脆将自己灌醉，这样店里的小姐妹们应该就会帮自己遮掩过去，心下这么一番盘算后，君江走到松崎的桌旁。

"今晚我要喝个够，请我喝伏特加吧。"

"是不是发生了什么不开心的事？跟客人吵架了？"松崎不愧是个久经沙场的老人，一下子就看出了苗头。

"那倒没有，但是……"

"但是？看来我猜得差不多。"

君江一时词穷，只好沉默不作回应，她忽然想到这个老人是做女招待之前就认识的，想必对自己的过去也是一清二楚的，这么说来也许还真是个合适的倾诉对象。正好旁边也没有其他女招待，君江便靠到他身边说道：

"今晚真是愁人啊，我还从未碰到过这种情况。"

看君江一脸忧郁，松崎还有什么不明白的呢？"我很快就回去了，今晚只是顺路过来体验一下咖啡馆的氛围而已，下次白天我再来找你慢慢聊。"

"真的太抱歉了，别生我的气好吗？答应我。"

"我怎么会生你气呢。我已经看出来，你已经约好别人了吧？"

"真不愧是叔叔，那您是怎么看出来的？"于是君江便在松崎的耳边老老实实地说了自己今晚的遭遇，"您觉得我该怎么办才好？"

"办法有的是，这有什么可为难的？"松崎听罢就给君江出了一个主意。他让君江在下班时迅速带一位客人去艺伎茶屋，但要告诉他自己今晚有事不能在茶屋过夜，然后用最快的速度服侍好这个男人后，趁着男人收拾的工夫，假装慌慌张张地迅速离开，实际上是去找一个空的房间迅速藏好。当然在这之前，还要找一个信得过的女招待帮忙跑一趟市谷的出租屋，告诉房东太太有个客人提出开车送她们回家，两个人没想那么多就坐上了车，哪知客人竟强行带她们去了艺伎茶屋。趁着客人喊艺伎准备酒菜的空隙，这个女招待就一个人偷偷溜出来找清冈赶紧去接君江。这样一来，清冈肯定会亲自到艺伎茶屋来的。在清冈来之前，君江有一个多小时的时间可以应对前一个客人，以她的本事想必根本不算什么难事。至于另一位客人，就以不想被人看到为由让他一个人先去另一家艺伎茶屋等着。当然，这位客人就比较可怜了，因为他是注定一晚上也等不到君江的。他一定会非常生气，而且越是生气就越是想要得到君江，第二天也一定会一脸怒火地上门找君江算账。这时候，君江只要想办法哄好他，就能让他更迷恋自己。松崎捋着他下巴上花白而整齐的胡子继续说道："不过这样一来，你就要找一家信得过的艺伎茶屋配合一下。你有相识的茶屋吗？"

"嗯，牛込那家怎么样？我在诹访町那阵子还跟你去过两三次，除此之外，我最近也经常去三番町的一家茶屋。"

这时当值的女招待走了过来，君江连忙随意扯了几句玩笑话后便走开了。松崎一看，再过半小时咖啡馆就要打烊了，他很好奇君江的客人到底是谁，君江又会怎么对付他们，他还真想干脆就坐在这里暗中慢慢观察，又觉得这种行为也实在太过幼稚，最终还是结账离开了。街道两旁的商店早已关门打烊，店里一片漆黑。兴许是傍晚下了场雨，再加上确实天色已晚，路上只剩下几个夜宵摊子还在营业。银座大街两侧的宽敞小路此刻一片寂静，空气中雨雾弥漫，只有咖啡馆和酒吧的霓虹灯从湿漉漉的路面上倒映出来。剧场和歌舞伎院早在一个小时前就停止营业了，还在街上悠闲漫步的男男女女只可能是刚从咖啡馆里出来。来往的电车上也只有零星的几个乘客，还有汽车在遥远的街角徘徊着。

若无要事，松崎一般不会来银座大街，所以他对这里感到十分新奇，此刻正站在尾张町的十字路口四处张望。看着如同脱胎换骨的银座大街，松崎不禁想起了自己的前半生。

松崎是法学博士，年轻的时候在木挽町附近的某个政府部门做过高官，在一起闹得满城风雨的重大贪污案件中受到牵连，被判入狱。不过他早已攒下一大笔钱，足够出狱后的生活和享乐开销，而且子孙们也都长大了，一个个都还算有出息，自己也就没什么好挂念的了。在因贪污案件入狱之前，他每天都会从位于麹町的老宅搭乘人力车，经过这条银座大街后到达上班的地方。大震灾①后的银座大街每一天都迅速发展，日新月异，回想起曾经的那条每日必经之路，松崎颇有一种恍如隔世的感觉。这种心情不似如今的罗马人看到罗马古都时涌起的那种悲怆之情，大抵只是类似于观众看到魔术师的神奇手法时发出的那种惊叹。这座正在努力复制西洋文明的城市竟已经繁华至此，这让他不禁感到一阵悲哀。他的这份悲哀之情倒并非因为看到

①日本关东大地震，于1923年9月1日在日本关东地区发生，震级7.9级。

街道两旁商店的变化，而是在此生活的女招待们的境遇让他感到更加悲痛。君江这样天生就没有羞耻心和贞操观念的女子，在众多女招待中绝算不上是个特例，一定还有许许多多类似的女人每日出没在这条大街上。君江名义上是个以卖笑为生的陪酒女，虽然与那些传统的艺伎娼妓有所不同，但却与西方社会上随处可见的私娼已无甚分别。如今，这样的女人却能够堂而皇之地出入于东京市的繁华街区了。尽管这是整个社会风气变化后的产物，但这社会风气也变化得太令人匪夷所思了。不过回头想想，当时被法庭以渎职罪宣判时，自己心里也没生出多强烈的愧疚感，或许这也是当时的社会风气导致的结果。二十多年过去了，自己这个曾在社会上引发轩然大波的老头子，如今也能安安稳稳地坐在银座街头的咖啡馆中悠闲地喝咖啡，谁也不会再翻出陈年往事来指责自己过去的罪行了，所有的功与过都已被岁月的尘埃所淹没，就像做了一个长长的梦。无论是对这个人世间还是对自己的人生，松崎都是秉持着一种愤慨与冷嘲参半的沉痛心情来看待的。他知道人生在世，不论过去还是未来，只有当下的苦乐才是最真实的，不必过多计较他人对自己毁誉或是褒贬，过好自己想要的生活才是最重要的。现在不正是自己人生的顶峰时期吗，年过六十依旧健朗，还可以像年轻人一样毫无顾忌地抱着二十岁的女招待调情，而且完全无须为此感到羞愧。单这一点就已经远胜于王侯了，想到这里，松崎博士忍不住笑出了声。

君江和舞蹈家木村义男约好，从咖啡馆出来后就在有乐桥旁幽暗的河畔碰面，再一起乘坐汽车去三番町的千代田家。那是君江经常去的一家艺伎茶屋。之后她打算按照松崎老爷子教的那样，跟木村义男说自己有事要先回去，然后躲到另一个房间里一脸无辜地等清冈老师来接她。但一起乘车的过程中她意外地发现木村其实是个非常开明的男人，他觉得女招待同时跟两三个情人交往是再正常不过的事了。所以君江就在千代田家二楼的走廊上向木村原原本本地坦白了今晚的事。没想到木村竟一脸歉意地对君江说：

"你要是早点告诉我，就不用这么烦恼了。都是我的错，既然你不方便，那就下次再陪我吧。"

木村说着还上前搀扶了君江一把，似乎想让她快一点，接着又帮她系好了和服的带子。

君江是在邦乐座的舞台上第一次见到木村义男的，他在两段电影放映的中场上台跳了一支舞，从那天起，君江就对这个男人产生了几分兴趣，若是现在就回去未免遗憾。杂志和报纸等媒体对木村的舞蹈是这么评价的：这是继俄国著名舞蹈家尼金斯基①之后的西方舞蹈与日本舞蹈完美融合后形成的兼具东西方

---

①尼金斯基（1889—1950），国际舞坛奇才，是被誉为"世界第八奇观"的男舞者。

美感的艺术。他在舞蹈中鲜明地展现出男女两性的曲线美，这种动态的艺术形式远比绘画、雕刻等静止的造型艺术更加震撼人心，也比音乐这种内涵的艺术形式更能带给人以直接、深刻的感官刺激。君江当然看不懂这些高雅的审美评论，不过她看着这些光明正大地在观众面前搂搂抱抱，还摆出各种姿态的赤身男女，内心就暗自琢磨，不知跟这种男人共度春宵会有什么不同？这种心情就像是艺伎看到相扑运动员就两眼放光，女学生看到棒球运动员就忍不住飞奔而上。

"老师，都这么晚了，您应该不会回家去吧，肯定是要拐到其他什么地方去的对吧？真舍不得跟您分开。"

"但是你的老主顾来了呀，没办法，不是吗？我现在回家去了，你要是不信可以打我家电话。"木村递过一张名片，"君江小姐，反正我们下次一定还有机会再见的。"

"那您一定要等我，我真的好舍不得您，一点都不想回去。"君江对新交的情人总是特别难舍难分，现在这老毛病又上来了，于是依旧赖在早已收拾妥当准备回家的木村膝盖上，握着人家的手不肯分开。

两个人又依依不舍地缠绵了一会儿，君江才叫车送木村回去，然后到走廊上叫来老板娘问了问时间，已经到了凌晨两点。老板娘说那位叫清冈的客人还没来店里，就连电话也没来过一个。汽车已经抵达，木村就先回去了，君江又独自一人在店里等了半个小时，依旧不见清冈的影子。下班前君江就已经拜托琉璃子去自己在市谷的出租屋跟房东太太说一声，琉璃子以前在理发店里给别人梳头的时候也没少去各种艺伎茶屋，所以应该不会出现纰漏的。照这么看来，清冈应该在琉璃子到达前就已经生气地直接回家了。君江越想越觉得清冈一定是先回去了，那自己刚刚让木村先走岂不是太可惜了？她暗自后悔不迭，掏出刚刚放入腰带的名片看了看，上面详细地写着木村的住址昭和公寓及其电话号码，君江立刻起身准备下楼打电话。就在这时，外面传来了一阵人声，原以为一定是清冈来了，仔细一听竟有些像是矢田的声音。之前矢田在咖啡馆反复邀请自己去后面小路的丽丽亭吃关东煮时，君江都以有约在先为由拒绝了。不过君江骗矢田说，下班后倒是可以陪他去艺伎茶屋过夜，只是要稍微迟一点才能过去，所以让矢田定好地点后先过去等她，其实君江是打算就这么让他白白等上一宿的。

对君江深信不疑的矢田独自一人先到了神乐坂的那家茶屋，那是他和君江初次约会的地方。可是一直等到两点还不见君江前来，就连电话也没来过一个，矢田逐渐开始不耐烦了，细细思索了一番，觉得今晚的事情颇有些蹊跷。他忽然想到了十天前君江曾带自己去过的三番町的千代田家，要是真让自己在那边发现其他男人，不闹个天翻地覆不罢休。于是他立即出去叫了一辆汽车，到了千代田家后一敲门，老板娘立刻就打开了木板套窗。矢田拉开窗帘问了一句"君江在吗"，老板娘觉得这一定是君江在等的那位客人了，便立刻答道：

"夫人一直在里面等您呢，老爷来得可真够慢的呀！"

矢田一头雾水，只得乖乖地跟着老板娘上了二楼，进门后连帽子都顾不上摘，就一脸讶异地坐在壁龛前打量着这个屋子。

君江在后面的楼梯处向老板娘打听后，就知道今晚的事情已经彻底脱离了自己的掌控，略一思索，她决定干脆将计就计，于是一把拉开了房门劈头盖脸就来了一句：

"矢先生您是不是也太过分了？"

矢田尚还沉浸在老板娘刚刚那番话中百思不得其解，君江的话更是让他惊在原地，一脸不知所措地眨了眨眼睛。

"我差点就准备回去了。"君江一本正经地坐下来后，低着头生气道。

"你们到底在说什么？"矢田这才回过神来摘下帽子，"为什么我一句也听不懂？"

君江依旧低着头摆弄膝上的帕子，这时老板娘端着茶水进来说道：

"老爷还真是让我们好等呢。二位要不要来壶酒？"

"真是不好意思让您等了这么久。"君江压低了声音说道，"害您这么晚还不能休息。"

"说哪里的话，我们早就习惯了。二位请随我来。"老板娘接过矢田的帽子和薄外套后站起身来，不待矢田说话就领着二人走进二楼内侧那间四叠半的房间，矢田当然不知道这就是刚刚君江和舞蹈家温存过的房间。

君江小睡了没多久就被一阵雨声吵醒了，她睁开眼睛看了看窗外，发现天色尚早，便准备再睡个回笼觉，门外突然传来了一个女人高亢的声音——"怎么突然变得这么热了？"接着又响起了一阵急促的木屐声，可算是彻底吵醒了君江。屋檐上传来了麻雀清脆的叽喳声，不远处似乎有人在弹奏三味线，旁边的屋子显然已经有人开始清扫了，不时传来一阵阵吧嗒吧嗒的推拉门声，屋顶上也传来了脚步声，大概已经有人上去晒衣服了。君江心想，屋外大概又是一个雨过天晴后的艳阳天。屋里电灯亮了一整晚，而且一直都关着门，此刻宛如天然的大蒸笼。屋里的闷臭味让君江感到难以呼吸，就连头都开始疼了。她正打算爬起来开窗透透风时，矢田也醒了，昨晚的怒火早就在君江的温柔乡中消失得无影无踪，一看君江要起来连忙拦住了她：

"让我来让我来。还真是够热的呀！"

"你看这里，你摸摸看。"君江说着就脱下了系着细长红领漂白布的内衣，把它放在窗边晾干，然后又躺下来伸了个懒腰，雪白的肌肤一览无余，看得矢田两眼放光。

"真是比木村舞蹈团的那些人都性感。"

"什么性感？"

"你的身体呀。"

君江看着被自己蒙在鼓里还一脸满足的矢田就觉得好笑，她努力用平静的语气说："矢先生，您一定有中意的人吧？木村舞蹈团那些女孩子可真是性感，连我这样的女人都忍不住流口水，更别说你们这些男人了。"

"你可别冤枉我呀，没有的事。那些人也就是在台上好看，真要见了面也是话不投机半句多。那些舞蹈演员和模特儿啊，都只不过是靠裸露身体吃饭，其实接触起来压根儿一点意思都没有。我现在心里除了你，谁也装不下了。"

"你就会瞎说哄人家开心。"

矢田正欲好好解释，门外却传来了老板娘的声音："二位醒了吧，我给二位备好了洗澡水。"

"已经十点了。"矢田拿起枕边的手表看了看，"我得去店里一下。阿君，你今天上的是晚班吧？"

"今天下午三点要到店里。不过这么热，我不想回家了，就在这里继续睡会儿吧。你也一起吧！"

"嗯，我也想啊。"矢田想了想说，"我先去洗个澡再说。"

矢田给自己店里打了个电话，店里的员工说正有些急事等他回去处理，所以他连早饭也没顾得上吃便留下君江一个人急匆匆地赶回去了。这时已经将近中午十二点，可依然没有清冈的消息，君江便给出租屋旁一家关系不错的酒馆打电话，请他帮忙叫一下房东太太。据房东太太说，君江的小姐妹昨晚来过了，后来清冈就带着她一起出去了。君江猜测八成是清冈看上了琉璃子，所以才没来这里找自己。但这也就是想想，君江才不会花心思去跟别人争风吃醋。自从十七岁那年秋天离家来到东京，这四年间跟自己有过肌肤之亲的男人都数不清了，她从不会奢望自己能获得小说里那样美好的爱情。所以她也从没有体会过什么叫忌妒。君江知道自己若是深爱一个男人，就可能因此生出幽怨和愤怒，继而衍生出无限的纠葛；若是为了钱而取悦男人，就难免会受到很多束缚，所以索性就肆意游戏人间，无论对方是老是少，是美是丑，只要来了兴致就陪他们玩玩。从十七岁的青葱少女，到二十岁的风华正茂，君江一直都在享受这种恣意欢爱的乐趣，根本无暇考虑什么叫刻骨铭心的真爱。当然也有过偶尔孑然一人睡在出租屋二楼的情况，不过那时候想的都是尽快弥补平时的睡眠不足。精神一旦恢复，君江便会继续寻觅新猎物。所以不管身边发生多严重的事情，只要进入了梦乡，那些事情在她脑中就会变得模糊不清，就像是一场梦，以至于经常睡醒后都要好好回忆一下哪个是现实，哪个是梦境。对君江而言，这种情绪与感觉上的混沌不清最能让她感到畅快。

此刻，君江也沉浸在这种快感中，恍惚醒来时，她知道已经快到下午三点了，但她就是不想离开枕头，侧身一看枕边，自己昨晚脱掉的和服和解开的腰带散落一地。昨晚就在这个二楼尽头的四叠大的房间内，舞蹈家木村回去后，进口商矢田又来了。早上矢田回去前打开的那扇窗户至今仍未被关上，就连忘了关掉的电灯也和昨晚一样，在壁龛内照出了一道插花的影子。慵懒的三味线音乐，以及街上货郎的叫卖声悠悠地传入耳中，从窗户吹进房内的轻风懒散地抚弄着她的侧脸，真是舒服至极。若能再来个男人就好了，不管是矢田还是其他人，只要能让自己燃起的欲望充分发泄出来就行。情欲高涨却得不到满足的滋味让她很是难受，她轻轻地闭上眼，双手交叉从胸前抱住自己，深深地叹了一口气后蜷起身子。这时，不知是谁轻轻拉开了房间的门，君江睁眼一看，屏风前站的男人不正是昨晚让自己深感遗憾的木村义男吗？

"你怎么来了？"君江只是轻轻抬了抬脸，接着便又恢复了仰面的姿态，伸开双臂示意木村蹲下，然后便猛地把他拉入自己的怀中，"我不是在做梦吧？"

一番温存过后，木村告诉君江昨晚回去后发现自己的银制手工铅笔不见了，所以回来找找看。

两人起身后一起到外面的大厅准备吃点东西，可君江没来得及动筷子就听到有人喊她接电话。是琉璃子打来的，原来琉璃子昨晚按照君江的委托，把自己弄成一副狼狈的样子后就去了本村町，告诉清冈老师君江在三番町的千代田家一事后，清冈立刻就沉下脸来，根本不听后面的说辞，半道上丢下琉璃子自己回去了。琉璃子原想着今天看到君江的时候告诉她，可一直等到三点上班也没发现君江的身影，所以先给君江出租屋旁的那家酒馆打了电话，从房东太太的话语中推测君江应该在这里，所以就打来电话找她了。

日暮时分，两人吃完饭后，木村表示现在还要回去排练，因为明天是自己在丸圆剧场的首场表演。他匆忙地收拾了一下，并拿出五六张特等座的票交代君江帮忙卖给咖啡馆的那些小姐妹们，然后立刻出门，就连晚饭钱和车钱都没留下。

君江觉得怎么反而像是自己包养了一个落语①艺人或是搞笑艺人，顿时就觉得兴致全无，好不容易才有了一整天都生活在梦境中的感觉，这下子也基本消失殆尽。天边的太阳已经落下地平线了，君江认真地回忆了这一晚的经历，这才发现原来一件顺心事也没发生过，真是让人沮丧。自己一个女人也不能老是赖在艺伎茶屋不走，所以帮木村付了饭钱后就离开了。这时正是烟花巷中最热闹的时刻，巷子里随处可见精心打扮过的艺伎们。现在去咖啡馆太迟了，但又不想就这么回家。既然如此，那就去桐花家看看京叶吧。在十字路口处转弯时，君江看到前方一个看似要去陪客的女子正用手提着裙摆，红色的和服

①落语，日本传统曲艺形式之一，在表演形式和内容上与中国传统单口相声相似。

在晚风中轻轻飘动。仔细一看，正是京叶。

"小君，你这是要去银座？"

"太晚了，我想直接回家了。"

"你……昨天是不是去了千代田家？"

"咦，你怎么知道？"

"你先别管我是怎么知道的。你以后可千万别再去那边了。你知道吗，我昨晚看见清冈老师了。"

"什么？"就连一向淡定的君江此刻也瞪大了眼睛。

"昨天刚入夜的时候，我在野田家见到的。当时屋子里有三四个客人，我是后面才进去的，所以只是粗略地扫了一眼，也没认清对面坐的是不是他。后来我跟另一个客人打听了一下才知道，你经常去千代田家的事情被几个艺伎发现了，据说其中一个就住在千代田家的隔壁，透过窗就能看到那边的情况。偏偏当时在屋里的那几个艺伎都不知道你和清冈老师的关系，都在那边口无遮拦地评论你。这里不方便说太多，我明后天正好要过去找房东太太，到时候我们再细说。总之，你最好别去那边了。"

"居然还有这种事？好的，我在家等你来。"

巷子里人来人往，十分嘈杂，游荡的小狗、艺伎的男随从、饭馆的伙计，还有往来穿梭其中的艺伎，总是不时地把两人分开。

八

鹤子每天早上都只是简单地喝点牛奶，吃一两片烤面包充饥，因为她的丈夫不睡到日上三竿一般是不会醒的。吃过早饭后鹤子清理了鹦鹉的笼子，那只鹦鹉已经陪伴自己许多年。然后再给盆栽浇浇水，最后才是给自己梳头，并换上外穿的衣服。一切收拾妥当后就在一旁等着丈夫醒来。这天也是如此，女用人取回牛奶的时候顺便带了信件回来，其中有一封是用洋文写的地址和收件人，鹤子不假思索地抽了出来，仔细一看原来是写给自己的，信封上那熟悉的字迹可不就是当时从女校毕业后教导过自己两年的那位法国夫人休露吗？

休露夫人的丈夫阿鲁佛兹·休露博士是一位享誉全球的东洋文化研究泰斗，休露夫人曾伴随丈夫游历中国十余年，后来又在日本定居了几年，回国后不久丈夫便离世了。悲痛的休露夫人为了排解忧伤只身前往美国到处游历，随后再次来到日本东京生活了两年，鹤子与女校的同学就是在那段时间跟随休露夫人学习法语和礼仪的。四五天前休露夫人再次踏上日本的土地，是因为她在巴黎整理亡夫遗稿出版的过程中遇到紧急问题需要来此处理。此次休露夫人写信给鹤子主要是希望鹤子能抽时间到她入住的帝国大饭店叙叙旧。

此时外面响起了正午的钟声，正百无聊赖地等丈夫起床的鹤子给饭店打了一个电话后便出门了。

休露夫人是十分典型的西洋妇人长相，一张胖胖的圆脸，由于年纪原因皮肤已经松弛下垂，眼睛细长，身材肥胖。她在日本生活了许多年，再加上略能识些汉字，所以沟通上丝毫没有障碍。别看她是个洋人，若论起用《说文解字》查阅汉字的能力，想必现在很多日本学生都要甘拜下风。

鹤子来到饭店的时候正好赶上午饭时间，于是休露夫人就带着她一起来到餐桌上用餐。休露夫人告诉鹤子自己在整理亡夫手稿时遇到了两个问题需要在日本解决：一是手稿中涉及部分神社与寺院中的古器物，但照片尚有不足，所以要来日本购入一些；二是想找个合适的日本人，与她一起赴法国整理老宅中珍藏的东洋书画古籍。

鹤子问她需要什么样的人选时，休露夫人表示只要具备区别和歌①和端歌②的能力即可，倒也无须什么专家学者，反而是对日本传统文化感兴趣并有着独特见解之人更为适合，当然如果多少能懂些法语就再好不过了。

"这份工作大约需要占用半年的时间，如果你还是单身，我

①和歌，日本的一种诗歌形式，由古代中国的乐府诗经过不断日本化发展而来。
②端歌，日本古代独特的弹唱，与中国的苏州评弹中的弹词开篇有着异曲同工之妙。

一定会拜托你来帮忙的。只是现在不能这么麻烦你了，所以我得另找一个合适的人才行。"

鹤子一听，激动得差点推开了桌子，就连仪态都顾不上了，半个身子探出桌面，说道："我能去个一年半载……如果您觉得我能帮上忙，请一定让我跟您去。"

"你……你真的可以跟我走？"休露太太又惊又喜地瞪大了眼睛。

"我一直梦想着有一天能到国外看看。"鹤子努力克制着内心的激动，尽量用平静的语气说道。

早上收到休露太太来信，来到饭店坐到这张餐桌前时，鹤子做梦也想不到自己的人生将会出现翻天覆地的变化。命运从来都是变化莫测的。鹤子总觉得休露太太的话中似乎蕴含着勾魂摄魄的力量，吸引着自己无比憧憬那遥远的法兰西共和国。去法国以后的生活是好是坏，现在完全是个未知数，但一直以来自己都在等待一个足以离开清冈家的机会，直到这一刻，这个机会才真正出现在眼前。她曾经一度绝望地认为现在的生活完全是对自己罪过的惩罚，是报应，是自己无力改变的天意，所以她早已放弃了自己的人生，只想尽快度过余生，到了晚年兴许能云淡风轻地回忆过去半辈子的悔恨与悲苦。她怎么也想不到机遇竟然真的出现了，就如濒临溺亡之人遇见了一根浮木般，她毫不犹豫地扑上去紧紧地抱住。她已经暗暗下定决心，如果有人反对，她一定会拼尽全力维护自己这唯一的希望。

吃过饭后，两人又坐在走廊的长椅上喝着咖啡聊了一个多小时。鹤子走出饭店时，梅雨季节的暑热如一口大蒸笼般笼罩在头顶，但即便如此也挡不住她的步伐。鹤子从日比谷的十字路口坐汽车去了世田谷的公公家，向公公坦白了自己想去法国的愿望。清冈熙说自己任大学教授时曾与休露博士交流过两三次，还说："你到了那边，如果有什么古籍方面的问题，随时写信回来问我。"想着终于可以脱离这个家庭，鹤子满心欣喜地沐浴着夏日的夕阳回到家中，希望快点得到丈夫的首肯。谁知清冈进出门了，一直等到夜里十二点多终于等到他说会晚回家，让妻子先睡的消息。鹤子无奈，只好先睡下了。第二天起来后简单地留下一张字条，说自己有事要去一下帝国饭店找休露夫人，不待丈夫醒来就出门了。到了饭店后，休露夫人表示自己将在第二天前往京都与奈良，接着在长崎待上两三天，然后再回到神户乘坐客船回国。她拿出一张行程单，上面详细记载了她每一天的行程与居住的饭店。她让鹤子一定要尽快去大使馆办理旅游签证，据说直接联系办理的科室就可以了。

鹤子终于在第二天夜深人静时向丈夫说明了自己即将前往法国之事。清冈进听完很是吃惊，连刚刚喝下的酒都醒了一大半，不过还是强装轻松地说道：

"是吗？那你去吧，没事。"

"约定是半年。如果提早完成工作，我就立刻回来。"

"不用急着回来，出去一次不容易，还是趁这个机会好好学习，好好见见世面吧。"

两人不再说话。清冈进推测鹤子的法国之行必是没有商量余地，若自己摆出一副依依不舍的样子，鹤子肯定会暗笑自己："你看吧，平时不珍惜我，后悔了吧？"但如果太过冷淡，又会被她看穿自己其实"早就等着你自动离开"的内心，所以只能采取一种含糊的态度。鹤子也是如此，若是自己表现出留恋丈夫的样子，一旦丈夫真出言挽留岂不是大事不妙；但若是过于冷淡，丈夫定会认为自己冷血无情。夫妻二人都在小心翼翼地试探着对方，尽量回避着真相，只求和平得体地演完这场戏。

一周后，鹤子在一个黄昏登上了前往神户的特快列车。原本清冈进的好友们还想着给鹤子举办欢送会，但鹤子不希望自己的名字出现在报纸等处，免得给娘家带来困扰，所以坚决地拒绝了他们的好意。那天傍晚前往车站给鹤子送行的人除了丈夫清冈进与他的门生村冈，以及一位姓野口的学生外，就只有两三个鹤子昔日的同学。她们如今也都已嫁给了与自己门当户对的人家。鹤子的哥哥偷偷给了一笔钱供她远行，不过碍于人多口杂，终究没有前来送别。住在世田谷的清冈熙也以年事已高为由没有前来。

列车驶出站台后，清冈进和野口以及鹤子的闺中好友在走下站台时自动地分成了两拨，只有村冈一个人还单手拿着帽子目送列车离开。

清冈进回头喊道："喂，村冈，你怎么还在那里发呆？"

"我只是觉得她一个人离开挺孤单的。"村冈环顾了一下早已空无一人的站台，然后随着清冈进朝出口走去。

"那个女人，今后将迎来她人生的第二篇章。"清冈进说罢，将手里的半截香烟用力地扔向铁轨的另一边。

"可是，半年之后她不就回来了吗？"

"回来是回来，只不过恐怕不会再回我家了。"

"老师，我总感觉这是一种暗示呢。"

"我说村冈，你怎么没去做她的情人呢？我很了解她的，她一直都喜欢你这种感性又相对纯情的男人。"

村冈今年还不到三十岁，听完这话不禁羞红了脸："老师，您可不能拿这种事开玩笑啊！"

"哈哈哈……不过等她回来也不迟嘛。"清冈进越发觉得村冈的反应很是有趣，便大笑了起来。

检票口附近满是往来的行人，三人止住了话题走到停车场外。梅雨时节的晴天里，晚风中还是透着寒意。

"喂，野口。天色还早，看个表演再回去吧。我这里有免费票。"清冈进打发走了野口后，便带着村冈在高楼间的人群中漫无目的地穿梭着。

村冈突然想起了什么似的问了一句："老师，Don Juan 的那个人就这样了吗？"

"嗯，我有别的打算。"

"什么打算？"

"啊，现在还不太清楚。不过我以后不会再把你牵扯进来了，放心吧。你就是太过善良了。"

"是吗？"

"我怎么感觉像在说一个乡下老头儿似的。"

"但是，我其实觉得君江小姐并不可恨啊！"

"因为你是个旁观者。说实话，我也没有多恨她。只是觉得心里憋得慌。也没有到复仇或者报复那种程度，就是想让她稍微吃点苦头罢了。不过我现在要是告诉你我的计划，你一定会觉得我太残酷，简直不是人。"

"什么计划？"

"不是我不信你，只是现在还没到说的时间。"

"难道你是要去警局秘密举报她？"

"傻呀你，举报她有什么用？顶多关进去两三天就又出来了。就算不做女招待，她也有的是本事继续活下去。我想的是断绝她的一切后路，当然我不能亲手处置她，我要想办法借刀杀人，这就是我现在一心筹谋的事情。哈哈哈哈，这都是我的幻想了。不，其实我是打算把我这种男人的心理活动写到下一部小说中去。我记得巴尔扎克有一部类似的小说，写的是某个被欺骗的男人将藏有奸夫的柜子给锁死，然后在那个位置上砌了一堵墙，最有意思的是他居然带着那个淫妇靠着这堵墙喝酒。我幻想的情节嘛……我要写的故事是这样的，男人将女人剥个精光后用车带到银座大街之类繁华的地方，然后把女人丢出汽车。要是绑在日比谷公园的树上应该会更吸引人吧。以前不是说奸夫淫妇就该绑在日本桥边暴晒吗？我要写的就是类似的情节，你觉得如何？只是不知道现在的读者能不能接受这种类型的小说。"

村冈已经分不清清冈进是真在构思小说，还是故意戏弄自己，又或者是借着构思小说为由说出了报复君江的计划。但无论是哪种情况，都足以让他感到毛骨悚然。好不容易调整好心情后，他说道：

"应该不错，我想读者应该也看腻了那些你侬我侬的故事吧。"

"在女人和情人偷情的时候放把火是不是很不错？衣冠不整地逃出来，在火场趁乱抓住这个荡妇，然后带到一个无人发现的地方尽情凌辱……"

"嗯……"

"我还在想细节问题……"

"老师，我看你就别想了。这种事想多了影响心情。"

"今晚，注定是狂风骤雨的一夜。"

此刻的天空乌云密布，似有倾盆大雨等在半空中伺机而动。一阵大风刮过，几颗繁星在乱云之间若隐若现。路旁的新树在大风中凌乱，柔软的新叶被风刮下，散落于地面。平日里本就人迹罕至的丸内街，此刻更是让人觉得阴风阵阵，静得恐怖，总觉得什么时候就会有一批盗贼突然从两旁阴森林立的建筑物间杀出来似的。

"我听说上次有个帝国剧院的女演员在回家的路上被人从车上硬拽下来，腿都摔折了。好像到现在也没抓到犯人。"

"是吗？居然还有这种事？"

"我还听说有个艺伎在睡着时被人涂了病毒在眼睛上，最后失明了，我想君江这种女人大概也逃不出这种下场……"

这时清冈突然叫了一声，吓得村冈连忙过去看了看怎么回事，原来是巷子里吹出的一阵大风把清冈头上那顶昂贵的巴拿马帽给吹跑了。

两个人不知不觉就走到了日日报社附近，走了太久，两人都有些累了，于是就近找了家小咖啡馆休息。进门后清冈和村冈分别喝了一杯威士忌和啤酒后便继续在大街上随意走着，一直走到了银座大街。村冈原本打算回家，怎奈清冈不肯放行，说是今晚要拉他一起去里巷几家从未去过的咖啡馆逛逛。这天晚上，两人连着喝了五六家，而且清冈一进店里二话不说就灌下四五杯威士忌，一向酒量颇佳的他到最后也醉得差点儿瘫成

107

一团。饶是如此，他还要继续往旁边的另一家咖啡馆里冲，吓得村冈连忙扯住了他羽织的袖子：

"老师，今天就到此为止吧？不如我们找个别的地方玩儿，咖啡馆我都玩腻了。"

"现在到底几点了？"

"已经十二点了。"

"都已经这么晚了？"

"是呀，咖啡馆也快要关门了。"村冈觉得现在清冈都醉成这样了，站在路边着实很危险，倒不如先把他带到那家艺伎茶屋去反而更安全些，"老师，不如我们找个清静的地方慢慢喝吧？"

"嗯，你总算有个让我满意的提议了。哪里都行，你找个喜欢的地方带我去。"

"那老师，我们坐车过去吧。"村冈像是生怕他反悔似的马上伸手牵住清冈的衣袖，拉着他向通往土桥的西银座新大道走去。

"等一下，等一下。"清冈走到一处黑暗的墙边撒起尿来，村冈便自觉地走到稍远一点的拐角处等他。正好远处结伴走来了三个女人，一身女招待装扮，擦身而过时村冈猛地认出了Don Juan的君江也在其中，君江显然也认出了他，发出一声不知是"啊"还是"哎呀"的惊叹，在猛烈的风中听得不太清楚。村冈正想说什么，却猛然想起刚刚在丸之内散步时清冈告诉自己的那些话，不禁有些胆战心惊，便摇头摆手地示意君江赶紧离开。村冈生怕清冈若在这个人迹罕至的里巷街角发现君江站在面前，说不定会借着酒胆干出什么可怕的事情来。要是再被记者发现，在报纸上大肆渲染一番可就麻烦了。

君江也不知是否明白了村冈的意思，不过总算是没有停下脚步。就在她们三人正要走进对面的一家荞麦面馆时，清冈终于撒完了那一泡长长的尿，晃悠着脚步走到村冈身边，看着对面说："那是哪里的女招待？老子要请她们吃饭！"

村冈一听，吓得赶紧拉住他的袖子："您别这样，会被人家认为是个变态大叔的。"

"这有什么关系，老子就要请她们吃饭。"

"老师，您可别去。"村冈用尽全身力气抱住了清冈，并迅速拦下一辆路过的一日元出租车。等一切稳定后村冈才发现，原来刚刚的狂风中已经夹杂着蒙蒙细雨，此刻车窗上早已是一片朦胧。

琉璃子、春代和君江三人从荞麦面馆出来后便一起乘坐汽车回家。琉璃子在赤坂一木处先下车回家了，接着春代也在四谷左门町处下了车，司机继续载着君江前往事先说好的最后一个目的地。出租车从盐町的电车车道处拐弯，接着在津之守坂下坡。此时已是深夜，加上不停地飘着小雨，路上几乎已经不见人影。君江刚刚也喝了不少的酒，车里就剩她一人后就困得忍不住闭上了眼。突然一个男声响起："君子小姐。"君江吓得连忙惊醒过来，不免觉得这个司机真是讨厌。但自己并不认识这个司机，为何他竟知道自己的名字？或许是刚刚从三人的对话中听到了名字，所以打算跟她开开玩笑吧。这么一想倒也合情合理。"已经到本村町了吗？"君江问道。

"我刚刚一眼就认出了君子小姐，你不记得了吗？我们在诹访町的加藤那里曾见过两三次呢。"司机一边不紧不慢地开着车一边说道，还摘下头上的鸭舌帽让君江看清他的脸。

自己是在京子，也就是如今在富士见町工作的京叶同住时认识诹访町的加藤先生的。既然知道诹访町这个地方，想必确实是来过两三次的客人了，只是君江已经完全记不起他是谁了。君江平时就经常在想，若是在咖啡馆中遇见当时的客人该怎么办，但毕竟东京是名副其实的大城市，自己这半年来尽管辗转过包括现在银座这家 Don Juan 在内的不少咖啡馆，但一直也没真遇到哪个昔日的客人。时间一长，心里绷着的那根弦也就松了许多，谁承想今晚居然被出租车司机给认了出来，君江一时被吓得有些无所适从，看样子也只能硬着头皮死不承认了。

"你认错人了，我不知道你说的是谁。"

"以君子小姐的姿色，我岂会认错？我都沦落到开出租车了，君子小姐也不过就是个女招待嘛，又能高贵到哪里去呢？不管是家鸡还是野鸡，终究是变不成凤凰的。"

"停车，我要下车。"

"下着雨呢，我一定要把您好好地送回家。"

"不用麻烦你。"

"君子小姐，我记得那时候你是十日元一次吧。"

"让你停车，你为什么不停？老娘是那种因为怕男人而不敢走夜路的人吗？蠢货！"

大概是君江的气势起作用了，再说也不能在这里对她动手，所以司机倒是乖乖地停下了车。偏偏这时候一阵疾风带着骤雨就这么席卷而来，司机一脸玩味地打开了门，想看看连把伞都没带的君江究竟要怎么下车。

"这里是吧？你下车吧。"

"一日元，我放这里了。"君江从腰间摸出了两枚五十钱的银币，但一只脚刚刚伸出车外还没站稳，司机就故意咻地一下加速开走了。只听君江啊的一声，就这么被甩出了车外倒在雨中。

"活该，臭婊子！"司机的讽刺声立刻就被雨声所淹没，那辆出租车也很快就消失在了黑暗之中。

君江狼狈地从泥泞中爬了起来，看了看四周，发现自己现在正身处津之守坡下到坂町下之间的派出所附近的一条小路上，一辆车子也看不到，更别说行人了，就像被关在一个大到无从辨认方向的宅子外，黑漆漆的伸手不见五指。君江拖着腿艰难地走到一盏挂在石柱上的路灯下，想在一棵长出围墙的茂密的栗树下躲躲雨。走到树下后，她整理了一下被泥水和大雨弄得一团糟的头发，摸了摸额头后才发现手上竟满是鲜血。君江十分害怕，感觉自己的心都快跳出来了，只想大声求救。但她还是忍住没叫出声，不顾发型与和服的凌乱，拼了命地在雨中奔跑，只想快点找家医馆或是药店医治自己。

九

　　市谷合羽坂坡上的药王寺前町还有一家仍旧营业的医馆，坐诊的医生帮君江简单处理了一下伤口后，叫了一辆车送她回家。天空在连绵的阴雨中慢慢放亮，君江也终于回到了本村町的出租屋。所幸脸上和四肢的伤口并没有大碍，只是穿了太久湿漉漉的衣服，体温从黎明开始就不断升高，最终突破了四十度大关，而且一直烧到傍晚也不见好转。医生来看了后交代房东太太如果再严重，下午可能就会发展成伤寒或肺炎，所以一定要用心照顾。所幸到了第三天已经基本痊愈了，也无须再去医院。一周后，君江就能自己起来活动了。

　　君江不想被太多人知道自己生病的事，否则又会有一大堆

112

人上门探望自己，然后保不齐就会传出自己被强奸了之类的谣言，所以她在跟咖啡馆请假时只说是感冒。第八天的下午终于迎来了第一个上门探病的春代，好在额头上的绷带已经拆开，君江谎称头上的疤是晚上不小心在路上摔的。第二天琉璃子也来了，对君江的重感冒也没有丝毫怀疑。此时的君江已经恢复到正常的体温，食欲也恢复了，只有腰部和四肢上还能看见一些瘀青，上下楼时偶尔还会疼。从房东太太那里打听到市谷见附一带有一家药浴比较好，君江当天傍晚就去了那家澡堂，心想第二天无论如何也要把头发盘起来。

洗完澡回来时，君江收到了一封信。信封上没有任何署名，但一读就知道那是来自清冈的门人——村冈的来信。

信的内容如下：

经过剧烈的思想斗争后，我还是决定写下这封信给你。老师一旦发现，一定会与我断绝关系的。不过我相信你一定会替我保守秘密。你大概也知道，老师的太太上个月突然与一名外国妇女一起离开了日本。老师虽然极力地掩饰自己，但事实表明，他的内心根本就是备受煎熬。夫人离开后的十天时间里，老师每天都在酒精的麻醉下过着肆意放荡的生活。我相信无论是现在还是将来，能给老师带来慰藉的就只有君江小姐你了。老师在我面前从未提起过你的名字，这种刻意的回避更足以说明你已经深深地走入他的心底。我猜老师可能觉得你的存在是导致夫人离开的最大原因，所以我必须把从去年开始就掌握到的所有秘密信息全部告诉你。其实老师从去年开始就一直在酝酿着报复你的计划，我告诉你这些并非意图挑拨你们之间的关系。正相反，我觉得老师之所以会变得如此残忍，根本就是因为爱你爱得太深切了。老师两三天后就会出发去仙台和青森，因为丸圆出版社要在那边举办一场文艺讲座，邀请老师过去演讲。然后他会去东北找个温泉度假村避暑，我打算趁着这个机会回趟老家，毕竟很久都没回去了。送走老师后我就会暂时离开东京。其实我昨天一个人去了 Don Juan，想在离开前找你谈谈。可是店里的人说你病了没上班。我想告诉你，这场病来得真是时候，但我也只能告诉你这么多了。我想你应该明白我欲言又止的原因吧。我会在乡下一直待到亭亭玉立的波斯菊在秋风中怒放的时节，而当秋夜微凉的银座迎来汹涌的人潮时，我们就会再度相见。

　　祝好！

七月四日

看到信上的日期君江才察觉到，原来已经进入七月了。十天前的那个夜晚遥远得如同已经过了一两个月。这十天里，自己就像是做了一个长长的梦。这一年以来，已经习惯了每天都到咖啡馆去上班，突然的清闲似乎给自己的生活带来了很大的变化。梅雨季节已经悄然逝去，湛蓝的天空晴朗明净，白日里尚有习习凉风，可一到夜里这些风却如被谁拦截了般戛然而止，天地宛如一座大蒸笼般，光是坐着不动就能出一身汗。小巷里拥挤的人家昨日还是一片梅雨时节特有的寂静之景，今天就陡然变得人声鼎沸，说话声、缝纫机声等各种声音不绝于耳。巷口传来了广播的声音，倒也没什么重要的内容，就是不停地播放着。听到房东太太喊她吃晚饭，君江下楼吃完饭后化了个淡妆就扎着半干的头发出门了。待在家里就要每天晚上忍受房东太太烦人的唠叨，倒不如出门细细欣赏这盛夏时节的风光。君江漫无目的地散着步，腰间还插着村冈的来信，那是她临出门前从梳妆台抽屉里取钱包时顺带拿出来的。晚饭前借着窗前的夕阳余晖读完了半封信，此时君江一边沿着护城河踱着步，一边寻思着在这寂静的河堤上找盏路灯再读一遍。可是路边的电车与汽车不停地飞驰而过，君江一直走到了新见附的河堤都没发现一个合适的地方。前方便是牛込见附了，停靠在岸边的游船上灯火通明，见附的栅栏上倚着两三个乘凉的少女，看起来大约是哪里的女学生。君江暗自庆幸自己穿的是十分普通的常春藤纹样浴衣，便找了个稍远的地方，任由晚风吹乱自己的头发，借着路灯灯光读起了信。这封信写得很是晦涩难懂，别扭得像是学生写的情书，又像翻译小说般拗口，让人分不清究竟哪些是事实，哪些是修饰。总体而言，村冈想要表达的就是，清冈夫人在察觉到清冈在心里一直将自己视为二房姨太太后，因为失落而选择离开日本。因此，君江才是导致这一切发生的根源。如果自己继续不闻不问，清冈老师可能会就此萎靡，甚至可能对自己展开报复行动。但村冈又不忍心看到自己因此而受伤，这才好意提醒自己。君江看完很是生气，觉得这些内容根本就是无稽之谈。

过了一会儿，君江忽然醒悟了过来，这封信或许根本就不是村冈的本意，而是在清冈的授意下写成的。再联想那晚在西银座荞麦面馆前偶遇时的情形，说不定自己从车上跌落一事也是清冈的报复计划之一。她突然感到后背一凉，忍不住颤抖了一下。但转念一想，既然他这么无情无义，不如自己先下手为强。

考虑到站在一个地方太久难免会引人注意，君江一边思考着对策，一边穿过见附走向四番町的河堤，找了个路灯下的长椅坐下。这里如今已经被改造成了公园。大概是周日的原因，平时常在这里调戏过往女性的夜校不良学生今天也不见了踪影。堤坝的下方拦着一张大大的铁丝网，对岸的河畔小路两端不断有电车来往飞驰而过，四周归于宁静后，幽暗的河中传来了游船的双桨轻荡时发出细微的吱呀声，以及船中年轻女子的说话声。此情此景让君江不由得沉浸于回忆之中。一到夏夜，歌舞升平的游船总会让君江想起与京子同居在小石川的外宅时的情形。那时候，她和京子总喜欢在夏夜划着船来到漆黑一片的水中央，瞅准一艘只有男人的船只故意撞上去，接下来的春风一度也就自然水到渠成。这种风流事究竟干了多少次，就连她自己也不记得了。君江站在饭田桥到市谷见附之间的河畔，这三四年来自己那些不可告人的淫靡生活在脑海中一幕幕重现，仿若与眼前的景色合二为一。这么一想，竟生出了自己的生活就像一部即将落幕的戏剧般的悲凉之情……

　　路灯下几只跌跌撞撞的飞蛾突然划过君江的脸颊，她吓得回过神来，忽然觉得从牛込到小石川之间的景色很是亲切，勾起了她无数埋藏于记忆深处的回忆。她贪婪地注视着眼前的风景，似乎要把这一点一滴都深深地刻入脑海中，永世不忘。她站起来走向拦着金属网的河堤。就在这时，旁边的树丛中蹿出一个影子般的男人，跟跟跄跄地冲向君江，互相躲避的瞬间两个人都大吃一惊，站在了原地——

　　"呀，君子小姐！"

　　"大叔，怎么是你？"

　　这位被君江称为大叔的男人就是曾包养京子的金主，他为在牛込当艺伎的京子赎身后，把她安顿在牛天神下的一处宅子里。君江刚从老家来东京时，曾在那所宅子里寄居过一段时间，许多来找京子玩的艺伎们看到这位金主都"大叔""大叔"地喊他，所以君江也就跟着这么称呼了。大叔本名叫作川岛金之助，曾在某家公司负责股份相关的工作，后来因挪用公款败露被判入狱。当年风光无限之时，他一向是身着一套齐整的结城绸①，乍一看还以为是哪里的明星。如今连帽子也不戴了，身上那件洗得泛白的浴衣用的是手绢一般的低等布料制成的。腰上系着一条兵儿带②，穿着廉价木屐的双脚连双袜子都没有。看样子是刚从监狱出来没多久。

大概是有些冷，川岛伸手掖紧了浴衣的领子后自嘲地笑道："你看我现在的样子，还真是三十年河东三十年河西呀！"说话间眼神还不停地环顾四周，看起来很是不安。当年他虽也已四十五六岁，但头上的白发并不明显，中等个头、不胖不瘦，带着年轻的情人外出散步时，单看背影还以为是个血气方刚的俊朗青年。再看如今，蜡黄的脸上已经满是深深的皱纹，蓬松凌乱的头顶像是落满了灰尘和沙子般一片灰茫茫，曾经光彩明亮的眼睛如今也已深深凹陷，放着光的双眼直勾勾地盯着前方，看着让人不禁有些毛骨悚然。

"以前承蒙您诸多照顾。"君江一时也不知道该怎么寒暄，

---

①结城绸，一种进贡给幕府的高级绸缎。
②兵儿带，一种和服带子，和半巾带一样宽，使用丝绸等较柔软的面料经过加工而成。

便像突然想起来般道了句谢。

"你还住在这附近？"

"我现在住在市谷的本村町里。"

"哦。那我们以后或许还能见面。"川岛说完便打算离开，君江心想至少也得问问人家住哪儿吧，便跟着向前走了两三步。

"大叔，你得空去看看京子吧，我后来也没怎么见过她了。"君江随口找了一个话题。

"啊，我听说她现在在富士见町一带是吧。但我现在这副模样去了也见不到她，不如不去。"

"怎么会呢？你去看看她吧。"

"君子小姐你呢？是不是和喜欢的人在一起了？"

"没有，大叔，我还是老样子，只是去咖啡馆做了女招待，最近一周因为生病也没去店里上班。"

"是吗？做了女招待啊！"

两人就这么一路聊着天。川岛看到四周除了树荫下的长椅上有几对搂在一起的小情侣外，基本就只有学生路过，似乎放松了许多，接着走到一处长椅边坐了下来。

"其实，我有好多问题想问你，看到你的时候我想起了很多往事，虽然我早就下决心忘了那些事……"

"大叔，我现在也觉得跟你们一起住在诹访町的日子是我最开心的时光了。你知道吗，就在刚刚，我还恍惚中回忆起当时发生的事情。今晚还真是不可思议呀，就在我刚刚对着小石川回想当年时光的时候，你就出现了。真的太神奇了！"

"这里确实能看清小石川啊！"川岛听完也向那个方向望去，"那片灯火辉煌的区域一定就是神乐坂了。这么说那边就是安藤坂了，那那片绿树葱郁的一定就是牛天神了对吧。想想那时候的自己还真是任性恣情。不过人啊，哪怕有那么一件能让自己感到快乐的事，这辈子就不算白过。当然，该收手的时候也不能霸着不放。"

"你说得对，我也正想着是不是该回乡下老家了。做女招待本身倒没什么，真是总会因为一些小事被人说三道四，甚至被人记恨，谁知道以后还会不会出现什么意外。这么一想就觉得很害怕……大叔，十天前我刚被人从汽车上甩下来，你看身上的伤疤都还在呢，手腕上也有。"君江说罢挽起了袖子。

"这么可怜啊，还真是可怕。是感情纠纷吗？"

"大叔，我今天才知道，男人对感情的执念竟然比女人更可怕。"

"其实认真想想，男女都一样。"

"大叔以前也有过这样的执念吗？就是跟我们一起的那段时间……"

伴随着火车的汽笛声，一股浓浓的煤烟突然从河堤下方迎面扑来，君江也顾不上再说什么，连忙用袖子掩着脸起身，川岛也跟着站了起来。

"我差不多也该走了。不知道你方不方便告知现在住哪儿。"

"市谷本村町丸〇番地，在靠近龟崎的那个方向。一般下午一点之前我都在家。大叔现在住哪里？"

"我呀，我……过阵子一定告诉你。"

公园里只有一条小路，两人很快就走到新见附护城河旁的电车轨道旁。这里距离市谷停车场也就一站路，君江打算先把川岛送上电车，自己再慢慢走回去。两个人在车站等了一会儿，可两三辆电车过去，川岛也丝毫没有上车的意思，君江实在猜不透他究竟打算去哪儿。但刚刚的话题已经终止了，气氛开始变得尴尬起来，君江走也不是停也不是，就这么一步一步地又陪他走到市谷见附。

"大叔，我家就在前面了，你进来坐坐吧。"君江想到若是自己真的回乡下去，真不知道何日才能再见川岛，不免感到有些落寞，而且她也想和川岛叙叙旧，或许能给他一些安慰，权当报答他往日的照顾。

"我可以进去吗？"

"大叔真是讨厌，当然可以呀。"

"是租的房子吧？"

"嗯，我一个人租了二楼，楼下只有房东太太一个人，所以没什么不方便的。"

"那我就叨扰了。"

"别客气，快跟我来。楼下的房东太太很明理，只要有男人上门，哪怕是无关紧要的人，她也会立即回避的。反应太快了，其实我都感到挺不好意思的。"

从护城河拐进巷子时，酒馆的小伙计正好站在路边乘凉，君江便过去买了三瓶啤酒和一个螃蟹罐头。

"阿姨，我回来了。"跟房东太太打好招呼后，君江带着川岛径直上了二楼。六叠大的房间里已经铺好了床褥，梳妆台的镜子前也挂上了一片友禅绸①，显然房东太太刚才趁她出门的时候已经打扫过了。站在纸拉门外的川岛看见屋里的情景后当场愣住，眼里闪着异样的光芒。君江对此一无所知，进屋后便打开柜子，边往里塞枕头边说："房东太太大概是以为我的病还没好。我这就收拾一下。"

川岛回过神来，声音中有着难掩的慌张："君子小姐，不用收拾了。你要是把我当客人看，我反而觉得有些不好意思。"

"好吧，那我正好也偷个懒。以前住您那边的时候，京子就经常说我连件衣服都不叠。大叔肯定也早就知道我就是这么个粗糙的人。"说着就取过梳妆台前的薄软毛呢坐垫，翻面儿后递给了川岛。

门外传来一阵声响，君江出门一看，门口放着啤酒和螃蟹

①友禅绸，一种绘有日本和服图案纹样的衣料。

罐头，还有一碟咸菜，定是房东太太刚刚放在门口的。君江端进来对着川岛说："快来一起吃点儿，别客气。想吃什么就跟我说，外面就有一家小吃店了，从窗户喊一声就能给送来。"

川岛一口饮尽君江给他倒的啤酒，什么也没说，只是不停地看着窗外。君江不禁有些同情起他来，心想进过牢房的人一定免不了在意旁人的目光。

"不知道是不是因为今天才下床，这天气虽然挺热的，我好像还是觉得有点冷。"君江说着便半掩上了窗户，尽管屋里确实十分闷热。

川岛喝完第二杯酒后，眼眶立刻就红了："人活一辈子，最重要的果然还是酒和女人啊。我也想过要东山再起，但这对蹲过牢房的人来说简直就是做梦。君子小姐的未来还很长，总有一天你也会尝尽这世间的冷暖。你刚刚不是跟我说想回乡下吗？其实你根本就待不到半个月的。就像我，现在只要一看到红色的被褥，再喝上一杯酒，心里就开始有点痒了。"

"大叔，我觉得你坚强了很多。"

君江其实很想问问他出狱后过得怎么样，但这种事又不好直问，便想着侧面打探。

川岛的心情现在明显好转了许多，就连声调也高了几分："一无所有反而是最舒坦的。我出狱以后过得跟乞丐也没什么区别了，别说酒，有时候连饭都吃不上。要是儿子还在或许还好些，可是我进去后他就得肺炎死了。老婆带着女儿回了乡下，女儿还小，要再过四五年才能出来做艺伎赚钱。我知道如果去找以前那些故交，多少也能帮上忙。但那种把自己的尊严剥个精光的感觉真是生不如死！君子小姐，就算我去了那个世界……今晚的事大叔也不会忘的，谢谢你！"

"哎呀，大叔，你胡说什么呢……说谢谢的人应该是我。我今天能独立生活，都是多亏了您。刚开始的那份文员工作，也是您帮我找的。那以后我学会了很多……也去了很多家艺伎茶屋，所以我有今天都是您的功劳。"

"哈哈哈，教你做了那么多坏事，今晚的啤酒就当回报了。那大叔我就不客气了，今晚我要喝个够。当年就连久在风尘的京子都惊讶于你的本事，现在应该更厉害了吧？"

"哪有那么夸张。不过，那时候公司里的人都跟我处得很好。说起来也不知道大家现在怎么样了，去了咖啡馆后就再也没见过他们了。"

"他们啊，也都上了年纪吧。那家公司也倒了，穷得吃不上饭的大概也不止我一个。"

"大叔你还早着呢，人家六十多岁还精神得很。"君江很想跟他说说松崎博士的经历，不过想想还是作罢。

"过惯了纸醉金迷的日子，哪儿那么容易回头。"

"大叔，以前是以前，以后习惯了也能过下去的。"

君江之前因为受伤也戒了十天的酒，聊着聊着，两个人很快就把三瓶啤酒喝光了。

"做了几年生意，酒量见长啊。那是威士忌吗？"

"哎呀，病几天怎么把这个给忘了。"君江从柜子上拿下那瓶烈酒后倒入茶杯，"我这里也没个玻璃杯，您就将就着喝吧。"

"我是喝不下了。"

"那我再去买些啤酒或者日本酒吧。"

"我什么都不喝了。好久没喝，酒量不行了。再喝就回不去了。"

"回不去就在我这里歇一晚，没事的。"君江仰头一口喝下半杯威士忌。

"女招待的酒量果然与众不同。"

"这酒比日本酒好，喝了之后不上头。"

君江喝完威士忌，又倒了一杯啤酒喝了下去，像是为了缓解喉咙的灼烧感似的。喝完后大口地喘着气，同时将脸上沾着的几根乱发胡乱地拨到耳后。川岛这才注意到，两年没见君江，她竟变得让人挪不开眼了。虽然君江一直都是一个放荡的女人，但两年前肩膀和腰身的曲线都还是一副稚气未脱的少女模样，现在不同了，褪去了婴儿肥的鹅蛋脸显得更加修长，侧脸更是分外小巧精致。肩膀和颈部变得更加盈盈一握，柔美的曲线让人不禁心神摇曳。从浴衣的缝隙中露出的酥胸，到跪坐时隐约可见的丰满妩媚的大腿，浑身上下都散发出烟花女子特有的妖娆气息。就像茶道老师会随时保持着异于常人的优雅，而无论处于多安全的环境下，剑客的身体也依旧保持着警惕般，君江身上的柔媚大概是与生俱来的，能让所有的男人都心甘情愿地拜倒在她的石榴裙下。

"大叔，我有点醉了。"君江伸直了腿，以手托腮随意地搭在窗边，任由清爽的晚风轻抚着半干的长发。身旁早已喝醉的川岛感觉自己似乎看到了一个躺在地上的女人，凌乱的秀发一直从枕边散落到了榻榻米上。

君江眯着眼哼着歌，听上去好像是类似于"武士日本"之类的小曲，川岛静静地听了许久，突然像是下了决心般倒了一杯威士忌猛灌了下去。

君江睁开眼睛，昨晚发生的一切就像一个长长的梦，她身上只穿了一件薄薄的衬衣，大概是受不了房中的暑热吧。榻榻米上依旧散落着啤酒和威士忌的瓶子，二楼只剩自己一个人了。后面的房子里传来了整点的时钟声，不知现在到底是十一点还是十二点。君江无意间瞥见枕边一张对折的信纸，好像是原来放在抽屉里的那些信件，躺着打开一看，原来是川岛留下的一封信。

一直没来得及告诉你，今晚你遇见我时，其实我正在找个了结自己的地方。是你让早已绝望的我再次回忆了过去的快乐，我的人生已经无憾。等你再次见到京子时，我大概已经不在这个世上了。谢谢你给了我最后也是最美好的关心。我要跟你坦白，其实有那么一瞬间，我的内心产生了想要把无辜的你一同带走的冲动，男人的执念真是让自己都觉得可怕呀。好了，我该走了，我会在那个世界保佑你的，作为对你的回报。永别了。

KK 留书

　　君江瞬间清醒了，跳起来飞奔出去，惊慌失色地大喊："阿姨！阿姨！"

昭和六年 ① 辛未三月九日病重起笔
至五月二十二日夜方成初稿
荷风散人

---

①公元 1931 年。

散柳窗的晚霞

一

　　天保十三壬寅年的六月亦已过半。随着诸事节俭法令的颁布，即便是平时总能让江户府内人潮涌动的山王大权现祭典，今年也如同熄了火般寂寥收场，世间万物就如被包裹在盛夏的炎热中一般悄然无声。

　　某日傍晚，汐留河岸路边某家挂着一排行灯的船宿二楼中，《偐紫田舍源氏》的出版人，同时也是通油町书店鹤屋老板的喜右卫门已经与种彦门下一位名为柳下亭种员的年轻戏作者沉默地相对而坐了许久，甚至连团扇都没拿起过。

　　"种员先生，你说这都已经日落时分，也不知老师那边如何了？"

　　"我想应该不会有什么大事。不过话说回来，今天确实是有些晚，许是在府上和大人把酒言欢忘了时辰吧。"

　　"嗯，我也觉得或许是这样。毕竟当年在堺町时，老师和远山大人也算是至交，许是二人畅聊当年往事太过投入吧。"

"说起来，远山大人的飞黄腾达还真是让人觉得有些不可思议。前一阵子明明还是只会吃喝玩乐、人人避之不已的纨绔子弟，一转眼就成了本丸里的勘定大人。虽然以前也有过不少看门守卫加官晋爵的例子，可像远山大人这般的，我还真是从来没见过。"

"希望远山大人的好运能庇佑老师平安无恙。不过万一发生什么事，我们跟老师可不一样，蝼蚁般的平民百姓，一个不好可是轻则没收财产重则流放荒岛。"

"呸呸，鹤屋先生，你就少说些这种让人毛骨悚然的话吧，太不吉利了！说得我是真觉得有些坐立不安了。一直呆坐在这儿惴惴不安也不是个办法，我先告辞，赶紧去看看有什么情况。"

正当种员把棉烟袋别在腰间站起身时，侍女领着一名男子走上台阶。男子看上去四十多岁，气质优雅，看着像是哪家商铺的老板。他身穿越后上布制成的轻便和服，披着一件印有狂草体年字、点缀着如意宝珠样纹饰的纱羽织，不用说，来者定是歌川派的浮世绘画师五渡亭国贞了。见到来人后，鹤屋很是吃惊。

"哎呀，这不是龟井户的大师吗？您怎么知道我们在这里？"

"不瞒你说，我原打算冒着酷暑拜访友人的，半道上正好遇到了店里的年轻人，说堀田原的老师去了日荫町的宅子，我也想早点知道老师那边的情况，便急忙赶了过来。可我看老师好像还没从远山大人的宅邸回来呢。”

国贞冒着暑热一路走来，早已忍耐得难受，正不住地扇着团扇。刚站起身的种员一边摘下腰间的烟草袋，一边说道："想必五渡亭先生也听说了。我的同门师兄弟笠亭仙果也和老师一起去了大人的宅邸拜访，我正想过去看看情况。虽说我也知道老师早晚会回来，但这心里总是觉得忐忑不安。”

"平时你就一直很尊敬师父，遇上这等事难免会更担心，我很能理解你的心情。如今，我与柳亭老师也算是一条绳上的蚂蚱了。人人都只道五渡亭国贞是个小有名气的浮世绘画师，但其实也就是因为画过《偐紫田舍源氏》的插画而已。若是有朝一日被问罪，我也是在所难逃的，这一点我已早有觉悟。只不过，人还是希望彼此都能够平安无事呀。”国贞沉着声，说起了那段无法忘却的悲惨往事：文化三年的春天，他的师父歌川丰国因给《绘本太阁记》绘制插画而被判与喜多川歌麿同罪入狱。鹤屋老板也被这个话题勾起了回忆，说起上一任鹤屋老板，也就是六七年前因酗酒而一病不起的老父常常念叨的那个故事。诸如宽政改革时期，山东京传因触犯黄表纸法令而被判五十天监禁，出版人茑屋也因此被判没收半数家产的痛苦经历云云。话题如是这般一再转变，最终说到了元禄时代英一蝶被流放到八丈岛的故事。之所以会引出这个话题，皆因五渡亭国贞乃英一蝶的崇拜者，就连自己的号都起了个"香蝶楼"。此时，增上寺的钟声传入三人的耳中。门人种员觉得是时候去看看种彦的情况了，便起身背手系紧似乎松了不少的腰带，然后从挂着窗帘的二楼栏杆处探头向外望去。六月昼长夜短，此刻晴朗的天空依旧如白昼般明亮。往日里，越过河对岸的屋顶，还能看到森田座的旗帜飘扬在空中，但船宿的码头上一旦少了画舫停靠，戏剧茶铺的二楼也就少了三味线的悠扬乐声，耳畔便只留下远方滨御殿森林中此起彼伏的鸦啼声了。此刻的夕阳正好挂在汐留桥上空的正中央，越过运河，在中津候长屋的墙壁上留下一抹浓艳的金色。傍晚的凉风从一望无际的海平面上拂来，乘着高涨的潮水向狭窄的运河席卷而来，时而吹得栏杆上的帘子猎猎作响，让人不禁有些担心街上的砂石会被这狂风卷上半空。

国贞与鹤屋的主人换了一个靠近船栏，通风较好的座位，突然一直看向窗外的种员激动地跳了起来："各位，老师回来了。"

"什么，老师回来了吗？"

片刻间，三人争先恐后地冲下楼梯，刚出店门，就看到一个穿着武士服的人半开着扇面遮挡太阳缓步走向船宿。这便是当下流行的草双纸①《偐紫田舍源氏》的作者，大名鼎鼎的柳亭种彦老师。他的腰间挎着大小太刀，身着羽织袴和服正装，较平日身着简易正装的样子看起来更为高大威武，气宇不凡，消

①草双纸，日本古典通俗小说之一，盛行于江户时代中期到后期。

133

瘦的身体微微有些佝偻，双鬓虽早已花白，锥形的脸庞上爬满了皱纹，仿佛是一道道深深刻入肌肤的伤痕。不过，从他总是拾掇得一丝不苟的整洁仪表，衰老却依旧细腻的肌肤，以及俊美标致的五官可以推测出，年轻时也定是一个相貌不凡的男子。

今日的种彦拖着年迈的身体，顶着六月的烈日悄悄去了一趟芝日荫町，求见一直就想拜访的远山左卫门少尉大人。所求之事自然无他，唯有那件心心念念的大事了。此前，老中水野越前守大人颁发了宽政改革的法令，希望借此矫正民间的奢侈陋习，江户各町也已正式收到通知。茸屋町与堺町的两家戏院已因此被责令迁往浅草山宿宅等偏僻之地，演员市川海老藏①因其生活奢靡，不符合身份，在那年的春天被迫接受廉洁调查。类似之事接连发生，后来也不知是谁提出，好色本草双纸的某些作者，特别是《偐紫田舍源氏》的作者柳亭种彦，看似描写了光源氏的历史，实则欲将高贵威严的大御所大人大奥之内的诸多秘辛公之于众，他也定会因此而受到严厉的惩处。但种彦担心的绝不仅仅是个人的安危，更令他不安的是不知此事是否会牵连无辜的画师和出版人。于是他想，不如托个为官的友人探听一下内情，便去拜访了在芝居町时极为熟络的远山金四郎。此人原是旗本一带的纨绔子弟，不知何时继承了家业，竟摇身一变成了左卫门少尉，自称景元，还在本丸内得了一个官职，

---

① 日本歌舞伎世家。

如今已是身份显赫的贵族了。此刻的种彦是由衷地为此感到开心的，心想无论如何都要暗中求他周旋此事。

"老师，我们就长话短说吧。不知您这次去远山大人宅邸拜访的情况如何？"

众人先带着种彦去了二楼，吩咐侍女迟些再端茶来，随即围着种彦打听情况，皆是一副忧心忡忡的焦急神色。种彦将肋差①放在一旁，一边摇着扇子一边微微放松身体，说道：

"哎呀，这事应该也不用再太过担心了。远山大人的意思是，町内的事情不在他的职责范围内，他也没办法下定论。但不管怎么说，上面毕竟是以仁慈治天下。况且这次的政策只是为了主张全民俭省，只要各位注意家业，切莫铺张浪费，自然无须担心重罪加身。今后我们就彼此互相提醒，尽量自律己身，莫要行差踏错也就是了……"

"远山大人是这么说的吗？那也就是说暂且不提以后，至少眼下是不会受到责罚了吧。哎呀，老师，听了您这话，我可有种像是从鬼门关绕了一圈终于回到了人间的感觉呀。"

出版人鹤屋用手帕擦掉脖颈上的汗，国贞也不由得长出了一口气。

"我也是一样啊。这样一来，终于可以放心了。这世上最可怕的真是莫过于那些空穴来风的谣言啊。早知道是这么回事的

_____
①通常指日本武士用来破甲的短刀，通常随身携带。

135

话，我也不至于担心到茶饭不思了。"

"龟井户的大师说得极是。自从听了那个谣言，我也是整宿整宿地睡不着觉。"鹤屋老板仿佛瞬间生龙活虎了起来，"老师，那我们就移步船上吧。我原想着您大概会在傍晚回来，便事先着人到木挽町的醉月准备了些吃食，还请您务必赏光，莫要嫌弃才好。"

"您太客气了！鹤屋先生，您总是万事细心周到，真让我不胜感激呀。"

"您这么说，真是让我愧不敢当。我正准备跟您谈些事情。正好今天龟井户的大师也在，不如我们移步船上谈一谈现在制版中的《偐紫田舍源氏》第三十九篇该如何处理。"

于是，种彦一行人下了栈桥，进入相连的一艘画舫内。

二

为众人解开船缆的两名船夫都光着膀子，一位在背上刺了菊慈童，另一位则刺着般若面具。但见他们同时用船桨往栈桥一撑，便载着画舫汇入潮水。一路平稳地行至三十间堀护城河时，众人顿感心旷神怡。一望无际的晴空中斜挂着橙黄的夕阳，左边竹河畔的竹店里耸立着排排青竹。画舫沿着八丁堀的河道笔直向前。

夕阳西下，映红了半片天空，为运河两岸仓库的白墙披上一层淡红色的薄纱，水中的倒影随着满潮时清澈的河水微微波动，显得越发灵动了几分。町内的桥上站着许多女子，个个都穿着轻薄的浴衣，手里握着纳凉的团扇，浴衣的下摆随着晚风不停地飘荡。加之涨潮的缘故，当画舫穿过桥洞时，头顶的无限风光真让人恨不得恳求晚风吹得更猛烈一些。

种彦的话让笼罩在众人头顶多日的乌云瞬间消散。众人顿觉好似阳光普照，高高兴兴地打开了醉月送来的精致的多重食盒，一边用河水洗着杯子，一边不住赞叹四周的美景。而最重要的种彦却独自一人靠着横木，单手支撑在船舷上，隔着帘子怔怔地望着外面有些朦胧的河道风景，想必是在烈日中走了一日，本就年迈的身体不堪重负了吧。

船中一人也觉察到了种彦的异状，正想着难道他有什么不开心时，种彦忽然又像刻意打起精神般，一口饮尽杯里的酒，说道："哎呀，看着自己年老体衰可真是痛心啊，没走几步路竟就累成这样。"他的语气一如往日那般轻松随意，"不过，今天对我们来说真是太值得庆贺了。种员和仙果也别太客气，别枉费了鹤屋先生的一番心意才好。"话虽如此，可总觉得他的脸上完全没有众人那般发自心底的陶醉与愉悦。

种彦觉得，刚才远山左卫门少尉虽看似没把这件事情放在心上，但自己却无论如何都要回报他这份恩情。回想十几年前在芝居町那个熟悉的金四郎，和如今的左卫门少尉真可谓判若两人，想来竟有种如梦似幻之感。远山高高兴兴地迎接了特意上门拜访的种彦，一如既往地与他谈笑风生，言行之间丝毫没有端着为官者的架子。而当他说到太平盛世中，虾夷松前遭遇可怕的黑船之灾，他目睹了万民为积弊所苦，深感如他这样的公职人员，自当极尽廉洁时展露出的神态和风姿，仿若一位胸怀赤诚与正直之心的武士。种彦不禁将如今的自己与远山做比较，想他一介旗本①竟能如此忧国忧民，实属难能可贵，可反观自己这个甘心随波逐流的戏作者，一种无法言喻的不安与羞愧之情顿时涌上心头。但无论种彦现在感到多么愧疚与沉重，如今也无法对船上的其他人言说。即便是说了，眼下也做不到吐尽心事。种彦就这样默默地一杯接着一杯，心不在焉地应付着众人的问话。不知不觉间，画舫已经从狭窄的运河绕过水手屋的石墙，驶入宽敞的佃岛②入海口。

　　此刻的众人都已有了浓浓的醉意，开始不约而同地齐声赞美眼前的美景。随着夕阳西落，天空也慢慢昏暗下来。停靠在铁炮洲河岸边的无数母船上桅杆如林，似在迎接空中渐渐显现的点点繁星。现在正是佃岛每年一次狼烟练习的时期，纳凉兼

---

①旗本，石高未满1万石的江户幕府时期武士，在将军出场的仪式上出现的家臣。
②佃岛，地名。

138

观赏狼烟的画舫与扁舟如同秋天的落叶般在河面上漂浮。几艘安宅船①早已掌握了晚风和涨潮的时间，只待合适之时乘风破浪般地驶入港口，若隐若现于高大白帆间的深川河岸边，绵延如伸向了海中央的大小新地楼阁中灯火通明，缥缈的弦歌乐声不断传入耳中。连绵的栈桥密如梳齿，画舫和扁舟辐辏而至，偶尔还有船上的吆喝猜拳声随着晚风清晰地传来。

国贞正滔滔不绝地说着他最近刚为一名极美的深川女子画了一幅画，鹤屋老板也谈起了为永春水②最近转换题材后作品的销量。画舫不久后驶入了水流更加湍急的河口潮，很快又伴着薄薄的雾气驶过永代桥，把高尾稻荷的鸟居抛在身后，进入中洲。黎明前的带状云和不绝于耳的杜鹃啼声，蜀山人吟咏的短歌，都不由得让人想起天明时期此处曾经盛极一时的临时游廓③，只是如今已成了芦苇密布的浅滩。驶过中洲和新大桥后，如居无定所的水鸟叫声般令人不快的船妓招客声慢慢淡去，那片天下所有的浮世绘画师无论描绘多少次都无法完美诠释的两国桥夜景终于映入了众人的眼帘。

也许是节俭的法令刚刚颁布不久的缘故，去年这里还有许多诸如川一丸或是吉野丸般悬挂着连片提灯的画舫，上面满载

①安宅船，约在日本战国时代开始出现的近海大型战船。传说其大者可达50米长、10米宽以上，称为"大安宅"。
②为永春水（1790—1843）江户人，"人情本"小说家。
③游廓，日本的妓院。

着美女和美酒，众人在风中飞扬的船帘后喝酒歌唱，争相一掷千金。而如今，这些美丽的画舫却被船栏上挂着松垮缎帘、半遮半掩着低唱浅酌的小舟所取代。两国桥的两侧自是食肆林立，即便河面十分宽阔，也依旧被无数的小舟所覆盖，偶有美人不时越过船舷在河中清洗酒杯，一双玉臂撩得河水翻起了小小的浪花，让人不禁觉得那片浪花必是也如美人斟的酒一般甜美。

"老师。"鹤屋老板对种彦说道，"府内这一带还是一如既往的豪华呢。您看要不要就在这附近的栈桥停靠一下，找两三个美人来。说起来，我也许久未曾听到老师优美的声音了。"

"过奖了过奖了。其实到了这把年纪，比起美人，我倒是更喜欢美食。只是最近好像就连美食也无法让我提起劲头来了，看来这副老骨头还真是日暮西山啦。难得您请我们喝酒，可我这才喝了两三杯就有些昏昏欲睡了。我向前辈借了《奴师劳之》这篇随笔，不愧是蜀山老师，写的真是至理名言啊……"种彦说道，事实上他刚刚一直靠着船沿，随波摇晃却依旧没有睡意，便微微坐直身体，随意地看着四周的热闹场景。口中低语着蜀山人的随笔《奴师劳之》文末的几句话："老最苦人心，不愿却无奈……饮酒满腹亦不醉，徒增倦怠无趣尔。不问美色求酣眠，名著奇闻难入心。少时有酒便酣睡，悦情女子最是好。而今垂垂日暮矣，昔日事皆如隔世。"他的声音很低很低，就连偶尔交错而过的小舟上的歌声，以及岸边兜售奇珍异物的小店中喧哗的叫卖声都能轻易盖过他的声音。这篇随笔有种沁人心脾的魅力，他徐徐念着，有如身临其境。随后又吟起文末的那首狂诗："曾几度春夏秋冬，昔觉苦今始觉甜。"咏之再三，越发觉得这就是自己的真实写照。

不知不觉间，画舫已经驶过热闹的两国地区，驶向微微昏暗的御藏水门。此处灯火不再，只有半轮明月悬挂在苍茫的夏日夜空中。前方的河畔耸立着如水墨画般的首尾松。

"唐崎之松盛于花。"国贞手里拿着酒盅小声感慨道。

"传闻府内的松树颇有盛名，说的大概就是那首尾松了吧。"鹤屋喜右卫门接道。

"是啊。还有小名木川的五本松，那可是被芭蕉老师誉为'我与挚友同观月'的绝景啊，其名之盛可谓与之不分伯仲。还有根岸的御行松，龟井户的御腰挂松，麻布的一本松，八景坂的铠挂松等，亦非等闲之物啊。"

国贞正在与鹤屋老板频频对酌之时，前方驶来的画舫中传出了一个声音：

"朦胧月色下，舟内影绰绰，婉转悠扬曲，私会首尾松。"中音的曲声动人心弦，似是把这眼前的美景唱活了一般。

门人种员和仙果大概是喝多了，只觉阵阵醉意袭来，便打算在船头吹吹河风醒醒酒。画舫中的吟唱让他们不觉心动，瞪大了眼睛探头望向那艘擦身而过的画舫，想看看那垂至船底的帘内坐着的究竟是什么人。可惜那艘画舫早已顺着河水飘然远去。众人乘坐的画舫此时也已进入首尾松附近的水域，葱翠的首尾松枝叶繁茂，长长的松枝一直延伸到了河面。在众人乘坐的画舫荡出片片涟漪驶过其间时，原本在昏暗的月色中随波漂荡的几艘画舫中不乏有人慌张地合上窗子，把小小的船舱遮得密不透风。幽暗的月光下，不知哪艘画舫内传来了一阵男女的私语，河对岸的椎木屋墙外不时传来悠远的夜轿吆喝声。阵阵清香随着河风飘来，想必是谁家姑娘身上的香囊散发出的香味吧。用力甩进河底的渔网激起阵阵水花，让三味线的悠扬曲声变得时断时续。更夫的打更声也回荡在森严的御藏内。虽是夏天，但夜半初更时因结露而生出的那份湿冷，让人不由得想起了令人怀念的秋夜风情。

　　不知是否因为周围的景象太过艳丽，年轻的门人在生出无数靡靡的幻想后，也倦怠得抱着胳膊垂着头进入梦乡。国贞和鹤屋老板的酒壶早已见底。越过御厩河岸的渡口可以看见横架于河上的大川桥。远处水面上夜钓渔船的篝火所剩无几时，林荫大道上的茶铺却依旧热闹不减，新内街头卖艺人的吆喝声也依旧回荡在空中，驹形堂的那堵白墙在月光下显得格外苍白。

三

众人在立着禁杀碑的御堂后上了岸。

国贞准备绕到大川桥附近雇顶轿子回龟井户，鹤屋打算乘船回到两国桥，然后直接回通油町的店里。种彦住在离此不远的堀田原，所以拒绝了两位门人想送他回家的好意，然后便在这清凉的夜色中，独自一人穿过两旁满是热闹茶铺的林荫大道，沿着昏暗的小路拖着年迈的身体向三岛门前走去。

从刚刚开始，种彦就一直想着找个时间好好思考一下自己的人生，他迫切地需要认真回顾一番过得有些浑浑噩噩的这段漫长人生。那个曾经远不如自己，甚至过着无赖汉般生活的远山金四郎，如今却已成为忧国忧民的栋梁之材，壁龛里还放着祖传的铠甲。种彦坐在书院中与远山交谈时，不觉生出了一种似痛苦似悲伤似羞愧的难以言喻的心情。至于原因，这也正是他急切想要知道的问题。种彦生于武士之家，自小便天天被灌输诸如武士心得、武士之道等言论。但那种精神不应该只是在那段特殊岁月中为了"阿轻堪平"般的狂言戏曲而生的吗？为何现在居然会突然冒出来，更不可思议地让他感到心惊胆战呢？二十多岁的某天夜里，从戏院回来时突然感到自家庞大的

143

宅邸让自己感到十分沉重，而不被奉公义务束缚的平民生活真是轻松到让人羡慕，如今自己也义无反顾地过了数十年曾经艳美的生活。直至今日踏进远山宅邸玄关的那一刻，那栋就连在梦中都已模糊不清的武家宅邸才重新爬上他的记忆，自玄关到内宅都显得那般森冷而质朴，悲伤寂寥中弥漫着无法言说的森严。越过靠着马路的侧墙，可以遥望幸桥见附的围墙外夕阳的壮丽之景，今日，那令人无比怀念的景致似乎唤醒了他少年时代的良心残骸。

种彦很想强行写首狂歌①或川柳②，幽默地化解此刻无奈的烦闷，可是路边随处可见的摆着凳子兜售麦茶的女人，又让他不由得眉头一皱。再看看四周吊儿郎当、举止轻浮的年轻人，从前的自己或许还会笑着说：这可不就是式亭三马随笔中的画面吗？可现在却无论如何也生不出这样的感觉了。走到家附近的桃林寺后门时，种彦看到一个大胆的小和尚竟擅自偷溜出来买酒喝，着实吃了一惊，又见不远处大冈阁下的墙外阴暗处聚集着一群正在调戏妓女的商人，便立刻移开了视线。不久后，种彦终于走到了自家门前。

进了家门后，种彦对妻子说了一句"我要写点东西"后，

---

①狂歌，日本古典文学样式之一。狂体的和歌，采用三十一音节的短歌形式。与正统的和歌相对，在构思和遣词上着意追求滑稽卑俗、诙谐幽默，江户时期极盛。
②川柳，日本诗歌形式之一。其产生与俳谐有关，最初叫"前句附"。俳谐的重点在前句，而与前句相对的附句则是川柳。川柳与俳句句型相同，但无季题、切字的要求，风格自由、幽默滑稽，通俗易懂。

144

就把自己关进了二楼的一个房间里。房间只有大约八叠大，那个整整齐齐码放着一排排书的书架就不说了，床上的装饰品、屏风上的画……这个自己命名为偧紫楼的屋子摆放的这一切东西，和幼时居住的下谷御徒町的大宅邸相比，真是云泥之别。随身所带之物，除了那件轻巧纤细的大小太刀之外，一件称手的武器都没有。平时珍藏的净是一些古今淫书、稗史、小说、过时的妇女玩具和只有游女①才会随身携带的小玩意儿之类。啊，想想在那如同万里晴空、和风习习的春日般安宁太平的文化文政时期，他两耳不闻天下事地沉浸在酒池肉林之中，将已然斑白的两鬓抛诸脑后，流连于世人口中的声色犬马之地，肆意徘徊于吉原②、戏院之间游戏人生，全然不顾身份的那段日子。不知为何，他觉得既然世人皆道忘了人道的放荡堕落之人，其令人厌弃的人生终将如随晚钟凋零的花朵般凄美。既然人终有一死，那就像《箕轮心中》里传颂至今的藤枝外记，或是因与歌比丘尼殉情而广为人知的那位家族侍卫般，至少还能心怀刹那美梦离开人世。偶尔听着净琉璃也会被感动得暗自抹泪。年轻时，他每日都会把自己的月代头③梳理得顺滑美丽，加之如上天恩赐般的颀长身体，精致的尖下颚，正直中透着温柔的细长脸颊，总被茶铺里的客人推崇为翻版的名优坂东三津五郎。他

①游女，在政府有正规登记过的妓女。
②吉原，江户时期政府唯一承认的妓院集中地。
③月代头，古代日本武士所梳的头型。

感到无比自豪，还为自己起了一个艺名——三彦，计划着到老了就把这些年的梦想整理成戏剧的剧本，一年一册。一些欢淫无度的浪荡哥儿不仅引诱着思春的姑娘们，甚至还来求他无论如何也要将自己收入门下：与家人断绝关系的那些公子哥儿们崇拜地称自己为师父，听自己述说那些毒害风气的情色篇章，又一同兴致勃勃地讨论起游廊戏院等毫无益处的风俗之所。可事到如今后悔这些又有何用？只怪他成长的那个时代太过温柔，太过自私。前一阵还传闻日光山频现荒芜，不知哪里的一处天领①还出现了萤火虫大战青蛙的不祥之兆。不久后果然就传出了不少海岸港口遭遇可怕异人黑船威胁的消息。可现在自己这副身子骨却什么也做不了……

种彦一只胳膊搁在未完工的《偐紫田舍源氏》续篇草稿上，目光茫然地望着天花板胡乱思考着。台阶上传来了优雅的脚步声。隔着苇帘也能闻到一股仙女香的淡淡香味，女子看上去二十多岁，梳着一个下垂式的线卷发髻，发间还插着一把银弧的黄杨梳子，团十郎格子夹带丁子车花纹的浴衣看着就让人感觉凉爽，小柳条纹和服带更是束得一丝不苟。

"是阿园啊。"种彦将手臂撑在桌子上，回头看了来人后语气温柔地说道，"这都已经子时了，下面的人都还没睡吗？"

"是的。不过夫人说要准备睡了，所以玄关的大门也已经锁

①原是在明治初期的旧幕府直辖领地成了天皇的财产（直辖领地），后被称作天领。

146

上了。"阿园将搭配涂漆盖子的大茶杯和搁着象牙筷子的点心碟子轻轻放在种彦身旁后，重新插紧额前差点掉落的簪子，复又说道："您的烟草盆还需要添点火吗？"

"哎呀，不用了。这家里有你里外帮忙，我们可真是省了不少心。阿园你也吃一个吧。你以前在廓里都过着优越的生活，这大约也算不得什么稀罕东西，不过最近这诸事节俭的法令，真是上至衣服下至食物全被严格控制得不能有一丝浪费，恐怕这都鸟落雁暂时是享用不到了。快趁着现在还能吃的时候多吃点东西。"

"谢谢老爷，不过刚才在楼下，夫人就已经让我吃了许多了。对了老爷，我总觉得最近外面的气氛似乎很紧张，不知道我住在这个宅子里会不会给你们带来麻烦……"

"行了，这事你用不着太担心。打从一开始，我就说是趁着醉意把你带回家的，所以你也无须顾虑太多了。"种彦拿起银色的长烟管深深地呼了一口烟，上下打量了阿园一番后说道："况且你现在这个穿着打扮，任谁也说不出个不是来。穿着浴衣，扎着线卷发髻，绑着昼夜和服带，这衣着打扮和言行举止怎么看都只不过是个仲町的艺伎，谁会想到你是不久前还在廓里的花魁呢？"

"若果真如老师所言，那可就太让我高兴了。我也是日日小心谨慎，希望能早日摆脱过去的影子，只是偶尔还是会不经意地说出一些曾经在廓里惯说的话。这事我与夫人谈过，夫人也是十分担心。"

"担心也是难免的。无论如何，眼下这世道只能多多隐忍了。在外面的情况尚未完全明朗稳定下来时，多加注意总是没错。这一阵子你还是忍一忍，尽量别外出才好。"

"是的，这点阿园明白。"阿园恭敬地弯了弯腰，张了张嘴似乎还想说什么，但一看种彦抱着胳膊，似乎没有继续说下去的兴致了，便咽下了后面的话，脚步轻盈地走下楼梯，背影看上去带着几分落寞。

四

四周彻底安静了下来。从前偶尔还能听到门外小路传来的夜晚游荡者的哼曲声，以及飘荡在远处的新内连弹和叫卖毛豆泥糯米团的声音，夜色转浓后，时而响起的打更声便会渐渐将这些声音淹没，浅草寺的铜钟声也会低沉肃穆地在夜深人静的大江户夜空响起。每天晚上，倏紫楼里都是灯火通明，也不知烧尽了多少灯油，圆形的行灯里更是直接放上了三四根灯芯，这位戏作者借着灯光独自默默地端坐于书斋内。那光渐渐明亮，而影渐渐凄凉，书桌上的未完稿和主人视若珍宝的文房四宝静静地躺在浓淡交错的光影中。

孟宗竹根的笔筒上雕刻着朵朵梅花，里面胡乱地插着几支长长的孔雀笔，在行灯的火影之中金光闪烁，不时照亮了主人的眼眸。长崎的七宝烧水杯上描绘的图样，让人不由得联想到大洋彼岸的未知神秘国度，红铜色镇纸上精妙绝伦的镶嵌工艺令人惊叹，茄子状砚台的紫檀木盖子上刻着主人自创的狂歌：

功名利禄有何难

胸有自信自可成

还需小心谨慎意

字虽潦草，倒也能让人读个清楚明白。

忽然，种彦一改方才无比恐惧和烦闷的心情，决定就在今晚冒个险，为这些年来费尽心血撰写的这个长故事画上一个圆满的句号。这个故事其实是以宽政末年，自己在西丸当小姓[①]那段年轻而美丽的时期为背景描写的华丽记忆之梦。自那以后，绘草纸合卷的就在市面上源源不断地销售了十几年。虽然时光已进入天保年间，但这一切依旧清晰如昨。这些年，外面的世界不知经历了几度花开花谢，自己的两鬓越渐斑白，额头的皱

---

① 小姓，意为侍童，除了在大名会见访客时持剑护卫，更多的职责是料理大名的日常起居，包括倒茶端饭、陪读待客等。

纹也不断加深，唯有照亮修紫楼深夜的这盏圆行灯十年如一日，每到夜晚就会如今日这般在书桌上投下温柔而明艳的灯光。种彦把喝到一半的茶杯放到桌子下面，猛地抓起一支笔开始书写，甚至连磨墨都没顾上。可不到半个时辰后又忽然长叹了一口气，甩开手中的笔，似恐惧着什么般地逃离了书桌，猛地靠在房间的柱子上，闭着眼，双手交握，下一瞬间又似依依不舍般探出头凝望着桌上的草稿。

庭院外忽然传来了一阵似风声般的古怪声响。种彦顿时感到一阵毛骨悚然，如同恐惧暗影的野狗般竖着耳朵仔细听了一会儿，可那声音旋即消失了，夜晚的二楼依然如往常般只剩下圆行灯柔和的光亮。然而当种彦再次看向草稿时，又仿佛听到什么人偷偷靠近的脚步声，他的脸色刹那间一片惨白，立刻吹灭了行灯，随即拿起一把刀走到二楼的圆窗旁，悄声无息地打开窗户，探头看向下方的庭院。半轮明月此刻恰好爬上邻居家的屋顶，看起来有些惨淡歪斜。万里无云的天空已经早早染上了秋意，银河和满天的繁星看上去甚至比那半轮明月还要明亮，仿佛可以将仅点着微弱石灯笼的庭院全部照亮。周围一片寂静，连狗叫都不闻一声，更别提什么他想象中的可疑人影了。庭院中精心打理的树木和飞石上的盆栽都在肆意享用着夏夜沁凉的露水，在圆滑的苔土上映射出柔和的倒影。无力的微风连屋檐下的风铃都无法吹响，河道旁下町人家的屋顶上，缓慢地流动着一阵清冽的夜风，一直吹过正在窗台上张望的种彦的两鬓，让他顿时感到一阵无法言喻的爽快。这一刻，种彦仿佛彻底忘却了自身安危，只想茫然地任由这莫名的夜风吹拂。突然，他看见一抹如同幽灵般的白色影子，不知怎的竟从家中的走廊飘到了庭院里。

　　他以刀撑起身体，再次探出大半个身子往外仔细看去，微弱却又频繁闪烁着亮光的石灯笼火影中站着一个人，正是刚才送来茶和都鸟点心的阿园。她曾是新吉原佐野槌屋中深受万千宠爱的"怀中喜蝶"，后来因为某些原因藏匿在自己的家中。只见她小心翼翼地靠近栅栏，轻手轻脚地解开门闩打开门后，一个举止温和、用汗巾遮着脸的男人弯着身子悄悄从门缝钻了进来。二人先是相对而立深深凝望，随即就忘情地紧紧拥抱在一起，女人的头靠在男人的胸前，男人的头埋在女人的肩膀上，看上去像是在无声地哭泣。

　　种彦一眼就看出悄悄潜入的男人正是在附近鸟越的一个年轻老板。他家里的纸店生意做得十分红火，还曾一度拜在自己门下，得了个柳絮的俳号。小老板柳絮不知何时迷上了仲町茶铺的河东节[①]，着了魔似的流连在廊里反复看了三天。不出所料，父母听说后一气之下就和他断绝了关系，最后他只能在女人的援助下暂时住到了小梅村的朋友家中。种彦觉得如果就这样放

①河东节，净琉璃中的一个曲种。

151

任他们不管，说不定两人会选择一同自杀殉情，好在他在廓里的熟人比较多，就托了一个妥当的人帮忙斡旋，至于赎身等事情暂且不论，至少先把女人接入自己家中，又劝说男人在与父母的关系缓和之前多多忍耐，尽量不要与女人见面。只是这才过了半个月而已，这对年轻男女就已经无法继续忍耐了，也不知是怎么通知对方的，竟约好了时间偷偷私会。种彦因二人不知礼义廉耻而愤慨，只是回想起自己年轻时的种种经历，又觉得他们这样也不足为怪，心中又忍不住生出了几分同情。事实上，他也十分羡慕这种为了爱情奋不顾身抛却礼教的年少轻狂。啊，如果他也有几分这样的轻狂，那么无论德川的世道如何，无论自己可能受到什么样的惩罚，或许都能够做到无所顾忌、随心所欲地写出内心的想法。最让他觉得悲伤的，莫过于勇气尽失的衰老。

天空中飘过的云朵不知何时遮住了半轮明月，方才还不时闪烁着的石灯笼火也恰好陡然熄灭。蜷缩在庭院篱笆边的男女觉得很是庆幸，漆黑的四周让他们彻底放下心来，急切地向对方倾诉着这段时间累积的思念之情。忽然响起了一阵蝉鸣声，仿佛是在为他们遮掩低声的私语。过了不久，几度踌躇不舍的男人终于下了决心，捡起掉落在地上的汗巾后遮住脸站起身，女人也注意到头上的齿梳已经松懈，但身上的凌乱似乎并不让她感到羞耻。两人又依依不舍地依偎了片刻后，男人才终于离开。重新关上庭院的木门后，女人依旧站在原地，久久不曾离去。

五

第二天早上，种彦独自走到一楼狭窄的竹走廊上洗脸吃饭，之后刮胡子的时候，还会偶尔无意地看向昨晚那对年轻男女偷偷私会的庭院。

"咦，老师已经醒了吗？"一个声音忽然响起。

"您起得可真早呢。"

来的是柳下亭种员和笠亭仙果两位门人，他们说着就大大咧咧地打开挂着"爱雀轩"匾额的栅栏走了进来。看时间似乎比往常要更早一些。被二人推开的栅栏边缘恰好蹭上了篱笆边茂盛的竹叶，叶片上残留的露珠在清晨的斜阳中闪烁着晶莹的微光慢慢滑落，陷入地面柔软的青苔之中。

种彦的心情似乎不错："老人都习惯早起嘛。今天太阳是打西边儿出来了吗？你们两个居然起得这么早。莫非还在想着昨晚的事？"

"真的非常抱歉，最近给您添了不少麻烦。之前真是被外面的风声鹤唳吓得不轻，唉，真是惭愧至极！"

153

"哪里都是秋意渐浓的傍晚啊。"种彦说笑着，说话间一阵晨风吹过草丛，惹得他又不由得感叹道，"你看这嘴上还说着热呀热的，其实秋风似乎已经吹来了。古歌诚不欺人也。眼睛虽然看不见，但风声总是让人不由得吃惊呢。"种员说罢便从怀中掏出汗巾擦了擦木屐边缘，然后坐在狭窄的走廊上。

仙果看见身旁的飞石边放着一盆松树盆栽，不禁伸手轻轻地摸了摸上面的叶子，温柔得如同抚摸女人的秀发一般。

"老师，这是什么时候买的？看这树干的粗细和树枝的长势，这盆栽真是太完美了！"

"这是中请地村一名叫长兵位的松树师父送给我的谢礼，因为他拜托我写了一块庭院木门上的匾额。否则，这等珍品岂是我能买到的？"

"哪怕在高门贵宅里都很难见到这样的名木吧。"种员也叼着烟管看向庭院，忽然想起了什么似的说道，"老师，这么贵重的盆栽，眼下是不是也要和偶人还有彩绘一样，都藏起来比较好？"

"那是自然。"种彦不假思索地回答，随即用手中的银色长烟管敲了敲烟灰桶。

"唉，这也不能摆啊？我还真有点摸不清上面的意思了。"

"为什么？上面不是明确表示了不能在没有意义的事情上奢侈浪费吗？"

"问题就是这个呀。虽然这些话不能放在明面上说，但其实

154

我们是觉得，只要能让自己开心，哪怕多花些钱在无意义的事情上，也没什么不好的。如果换作明历大火或是天明大饥荒那样凶年不断的时期，即便我们想奢侈，也做不到天天观赏盆栽唱和歌呀。可是现在这世道，就连下町那些人看见点雪，也会立刻咏上几段诸如初雪纷飞、雪上犬迹如梅花之类的俳句。这一切不也是得益于当今的太平盛世吗？这也是黎民百姓之福啊。"

"种员先生所言有理。不瞒您说，其实我对这次的法令也感到有些难以理解。"

此前一直在欣赏盆栽的仙果不知何时也坐到了狭窄的走廊上，环顾四周发现并无闲杂人等，也就敞开心扉跟着种员一起说出了内心的真实想法。

"并非我等平民胆敢对政事指手画脚，只是老师，中国唐朝都曾将天降美丽凤凰视为天下太平之兆，可如今我们国家却下令禁止一切华美而费事无义之物。试想想，凤凰不也只是一只不会下蛋的鸡吗？它就是想下也下不来啊！其他东西就不提了，就连被誉为日本国粹、名声响彻四海八方的江户名产彩绘都被下了禁令，那不就像难得遇上一直前来庆贺国泰民安的凤凰，却还掐着人家的脖子拔光全身毛的感觉吗？"

"哈哈哈哈，可你们再怎么舍不得又有何用呢？引人瞩目的美丽之物总是难免遭人嫉妒，落人口舌的。人情世故和天下政事说到底都是同样的道理，想不通就别再多想了。也别这么大声说这些不该说的话，正所谓祸从口出，隔墙有耳。总之小心谨慎也就是了。"

"这个您不说，我也是明白的。万一说了些什么不该说的，不小心弄丢了我这颗宝贝脑袋，那可真是悔之晚矣。现在这种时候，能有胆子匿名写一首讽刺狂歌，再找个没人的地方暗自偷笑一番，就已经很了不起了。"

"说到匿名狂歌，我倒想起一件事来。昨晚老师回去之后，我听鹤屋老板说，和泉町那位一勇斋国芳①先生似乎毫不在意这次的政令，竟一连画了三张暗喻'源赖光房中秘事'的百鬼夜行图。"

"哎呀，那个男人天生如此，这娘胎里带出来的恶习看来是改不了。国芳和国贞都是故人丰国老师的得意门生，只是他们性子差得太多。国芳本就是个暴脾气，会做出这种事也不奇怪。所谓泥人也有三分脾气，可如今就是二话不说砸碎泥人的世道，眼下怕也只能咬碎牙往肚里咽了。"

"真不知道这世道怎么会变得如此可怕。老师呀，这样下去，真不知道要什么时候才能拜读到《偐紫田舍源氏》的后篇了，真是让人扼腕叹息呀！"

"我这身体也是一年不如一年了，恐怕还没等到世道稳定下来，就已经看不清东西，也握不住笔了吧……"

---

①歌川国芳（1798—1861），日本浮世绘大师，号一勇斋。

种彦陷入沉默，脸上还带着一抹寂寥的微笑。两名门人也不知如何开口安慰，只好将无处安放的目光投向正在热情迎接夏日阳光的庭院中。这时，一位大约来自一月寺的虚无僧偶然从篱笆外路过，一曲《虚空铃慕》的尺八合奏悠悠传来，仿佛呼应众人忧愁的心情一般，让院内的空气更添了几分寂寥。

六

盛夏的六月已在不知不觉间走向尾声。江户的大街上依旧到处可以听见叫卖蚊帐的声音和卖药郎箱子上金属环扣的撞击声，白天依旧酷热，只有日历在提醒着人们立秋已经逼近。路上的年轻人开始谈论起了吉原灯笼，街道两旁的人家也在屋檐下挂上了灯笼。

每逢土用①初日，包括池上本门寺在内的多座古寺都会对外开放，兼为藏品驱虫。种彦每年也会在此时为家中珍藏的书籍器具驱虫。每到这日傍晚，一些亲近的朋友和门人就会齐齐登门，在主人柳亭老师收藏古书珍本的房间内饮酒并召来艺伎作陪，再来一场俳谐或柳风的定题互选会。只是唯有今年，谁也不敢在严厉的禁令下顶风作案，毫无顾忌地拾掇那些藏书器具。

---

①土用，指立春、立夏、立秋、立冬之前的十八天，一年四季共有四个土用。

所以即便有虫蛀的风险，种彦也只能放任自家藏匿的珍宝于不顾了。

实际上，此时的种彦早已无心他事了。他的身体虽在一日日老去，名声却是一日日壮大。可如今自己这本不仅在江户城内深受欢迎，就连三津①地区都广为流传的一代名著，却面临着不得不壮士割腕的局面，一想到这些，胸中郁积不散的忧郁愤懑之情，似乎一下子唤醒了多年以来通宵达旦手不停毫积下的疲惫，让他觉得仿佛全身的力量瞬间被抽空。禁令未下前依旧做着悠闲美丽戏作之梦的昨日和在禁令的打击下身心俱畏的今日之间，如同横空出现了一道不可逾越的鸿沟。站在惨淡的今日看如花似锦的昨日，他只觉得自己所谓的一生似乎都已成为过往，一切的一切都在宣告着终结。他觉得自己的未来已经黯淡得见不到一丝曙光，书架上摆放着的似乎并非自己撰写的书稿，倒像是某位已经去世的、对其过往无所不知的亲密朋友留下的遗书。

种彦日渐疏远了每日上门求教的门人，成天将自己一人关在二楼的房间里面，戴着老花镜，不分昼夜地将他还以"柳之风"为名时吟咏狂歌川柳的草双纸到最新的随笔《用舍箱》等被精心装帧过的所有著作一本本取出，细细品读。啊，写这本双纸时，他还过着怎样的生活；啊，写这个故事时，他才几

①三津，指中世日本的三大港口，分别为萨摩坊津、筑前博多津、伊势安浓津。

岁……种彦就这样徒劳地沉浸在追忆往昔的梦境中，郁郁寡欢地过着每一日每一夜。譬如永不结果的山吹花，即便一生芳华璀璨，放荡不羁，到头来也不过空留痴情一梦，他直至今日才体会到，年华老去却没有子孙绕膝的孑然一身是多么孤寂脆弱。如今也只能靠对往事毫无益处的追忆以慰藉空虚的生活。

不知不觉七夕已过，深夜的那场小雨不知何时也已偃旗息鼓。第二天早上，乌云密布的天空阴沉到了极点，秋天如约而至，凉爽的秋风在庭院湿润的草丛中涌动。不知为何，种彦竟联想起烧瓦时飘起的袅袅烟雾，一样的悲凉，一样的让人不禁哀叹。他忽然想到桥场今户的河岸边看看初秋的风景，一起床就打算下楼让人快点准备早饭，却正好碰上了正匆忙跑上楼的老妻，从她嘴里听了一件不得了的大事——

就在昨夜那个小雨纷飞的七夕之夜，一直躲在他们家中的阿园竟不知所终，今早一看房间早已空无一人，只有男女二人留下的两封信。种彦拿起桌上的眼镜迫不及待地读了一封，是阿园的。信上只是写道，她自知今世欠下的大恩大德无以为报，罪孽深重的自己只愿来世再结草衔环。而两情相悦、山盟海誓的恋人如今惨遭不幸，今生恐是无缘了。因此决定暂且先到老家熟人那里躲躲，安心祈祷未来，再一同共赴黄泉云云。字里行间都流露出无尽的哀伤。种彦的眼睛不由得被泪水模糊，他擦去泪花后又立刻打开男人的信，这才知道了个中缘由。总而言之，小老板父母经营的纸店也在这次政事改革中受到了影响，由于江户中问屋十组①突然被迫解散，店里也因各种差错而蒙受了莫大的损失，变卖家产已是迟早之事。若是家中破产，原来计划拜托大总管帮忙筹措赎身费用一事也就只能化为泡影了。如此一来，阿园又将被迫成为飘零的浮萍。将一个无力赎身也无望赎身，还身负重重债务的女人藏匿在家中，获罪的就不止她一人了，于她有恩的老师也会因此而受到牵连。倒不如在这事变得复杂之前，让她独自一人带着所有的罪孽赴死，也省得让无辜之人遭受责罚。只希望待她死后，能回向②帮助过自己的人，让善良之人此生平顺。

种彦虽然早就有所耳闻，据说因为菱垣船和十组问屋联盟的解散，就连向来稳固的江户地区也有不少富豪家族一夜崩溃。只是如今事情就发生在眼前，让他不由得对此次的法令愈加恐惧。而对于这些一心赴死的年轻人，除了感到束手无策，他真不知自己还能为他们做些什么。

①问屋十组，江户时期将批发店大致分为十个种类结成的商业联盟。
②回向，佛教用语，是指不愿自己独享所修的功德、智慧、善行、善知识，而将之"回"转归"向"与法界众生同享。

七

　　事态发展到如今这般严峻的地步，种彦既不能若无其事地到柳絮父母家的纸店里与他们商量，也不能在游廊那边轻易露面，毕竟当时是他出面为阿圆的赎身做了保证人。可话虽如此，他终究也不能若无其事般放任不管。实在想不到好办法的种彦踱着慢腾腾的步子晃出家门，随便找了个方向信步而去。如今的他除了期待散步时的灵光一现这种毫无根据的下下之策以外，竟然毫无他法。

　　小贩们已经热闹地叫卖开来了，排练的歌声与三味线的乐声络绎不绝，不时有身着艳服的女子泡完早汤后，从新道的小巷口走出来。一直低头思考的种彦沿着熙熙攘攘的横町一直走了许久，不知不觉来到了宽阔的大道上。一阵凉爽的风从河岸方向吹来，虽然并未一下子吹散他内心的忧愁，但他恍惚觉得至少现在的心情比之前关在家里半个月不出门时稍微畅快了些。他仿佛瞬间褪去了疲惫，用一种奇怪的眼光眺望着天空和远方的街道。

　　街道的两侧店铺林立，不仅有挂着菜饭田乐①行灯的两层

①菜饭田乐，一种经常与豆腐同食的酱，属于日式调味品。

161

食肆，还有霸占路面后用苇帘围起来并连成一排的挂茶铺，士农工商各种色打扮的人们在大道店前的遮阳伞间人头攒动，似流淌不息的河水一般。这本该是多年以来早已烂熟于心的街景，只是久居于此的江户人都拥有一颗令人发笑的好奇心，只要一天半天不见，就会像看见了许久未见的故乡一般，令人无端地生出无限爱恋来。

　　街上已经出现挑着担的虫贩子了，秋七草也在花贩子的花笼中灿烂盛开。貌似仓库守卫的侍卫们却对这些街景视若无睹，只是带着一脸凝重大步流星地从大道中间穿过。一名弯着腰匆忙赶路的年轻人和他们擦肩而过。年轻人一看就是在付差①店工作的小伙计。那个戴着头巾、手持念珠、拄着拐杖前行的老人大概是正准备参拜门迹大人的闲居老者吧，就通身的气质来看必定也是德高望重。耍猴人的背上趴着一只猴子，身后跟着背着包裹的门人。身姿风雅的年轻老爷和穿着十德服的老人并肩走着。一位头戴角隐帽打着遮阳伞、看起来端庄高贵的夫人和缓慢行走的虚无僧，以及踩着木屐，扎着和服下摆的艺伎交错而行。绑着三尺带，肩上挂着手巾的年轻人用热切的目光盯着一名怀抱练习歌本的少女。头戴草帽、裹着绑腿带的乡下人边走边用惊叹的目光不住回头打量着商家的金字招牌。两旁的民宅比屋连甍，两三只老鹰正在屋顶上打着圈越飞越高。隐约

---

①付差，买卖大米的中介商。

还能听见不知何处传来的浑厚呐喊声，听着像是大家正在合力搬着木头。打头的人声音略微粗犷低沉却铿锵有力，与众人应和声中一两个高亢美丽的音色交织成了一首激昂高亢的运木歌。如此安宁祥和的美好秋日，不由得让人想要对着江户全城高歌一曲，歌颂这带给大江户子民以安稳富饶生活的太平盛世，终于可以远离厉兵秣马、狼烟四起的乱世了。

阴沉的初秋时节，被振奋人心的运木歌所吸引的种彦一直跟着拥挤前行的人群，从驹形走到林荫大道，向着雷门的方向一路走去。走着走着，他觉得自己似乎也与那些单纯的路人一样，只是一个生活在这两百余年和平阳光下的自由快乐之人。这么一想，心情也在不知不觉间变得悠然了许多。事到如今，即便再为世道不正所愤恼又能如何呢？天下之事，岂是我们这些渺小若虫蚁之人能改变的？国家大事，自有位高权重之人全权掌控。我们这些平头百姓只要服从统治，歌颂繁华盛世，所有人都在这不知何时才会迎来终点的漫长岁月中迷醉，这也是奉公之人至少应尽心为人民创造的生活吗？此刻的种彦抱着胳膊，耸拉着肩膀，淡然地看着眼前的一切，仿佛是在看着丰后节时常见的文金式浪荡公子一般。他一直信步走到著名的隅田川酒坊时，忽然看到对面写着"雷门新桥"的大灯笼下，一大群人叫嚷着跑了出来，其中夹杂着女人的哭泣声。一听说是有人在此斗殴杀人，路人们或是慌不择路地左右逃散，或是争先恐后地凑前围观，路边的几条狗更是狂吠着四处乱窜。

种彦依然双手抱胸，站在街角眺望着江户特有的喧嚣繁华之景，但是眼前不断来回穿梭的人流始终遮挡着他的视线，以至于他站了许久依旧没看清那边究竟发生了什么。

"老师。"忽然，他的身旁传来一个声音。

"咦，是仙果和种员呀。你们知道那边到底发生了什么事吗?"

"老师，不得了的大事呀! 奥山姐姐早上拉客的时候被人发现给抓起来了。"

"居然发生了这样的事。"种彦有些吃惊，没想到是这么一回事。"我早就知道奥山那个茶铺不是什么正经地方了。如今被抓一两个秘密卖淫的妓女也不足为奇。"

"老师，看来您是还不知道昨天晚上发生的事情呀!"

"嗯? 昨天晚上发生的事情? 你们也知道的，我这个月都还没出过门，今天这是刚刚出来……"

"其实，我们两个也是正好打算去您家问候一下的。今天可是满大街都在传那件事呢。昨天晚上，花川户的寄席①里有个净琉璃女子被抓了。然后今天早上广小路上的艺伎屋里也有三个梳头的女人被请进去了。说起来自从两三天前本丸换了一批官员，大目付的鸟居大人当上町奉行之后，查处的力度就似乎又

①寄席，集中表演落语的小剧场被称为"寄席"。一般落语表演的场地并不大，在剧场前方的小舞台上摆着一个小软垫子，落语师就跪坐在上面表演。

严了许多。我们町内那些名主①家主今天可是一大早就赶去奉行所②了。"

"这样啊，看来这次的确是很严重。"

"老师，这还不止呢。昨晚我去了一趟橹下，居然听到他们议论说，最近就连府内的冈场所③都要被一个不留地取缔干净，这下恐怕是连辰巳都要保不住咯。"

"是吗……这世道真是瞬息万变啊。才一个晚上，就像是狂风入境般的面目全非了……"

"老师，总之我们先陪您去境内走一趟，到奥山附近看看吧。"

"也好。虽然看着别人经受苦难会觉得可怜，但说不定这也会成为今后创作的一个题材。姑且先过去看看吧。"

三人提步前行。雷门前的喧嚣似乎已经平静了下来，但这附近过往的路人脸上无一不挂着不安，都在添油加醋地传着町木户大番屋里那些被关起来的妓女们是如何可怜，今后的生活将会多么悲惨。种员仙果随着种彦一道迈进雷门内，快步走过林立的念珠店以及二十轩茶铺。莫说那些平日里总是吵吵嚷嚷着拉客的女人们，就连仁王门内的牙签店也是一样，无人不是白着一张脸、三三两两地聚在一起窃窃私语着，一些看着像是本地名门望族的男人也在一脸凝重地四处巡视。不过观音境终

①名主，日本名田的占有者。
②奉行所，相当于市镇衙门。
③冈场所，未被江户政府所承认的妓院集中地。

归不是小地方，总还有些对那阵骚乱毫不关心的人依旧如常地走在本堂的台阶上。念佛堂边的松井源水也依旧如往常一般地缓缓流动，早在风流志道轩①之前就已经境内闻名的辻讲释②，以及搭起了挂着苇帘的小屋，准备表演乞讨戏院或者桶拔笼拔③的小技师也纷纷在招揽看戏的客人们。一切还是从前的样子，并无改变。

一行人快速从这些小屋前走过，又穿过了俗称"千本樱"的樱花大道，从金龙山境内后门穿行而出后，便能见到一棵郁郁葱葱的大树，令人不禁联想起本山开基之初的情形。树荫下是一排菱形瓦屋顶的低矮小屋，都是一些供人玩乐的射箭场或是休憩用的茶铺。几个戴着面巾的男人正在附近悠闲地走着，那身打扮倒是与每晚都在吉原河岸边玩乐的公子哥儿们毫无二致。不过刚刚那阵令人惶恐的骚动过后，周围拉客的女人们似乎一下子销声匿迹了，田里的蛙鸣和树梢上的蝉鸣声也因此显得异常清晰，境内也终于有了寺院应有的幽静雅致。射箭场外的大门紧闭，宛如空空如也的人家，屋旁偶尔飘落的一两片枯叶让空气更显凄凉。挂着苇帘的茶铺矮凳上放着擦拭得异常光洁的黄铜茶壶，在穿过树梢的初秋日光下波光涌动，却透着一股无以言表的寂寥。不知哪里的树林里偶尔还传出一阵如同笑

①志道轩，日本的情色小说《风流六女竞》的作者。
②辻讲释，在路边讲述战争故事杂谈来向观众讨要钱财的营生方式。
③桶拔笼拔，从竹笼或者木桶中穿过的杂耍，有时也会在其中放置蜡烛或刀等。

声般的乌鸦鸣叫声。

不知为何，种彦突然停下脚步，然后抬头看了看树梢。一条枯枝带着干瘪的树皮轻飘飘地从树叶间落下，垂涎着大方蝉的鸟儿正追着它的猎物在树梢间跳跃。众人进了一间早已人去楼空的茶铺，矮凳上还放着一个被随手弃置的烟草盆。仙果本想顺便借它点个火，不料里面已经积满了灰，便悻悻地喷了一声，在矮凳上坐了下来，从怀中掏出了打火石后说道：

"老师，坐下抽管烟如何？这里就跟河岸边缘的三日月长屋一样，都是我们平时不常走的地方。你说是吧种员先生？总觉得这莫非狐仙施展的幻术，真是难以置信。"

"而且那雪白的狐仙还不知道钻进了哪个洞里，竟神奇地消失了。不过只要凉快安静不就好了，无论我们在这里乘凉多久也没人会来收茶钱，这不是难得的好事吗？"说着，种员取下腰间的烟袋，从仙果的烟管上借了火后也抽了起来。

众人的衣袂不时被树梢间吹来的习习凉风掀起，种彦也没想到此处还有休息的地方，便也走过来与门人们并排坐在茶铺的矮凳上歇脚。树梢上的蝉鸣声突然消失了一阵，辨天山的钟声传入众人的耳中。种彦数了数钟声便知此刻乃是正午子时。刚想开口说这附近若有清静简便的食肆，倒可以久违地和门人们一起用个午膳，没想到因每日都在外闲逛而对这一带了如指掌的柳下亭种员早已洞察他的心思般，用烟管敲了敲木屐的前

167

端，说道：

"老师，前面走到底有一家菜饭茶铺，不如一起去用个午膳吧。我虽然不知道山东老师在《近世奇迹考》中提到的金龙山奈良茶过去的味道如何，不过最近奥山的奈良茶口感倒是颇为醇厚。不仅如此，那屋子正后方庭院的风景十分别致。现在这时节，想必院里的莲花也已经开了哦。"

<h1 style="text-align:center">八</h1>

一行人说着便离开茶铺，来到了种员建议的菜饭茶铺。这里也长着一棵参天古木，四周以木栅栏围着。一行人穿过木门后，便看到了方才种员所说的景致：飞石小路被清水涤荡得干干净净，爬满了牵牛花的遮阳棚上挂着三四根丝瓜；穿过中庭，再走过一个茶褐色的小屋后，一个推拉门大开的狭窄走廊映入眼帘；后院的田园美景更是一览无余。这里的景致的确与众不同，只是在南宗、北宗、土佐、住吉、圆山四条等诸多高贵派系的眼里大概不名一文吧，只有那些低贱的町绘师才会将其作为印刷草图的素材而对其高看一眼；或许只有酷爱狂歌川柳的俗气且浪荡背德的游民，才会对这种景色生出浓厚的兴趣。左边是一片低矮的房屋，像极了田町一带鳞次栉比的草笠茶铺。右边的

风景则更为有趣；远处不断向谷中飞鸟山延伸而去的金杉林宛如一条自然的分割线；近处浅草丛生的后院犹如一片稻叶的海洋；更远方则是仿若一艘大船般漂浮在海上的吉原游廓，连片的菱形瓦屋顶上无一例外地都放着几个水桶。

初秋的天空被一片薄薄的云层所覆盖，柔和的阳光洒下，落在长势极好的稻叶上，绿叶泛着微微亮光，竟让人觉得比那夏日的稻叶更加撩动人心。此起彼伏的莲田中，生长着如青色绒毯上齐整的红白刺绣般的莲花，微风拂过莲叶，送来阵阵沁人的芳香。每当扎着鸣子^①或稻草人的田间出现惊飞的小鸟，稻叶旁隐蔽的田间小路上便会出现扛着轿子匆匆而过的路人，大概都是刚从游廓出来，正抄着田间近路赶回家吧，估计还在田间的微风和莲花的香味中继续着他们昨夜意犹未尽的美梦。

种彦眺望着眼前明媚的秋景，品着许久未曾沾染的酒香，听着门人们毫无意义的闲聊，心中很是欣喜，今日出门可真是收获颇丰啊。美丽的景色，诱人的美酒，惬意的闲聊——三美齐聚可谓是人生难得一遇的偶然。这种偶然绝对称得上是无价之宝，哪怕如纪文、奈良茂^②般的富可敌国，也不一定就能买到这种偶然。种彦吃着侍女端来的蚬贝汁、酸黄瓜和味噌烧茄子，

①鸣子，为了赶走田里的鸟兽，用绳子串的竹板。一拉绳子就发出声音，可以驱赶鸟兽。
②日本江户时代的两大巨贾纪文与奈良茂。

心下想着这么多年来，他身为一位闻名东都的戏作者，早已逛腻了大多数人梦寐以求的地方，也参加了不少风雨无阻主客尽欢、彻夜把酒言欢的聚会。就在种彦忘情地沉醉于美好的回忆中时，中庭对面的小屋中有一位客人终于在频繁地拍手后叫来了像是老板的男人，并开始大声怒骂。仔细一听才知道，原来那位客人是因为上菜上太慢而愤怒，一旁的老板则是一副小心翼翼的模样，似乎是在道歉。这么一想，他们似乎也一样，不仅刚刚点的青头菌汤一直未上，就连筷子也没更换过，但店里看上去也不像是因为客人太多而伺候不周。一旁的仙果重重地拍了两次手大叫怎么回事，刚刚的那个侍女便只拿了筷子急忙赶来，喘着粗气，看上去十分狼狈。

"真是万分抱歉，还请各位原谅……"她一边说着，一边将前额滑落的发簪慌乱地插了回去。

"哎呀，我说这位姐姐，怎么回事？你光道歉也没用啊。酒也不烫菜也不上的，这也太不像话了。"

"作为小店的赔礼，柜台那边会为几位客人重新计算菜金，还请各位多多包涵。"

"那这位姐姐的意思是，酒和菜都上不来了？"

"不是不能上菜的意思，这位老爷您可千万别误会！其实是刚刚店里发生了很棘手的事。就在刚刚不久前，定期巡逻的老爷们来到我们店里，怀疑我们使用的是过季的食材，便把洗菜房到账房一个不漏地搜了一遍才离开。可没过多久传法院①的执事僧和町内的官员们又来了，要求店里在三个月内辞退所有的侍女，否则就会被视为暗娼直接送往吉原做游女。这真是一条活路也不给人留啊！"

种彦等人听完瞬间醉意全无。再看眼前那哭得梨花带雨的侍女，正毫无顾忌地倾吐心中苦楚，甚至无暇考虑倾诉对象是否妥当。

"那些老爷们的做法真是一点仁慈之心都没有。难道我们这些在茶铺工作的人都是上赶着去做下流之事的荡妇吗？您听听这合理吗？若是我失去这份茶铺的工作，家里的老母亲和丈夫可就要被活活饿死了。我丈夫长期瘫痪卧床，母亲又双目失明，我出来工作也是有苦衷的……"

众人先前愤而拍手的怒气此刻早已冰消气化，只想出言安慰侍女，然后尽快离开。但肚里的饥饿毕竟无法忍受，便也顾不上点了什么菜，只把腌渍酱菜拌在一起当作茶泡饭匆匆吃完，还特意多给了些赏钱，便仓皇离开了菜饭茶铺。

"种员先生，看来这令人厌恶的世道终究还是来临了。非法游廓要被全部取缔，茶铺的姐姐要被流放到吉原，梳头女和女艺人也被抓了……这样下去，恐怕下一个就要轮到演员和戏作者了吧？"

---

① 传法院，为浅草寺的主要寺庙。供奉着西方三，还安置有历代德川将军的牌位。

"嘘——仙果先生，别这么大声说这种话。这附近指不定还有八丁堀的手下在走动呢……"

"呸呸，都怪我口无遮拦。不过和身上配着两把刀的老师在一起，就算碰上与力①或者同心②也没什么好怕的。"仙果嘴上这么说着，但眼睛还是忍不住四处观望，脸上也浮现出了一丝恐惧的神情。

随后，种彦等人沉默着一路无语，仿佛正被一个看不见的怪物追赶似的匆匆走向雷门。

九

许久未曾外出散步的种彦没想到今日竟会如此疲惫，一回家便上了二楼。窗外吹入徐徐微风，他倚在床边听着门人们讨论今天的骚乱，不知不觉就这么坐着打起了盹儿。

疲惫至极的戏作者，如魂魄出窍般地进入了一个奇怪的梦境。

起初，门人们的说话声忽远忽近，耳畔慵懒的声音让他觉得很是舒服，只是不知何时起，那些声音都如同风止潮退一般

①与力，日本中世以来，大名及上层武士属下的下级武士。
②同心，日本江户时代隶属诸奉行、所司代、城代、大番头、书院番头等部下，在与力之下负责庶务、警察等事务的下级公务员。

戛然而止。戏作者的魂魄听到了不知从何处传来的铁棒声，悠远而模糊。虽然有些觉得不可思议，但他下意识地明白这如同狂风暴雨一般四处响起又交相呼应的铁棒声，正是江户各町名主在将町奉行所的命令传达到各家各户的浩大声势。不多时，耳畔又响起了一阵河流声，而且越来越响，仿佛一阵突如其来的狂风刮起了汹涌的波涛。种彦忽而觉得自己正坐在摇晃的画舫中酣眠，忽而又像是身处高高的青楼之中，正将自己深埋于二楼柔软的被褥里。惊讶的他抬头一看，朦胧的月亮如箭矢般在阴云之中穿梭，低矮得似乎就在脚边一般，莫非自己已是身处云端高阁？町木户的大门紧闭，火警钟无端地自动响起。种彦觉得周遭满是疑点，想找个过往的路人询问，于是他借着辻番所①微弱的灯火环顾四周，可别说人影了，连声狗吠都听不到。他心中隐隐感觉到了不祥，于是不知所措地拼命奔跑起来。眼前忽然出现了一座大桥，正当种彦想要尽快跑过大桥时，猛然感觉到两边袖子被什么人给拽住了，似乎想要竭力阻止他继续前行。他回头想要看清究竟是什么人，只见一对被绑在桥上示众的男女，虽双手被紧紧地绑住，却用嘴死命地咬着他的袖口，看起来应该是想要私奔殉情却不幸被抓的痴情男女。但这实在太让他感到恶心了，于是他不假思索便抽出腰间的刀，毫不留情地砍了下去，两颗脆弱的头颅在快刀的猛力下飞向空中，

———

①辻番所，相当于路口岗哨。

173

随后落地，接着又骨碌碌地滚到了他的脚边。种彦顺势低头一看，这不正是柳絮少爷和曾藏匿在他家中的阿园吗？天哪，他做了什么？他居然无情地伤害了这对可怜的恋人！种彦一下子跪倒在地，抱起两颗头颅忏悔着，乞求他们的原谅，就如同他们依旧还活着一般。不知哭了多久，怀中原本是阿园的头颅竟又变成了另一个女人的脸。那是很久很久以前，他还在西丸当小姓时曾私通过的某位太太。而原本是柳絮的那颗头颅，也变成了另一个男人，一个他曾在堺町的乐坊新道包养过的男妓。他再次大吃一惊，用力抛开了头颅，茫然无措地呆立在原地。不知何时，他的身边又多了一群怀抱席子的娼妓，如云霞般围绕着他，一边拍手一边大声地笑骂着。这些数不清的娼妓都那么熟悉，都是自己曾经在哪里见过的人。这让他感到无比恐惧，又无比恶心。种彦疯狂地胡乱挥刀劈砍着，终于在艰难地逼退她们后逃到了桥的另一端。他断断续续地喘着粗气，全身的力气都被抽空了一般跌坐在一旁的石头上。

　　所幸周围很安静，似乎身后已经空无一人。河水在朦胧柔和的月光映照下波光粼粼。种彦终于松了一口气，喘不过气的感觉让他很是痛苦。他抓着石墙下的木桩慢慢地挪着身体爬到河边，刚想伸手舀点水，却见一只酒杯顺着河水漂向自己。如今这种世道下，竟还有人在此嬉戏？他不禁回想起昔日纪文在河中放流酒杯的风流佳话。正想着，又见两三艘画舫悄无声息地驶了过来，在石墙下的木桩上拴好后便停了下来。拉门紧闭，舫内似乎空无一人，却又传出一阵清朗悦耳的河东节《水调子》乐声。刚才可怕的一幕顿时被种彦抛诸脑后，他仿佛回到二十岁的青年时光，借着朦胧的夜色偷偷来到河边，等待着前来赴约的恋人。

心下正想着能得偿所愿吗？忽然就见一个女人沿着河岸跑了过来，一个趔趄摔倒在了他的脚边。他将女子抱起后上下打量了一番，但见她身着金银刺绣的裲裆①，梳成了横兵库发髻②的乌亮秀发上插着一把玳瑁齿梳，真真儿是个不可多得的美人。他心下不由得泛起一阵怜惜，可还没来得及问这女子何故夜半三更独自一人外出，打算前往何处时，又见后面出现了两三个飞奔而来的人，二话不说就撕碎了她的裲裆，又把她头上的玳瑁齿梳和珊瑚发簪踩了个粉碎，将女子扔进河中，顷刻间又沿着河岸飞奔而去。种彦被眼前的一幕震惊得说不出话，只是茫然地盯着那些人离开的方向。这时，此前仿若空无一人的那艘画舫上，拉门被悄然无声地拉开了。

"先生，柳亭先生，真是好久不见呀。"一名男子亲切地向种彦打着招呼。男子生得浓眉大眼，嘴角微微勾起，脸颊修长，真是好一个潇洒美少年。他手里拿着大螺旋的烟管，穿着凌乱的三

---

① 裲裆，古代的一种背心，多为布帛所制。裲裆有夹有棉，男女皆可穿着，妇女穿的常饰采绣。
② 横兵库发髻的特点是在头顶后方的发髻极其宽大，从正面看是扇形，从后面看又像是一只美丽的蝴蝶。

升格子棉和服，此刻正盘腿坐在画舫之中。他的身旁围着许多女子，既有侍女也有普通姑娘，还有几个看上去像是艺伎。这些女子无一不被他的风采所迷醉，纷纷娇媚柔弱地依在他身上。

种彦有些惊讶道："我没看错吧，这不是木场的白猿子吗？"

"承蒙抬爱，在下正是第七代海老藏。今日一见，先生依然神采飞扬，在下亦不甚欣慰。"

"唉，如今这世道下，我这样的人可真说不准什么时候就会被问罪啊，也不得不学着别人夹紧尾巴做人。本想等着一切安稳下来再上门拜访您的，只是没想到眼下又发生了那样的事。可我听说您已经离开江户，不知今夜为何竟能在此地相遇？"

"诚如先生所言。其实之前在下一直躲在先祖菩提寺所在的下总附近，只因有件要事想拜托先生，这才半夜穿过中川番所特地来此与先生相见。"

"这……不知您有何事要拜托老朽啊？"

"在下是想将这两艘画舫内所载的金银珠宝全数托付给先生。今年四月，在下在木挽町的戏台上演御家狂言《景清》的越狱一节时突然被抓，六月二十二日就因生活奢靡，举止越矩，不符合演员海老藏的身份，而被北番所白洲判处没收所有家产，并流放至江户四方十里之外。其实在下早已预感难逃此劫，便在木场的家宅被拆毁之前，将收藏在门人家中的所有宝物集中聚于船上带来此处。而在下想拜托先生，请务必要让这些宝藏千古流传于后世。世间诸事无常，人终有一死，在下倒也没什么好遗憾的。只是且不论那遥远西方诸国，单就我国而言，这些珊瑚、玳瑁、玻璃无一不是难得一见的珍品啊；更何况那些历代匠人们留下的稀世名作，每一样都是精美绝伦的无价之宝，若是就这么被毁岂非暴殄天物？人的生命或许还有轮回转世，可这些精致的金银珠宝一旦被毁可就永生永世不复相见了。老师，这是在下发自肺腑的诚恳请求，万望先生能予以成全啊。"

说罢，不待种彦回答，海老藏的画舫便已离岸，渐渐消失在隐隐约约的迷雾之中。种彦在岸边焦急地徘徊，大声叫喊，试图唤回已经消失的画舫，忽然又似有一股暖风吹下，那如幽灵的头发般在空中飘荡着的柳枝下，又一次出现了几个可疑女子的身影。她们正躲在柳树的影子下幽幽哀泣，赤裸的双足瘦如丝线，还频频弯腰捡起掉落在地上的某些东西，哭声中似有无限的压抑苦楚难以为外人道。种彦心下疑惑，只见他所站之处不知何时竟落满了水晶、玛瑙、琥珀、鸡血、孔雀石、珊瑚、龟甲、玻璃等碎片。而他只要踏出一步，这些被摔碎的宝石碎片就会发出令人感到战栗的悲鸣，还会化作无数的碎片四处飞溅。而那些女人便会用充满怨恨的目光望向他，哭得更加撕心裂肺，令他耳膜生疼。种彦被这哭声惊得晃了神，眼前一花跌进河中。他在水中无力反抗，就这么跟着河水漂向了不知名的远方，万念俱灰下索性闭上眼睛，任由自己沉入水底。可是，谁在不停地呼喊自己的名字。一个熟悉的声音从耳边传来，伴随而来的是身体的晃动。他睁眼一看才知，原来那只是一场奇怪的梦，刚刚把他唤醒的正是自己的老妻。

难怪他会觉得自己沉入了水中……

窗外秋日的夕阳正好斜照在栏杆上，径直吹入的寒风，让正处睡梦中的他如置冰窟。种彦一连打了两三个喷嚏，不禁思忖着自己怕是着凉了。

十

盂兰盆节的送火①在家家户户燃起，凄凉的秋风自街上吹拂而过，路过行人的木屐声、夜晚巡逻的打更声、巷子里的狗吠声，还有荞麦贩子夜晚的叫卖声都带上了一丝悲凉之意。恰是法令严苛的浮世之秋，早晚寒意更甚的七月已悄然过半。倏紫楼里那较春夏时分更加深邃的灯光依旧映照着每个夜晚。主人种彦因为前些日子的白日梦而染上风寒，一直卧床不起，今天也依旧躺在床上，拿着一本本戏作胡乱地来回翻看着。突然，他亲自题字"爱雀轩"的那扇雅致的庭院木门外响起了一阵叩

①送火，日本盂兰盆节的一项习俗，为了送走祖先的魂灵在门前焚烧篝火。同时也是一项繁华盛大的祭典。

门声。正在茶屋用长火盆煎药的妻子未加多想便去应了门，只见门外站着一位堀田原的町名主，身后带着一名中年武士和一名提灯的侍卫，他们自称是小普请组①组长派来的使者，只在门外递上一封信函后便离开了。没过多久，远处又来了一顶跑得飞快的轿子，上面挂着"横山町"字样的提灯。刚在门口落轿便立刻钻出了一个商人打扮的男人，喘着粗气焦急地问道："不知老师是否在家。我是鹤屋喜右卫门的代理人。"种彦夫人将这位代理人带到丈夫的寝室后，两人秘谈了片刻，代理人便又坐着一直恭候在外的轿子匆忙离开，不知所向。自那之后，偐紫楼的家中就开始莫名飘荡着一股怪异的气氛，主人不断咳嗽的声音和妻子不停忙碌的声响彻夜不曾停歇。

　　而这个时候，对老师家中发生之事一无所知的门人柳下亭种员，正留宿在新吉原的友人家中。那所房子位置极好，打开二楼的竹格后窗，就能看见一大片广袤的箕轮田地，一直延伸到小塚原地区最为繁华的河岸店，种员从昨日午后起就一直窝在这里。趁着陪侍的艺伎下楼张罗的工夫，他就着昏暗的行灯频频咬着笔杆，似乎正在拼命地写着什么奇怪的文章，偶尔还会想起了什么似的发出邪恶的笑声。不知不觉之间，屏风的影子顺时针转过一圈，他才惊觉响起钟声意味着并非日出而是日

①小普请组，原义为小规模营建，转义为担任营建的无职旗本，再转为江户幕府直属家臣的组织之一。由俸禄3000石以下、200石以上的无职旗本、御家人组成。

179

落。自从那限定草双纸的法令出台后，种员也开始囊中羞涩起来，于是他和国贞门下的某个画师想出了一个办法，他们决定专门为通过借书屋偷偷购书的宫中女官们创作秘密文学。

一转眼就到了打烊时分，夜晚巡逻的铁棒声在日落后的五丁町响起时，艺伎花魁静静地站在屏风旁。

"主子，您怎么还坐着呢。咦，这是在写什么？莫不是写给哪位相好的情书吧？那我可得看看。"她说罢跪坐下来，用手抵着长烟管就要去拿种员身边的重要文稿。

种员大惊道："这不是情书，你别胡思乱想！要是不相信，我这就念给你听，不过你要是听得太入迷，可是会妨碍到工作哦。"

种员就在这番打情骂俏中度过了无比幸福的一夜，直到第二天一早才迷迷糊糊地离开。

他一路闲逛到土手八丁的尽头，从山谷堀河畔吹来的一阵凉风，似乎卷起了他袖中手掌上的余香，他一路陶醉着走到山上的旅馆，路过因去年十月的火灾而成为交换土地的堺町茸屋町时驻足一看，建设中的戏剧町看起来已经完工了大约七成。中村座和市村座的高台上还搭着脚手架，而对面的木偶剧团结城座和萨摩座都已在门口挂上了色彩鲜艳的招牌，还有人在那里大声宣传着今年八月即将正式营业。走近一看，剧院门前的大街两旁已经建好了许多茶铺，有些人家还在忙着搬迁。凿子和铁锤的铿锵声此起彼伏，清新的木材香味弥散在空气中，搬家的货车不计其数，运来一箱又一箱印着三升橘子银杏叶之类纹样的葛笼①。忙碌的演员们来往其间，有些依旧戴着敏感的草笠，大概是因为新法令才发布不久，一时忘了市内与芝居町的区别。看着曾经熟悉的景色变得如此陌生，柳下亭种员的心中感慨万千。

种员放眼望去，去年这个时候待乳山上仍是一片枝繁叶茂的景象，岌岌可危的土墙内还是小出伊势守大人的下宅邸，据说就连白天路过都能听到里面传出狐狸的叫声，而今巷子里的狐狸早已不知所终，换上了一幅女形②们甩着振袖③在美乐中翩然起舞的奢靡景象。饶是种员早已熟悉这片土地上的一切，也依旧如同被狐仙迷惑了一般，兴趣十足地穿过一条又一条小路，尽管他找不到这么做的任何理由。不久后，他来到悠闲独居于浅草随身门外的后长屋内的笠亭仙果家门口，正赶上一脸慌张的仙果打开门准备外出。仙果一看到种员就立刻冲上去，一把攥住种员的衣襟说道："天哪，我正打算去找你呢。我有件事情要和你说，你可一定要冷静，一定要冷静啊！"

"哎呀仙果先生，你这是怎么了？发什么疯呢？你都抓疼我了，快放开，我怀里的重要文稿都快掉出来了。"

"你听我说，一定要冷静，千万要挺住啊！堀田原的老师，

---

①葛笼，即红纱灯。
②女形，指在歌舞伎中饰演女性角色的男性。
③振袖，即和服的长袖子。

今天早上去世了。"

种员顿觉如五雷轰顶，脑子里瞬间空白，甚至忘了自己身在何处。仙果哭着对他说起了事情的详细经过——

原来北町奉行所突然下达了调查指令，于昨日深夜通知了柳亭种彦，令其于翌日辰时前与通油町书屋的鹤屋喜右卫门一起前往常磐桥白洲。不知是否因为急火攻心，老师在今晨带病梳发时突发急症，仅留下一句遗言便骤然离世，享年六十一岁。

秋柳注凋零。

真是哀之，叹之，闻之无不唏嘘。

伤心欲绝的种员甚至忘了脸上正蒙着一块汗巾，随手拽出前一刻还视若珍宝、打算秘密出版的草稿擦去流下的眼泪。与仙果一同奔进金龙山境内，向着堀田原疾步而去。

大正元年①初冬稿

---

①公元 1912 年。

背阴之花

一

　　二人租的这间小屋二楼的玻璃窗外有一片小小的空地，可供屋里的人们晾晒衣物使用。又是一个正午时分，不知哪里传来了一阵烤沙丁鱼的香味，住在二楼外侧的那位女邻居从刚才起就在空地上不停地翻晒东西，透过磨砂玻璃可以隐约看到她身上的睡裙正随着她的步伐轻轻摇曳。

　　"我说，今天是除夕夜了。一会儿你能替我去一趟邮局吗？"窝在被褥中看着报纸的男子扭头对身后的女子说道，女子看起来三十岁左右，身上披着一件洗得褪色的浴衣，不系细带，胸前的春光一览无余，此刻正半跪在镜台前整理着自己睡得略显凌乱的秀发。

　　"嗯，去一趟。还有火种①吗？过两三天就要大幅降温了。"男子依旧躺着，丝毫没有起身的意思。

---

①火种，此指用于生火的工具。

"下个月就到一月啦。今年又快结束了。"女子一手按在头发上，一手拉过陶制的圆火盆，火盆上架着一个铝制的药罐。

"是呀，真是岁月如梭啊。明年可是我的厄年①。"

"是吗，不过没什么可担心的。不都说男人四十一枝花，女人四十豆腐渣吗？"女子不知为何深深地叹了一口气，看起来像是为了眼前的这个男人。

"谁不是每年都要长一岁的？"男人小声地像在辩解般说道，"啊，算了，就这么过一天算一天吧，也没什么好抱怨的。这辈子也没什么大的指望了……哎，千代，我也没指望有什么大出息……我说千代，我觉得要不我就这么一直过下去吧。"

"说的是。但一直这么下去也说不过去。毕竟我都已经……"

"已经怎么了？"

"你说怎么了。我跟你年纪也差不多，就算想出去赚钱，客人也……"说话间女人注意到了阳台上的人影，赶忙压低了声音。

这时，男人才从被褥中爬起来说道："如果真是这样，我好歹也是个大男人。不能光靠你。你肯定觉得我很没志气吧。不过我本来也不是什么有大志气的人，你这么想的话我也没办法。但是我也不是光顾混日子，一点都没考虑过往后。人一上了年

①在日本，认为到了某特定年龄会遇到灾祸，称为"厄年"。男性25岁、42岁、61岁，女性9岁、33岁、37岁都为厄年。这一习俗源于平安时代。

纪，就会忍不住经常担心以后的事。所以你到现在挣的那些钱，哪怕一厘一分也好我都没有乱花过。这你也知道的吧？喂，千代？"重吉声音虽然很低，却字字入耳，仿佛要提醒千代什么似的。然后慢慢从千代背后靠过来，拉着她的手，"你已经开始讨厌我了吗？"

"没有……你冷不丁地说这些做什么？"女人吃了一惊，把紧握着自己的男人的手顺势放在了自己的胸部。

这时只听得拉门关闭的声音，随后听到咚的一声，阳台上翻晒衣物的女人下楼了。紧接着正午报时的钟声响了。女人好像突然改变了主意，一下子坐了起来，

"这个事情，我们先不要提了。哎，我说你呀，一会儿去趟邮局吧。"

"嗯，那现在……趁着还没吃饭我去一趟好了。"男人站起来，取下挂在墙上的仿绢棉袄，直接就套在了和服外套上。这时听到楼下有个男人喊道：

"中岛，电话。"

千代答道："知道了，谢谢。"

男人看了一眼女人，身上还穿着睡衣，细带都没有系，也没有要起身的意思，一边开门一边问：

"我现在出门没事儿吧？"

"没事的。他们早跟我说过了，我经常去的那家有个小哥

要来。"

男人出门后，很快就回来了。"是芳泽旅馆。让我快点过去。"

"这样啊！"男人的细带眼看就要掉下来了，女人帮他理好后，拿起梳妆台上的肥皂和毛巾下楼去了。男人从壁龛的茶具架上取下一个铝制的小锅，又从走廊里取回牛奶瓶开始加热。电话总是会不分早晚地不停地响，这种时候女人就会忙得连吃饭的时间都没有，经常是喝杯牛奶吃个鸡蛋填一下肚子就匆匆出门了。牛奶快要热好了，女人打理好发髻之后，又在肩上涂了一层香粉，一边哼着歌一边上楼来了，她在梳妆台前坐定。

"你吃吧。我昨晚吃得晚，还不饿。"

"是吗？你这身体可真是够奇特的，不吃饭也没事。"

"从小时候起我就很少一日三餐吃齐全过。可能也因为这个原因吧，我也不怎么喜欢喝酒，红豆汤我也不爱吃……这样还能省钱，有什么不好的？"

"真是的，你也不抽烟……"女人开始化妆了，男人的目光紧紧追随着她的动作，忽然感觉她像变了一个人似的，看起来那么年轻。眼周的细纹和雀斑被香粉覆盖，原本没有什么血色的嘴唇也涂成了艳丽的朱红色，脸盘子圆圆的，虽然有双下巴，但是因为一双炯炯有神的眼睛，看起来神采飞扬，甚至可以说，只要穿上洋装，就是活脱脱一个摩登女郎。而且身材十分娇小匀称，从背后看，肩膀线条十分柔美，腰肢纤细，她此刻

187

正支着一条腿坐在梳妆台前，腿部白皙的肌肤就这样赤裸裸地暴露在男人面前，浑身散发着这个年纪女人独有的魅力，不禁让人有些春心荡漾，不能自已。男人现在十分确信，虽然千代都三十六岁了，可依然拥有如此动人心魄的魅力，未来四五年也不用担心挣不到钱，他顿时松了口气。与此同时他也不禁觉得，人如果真的卑劣到这种程度，就真的完了。这么一想，内心埋藏已久的惭愧和绝望似乎一下子就觉醒了，自己究竟为什么会堕落至此呢？他觉得现在的自己有些不可思议。不只是自己，千代的心思也让他感到不可思议，捉摸不透。——千代到底为何能跟自己这般一文不值的男人生活这么久呢？她似乎已经在不知不觉间习惯了暗娼的生活，并且丝毫不以此为耻。她肯定偶尔也会反省自己，想换个职业吧。但是只有小学学历的她是无论如何也找不到办事员、店员这样的体面工作的；即便找到了，像她这样从事过秘密交易的人，肯定会觉得那点薪水少得可怜，在她内心深处已经开始认为世界虽大，适合她的工作仿佛就只有这个她已经习以为常的低贱职业了。女人一旦没有安全感，就会随便找一个男人做丈夫，不管这个男人如何不堪，她也会把他当作自己的生活伴侣。——好像现在也只能这样解释了。

男人看到牛奶已经煮好了，便把小锅从灶上取下来，将牛奶倒进杯子里，这时候女人也刚好化完妆。她换上了一件紫色碎花的窄袖和服，束了一条带有刺绣的名古屋腰带，栀子色斜纹金线的外套外面披了一件白色的披肩，手上提了一个红色的手提包，坐在梳妆台边整理自己的妆容。

千代出门后，重吉将牛奶喝完了，然后又吃了一颗半熟的鸡蛋，就这样解决了他的早午饭。然后打开窗户，将被褥叠好，这时住在前面二楼的一个名为伊东的女用人正从楼下往里面望，她穿着一件夹袄睡衣，衣领上的污垢和香粉混合在一起，看起来黏黏糊糊的，睡衣外面则随便套了一件外套。

"中岛……哎呀，夫人已经出门了吗？"

"有什么事儿吗？"中岛靠在窗子上问道。

"刚才真是不好意思。在你们正休息的时候……"她将身子倚在出入口的隔扇上，"能帮我写个信封吗？虽然很不好意思，但是不借您的手的话，好像不行呢。"

"没事没事，小事一件……是写给男朋友的吗？"

"不，"她像孩子一样摇了摇头说，"是雇主家。下个月就是十二月了吧。现在再不要就来不及了，要工钱也不容易呀！"

"做什么都不容易呀！"

"女用人的生活我可真是过够了。"女用人从怀里掏出信封，让重吉帮忙写好收信人和地址，"中岛先生，我想着拜托夫人帮忙，让我也去做做临时工。不知道我能不能行呢。中岛夫人做的接待员好像跟普通的临时工不一样，不做饭也可以吧。"

中岛不想让她再追问千代的事，于是边应付着点点头，边在四五个信封上依次写好地址。千代之前就和男人商量好了，为了掩饰她做的工作，就在一个临时工会挂名做了接待员，有人打电话来的时候，就声称是外出做会议接待了。偶尔晚上留宿在外时，就说是在远处的别墅里有宴会或者有什么其他外派的活儿。

中岛把信封递给伊东："接待员呢，也就是身体好一点儿的日结临时工吧。她还经常羡慕你呢，说但凡再年轻点，也想去做女用人。"

"这么说来，什么工作都不是那么轻松。太感谢了。"

"那我一会儿可要去你那儿收谢礼呀！"

"欢迎。家里有甜甜圈。我给您泡茶。"

女人离开后不久，中岛就揣着邮局的存折下了楼。芝樱川町小卖店鳞次栉比，一楼正对着这个小巷子。楼下的玻璃店宽三间，门窗大敞，屋内一半的空间都是泥地，摆满了平板玻璃。老板络腮胡子，五十多岁，有个龅牙的老婆，还有一个十四五岁的小伙计，如今就三人一起生活。楼下有一个大约六叠的空间，三人正围在餐桌旁吃午饭，中岛一边道歉一边穿过房间，然后从厨房侧门出来沿着巷子一直走到有电车通行的大路上。千代去存钱的那个谷町邮局位于麻布六本木的一处低地势地带。这是因为他们搬到春樱川町的前一年，曾在附近一个小巷子里住过。但是后来斜对面的格子门店搬来了一家新的租户，有一天千代和租户家的男主人在各自的二楼打了个照面，虽然隔着一条巷子，但是千代仍然认出了他。她在池边酒馆里曾见过这个男人两三次。如果这个男人将自己的秘密泄露给街坊邻居，那后果将不堪设想，于是赶紧找到现在的房子搬了过来。他们也想赶紧把存款的邮局换到这附近，但是终究还是没有付诸行动。

　　中岛之前就跟房东约好，除了十二日元的房租之外还要缴纳当月自家的通话费用，此外还会额外付五日元谢金，这样算起来要十七日元。再加上女人做衣服的钱，月末的各项开支，光每个月的花销就有五十日元，他在心里默默盘算着。他马上又折回到电车站台，平时基本看不到人的路边此刻竟然站了七八个人，看起来电车应该好久没来了。重吉最近这段日子很少在白天上街，他突然觉得原来冬日的阳光也如此刺眼，恍然有种盛夏时节的错觉。他刚刚没穿外套就出门了，此刻顿觉寒风袭人。他突然觉得饿了，而且平日就很抗拒偶遇旧友之类的事情，于是逃一般地穿梭在电线杆和街边树木间，奔向下一个电车站。

　　到达目的地之后，终于从后面来了一辆满员电车。等待已久的人们和推搡着下车的人群混乱地交织在一起，这时人群中忽然有个女人拼命地朝站在路边的重吉挤了过来。女人看了他一眼脱口喊道："哎呀，中岛。"

"小玉呀，怎么了？"重吉一看并非熟人，就用一种异常平静的语调答道。女子看起来二十七八岁。紫色的成衣外套上，披了一件非常普通的针织披肩。脚上穿了一双低齿木屐，手上提着一把阳伞。

"千代子还好吧？"

"嗯，挺好的。"

"我一直想去看看她的，可是后来也不知道她的住处……"女人环顾了一下四周，见车站已经没人了，也不见来往的出租车，赶忙说道，"你们住在这附近吗？"

"不是，在樱川町……十八号。太田玻璃店二楼。有什么事的话你可以过来。"

"如果你们方便……其实我也在找房子。我现在住在世田谷，但是来这边太不方便了。"

两人一路走一路说，不知不觉就到了蓄水池边的小巷子里。

"后来就没见你的人影了，我们家里那位也说，小玉是不是已经不在东京了呀。看来你也不是彻底金盆洗手嘛。"

"洗了洗了。只不过就是洗了一只手而已。哈哈哈哈……"

"你还和那位老师在一起吗？"

"没有，我们分开了。去年夏天我们坦诚地聊了一次，然后就分开了。当然分开的原因也挺复杂的。去年年末那段时间，高轮俱乐部的妈妈不是出事了吗？那时候我也被抓了。出来后

192

我做了一个月的无业游民。但是我们家老师却没什么反应，无奈之下我就去了涩谷的一家咖啡馆工作。虽然工作比我想象的要忙得多，但是小费再多也不够支撑我们的生活啊。我们家老师都知道这些情况，但是仍然还是老样子，就是你看到的那样。我觉得他真的太过分了，我们都已经一无所有了，手上的现金加起来也不过一百日元而已，于是我找了个中间人跟他说清楚了。所以以后我就要过上自给自足的生活了，这样反而不知道要轻松多少呢。"

"原来是这样啊。看来你是彻底死心了，但是会不会过几天又破镜重圆了呢？"

"绝对不可能。我再怎么笨，也不会再想做回那个男人的赚钱工具了……"女人坚定地说道，但是突然想到中岛和千代之间的关系，赶忙换了个语气说，"哎，怎么说呢，只要男人能多给一些理解和同情……要是都能像你这样明白女人的心思就好了，说到底我们也就是女人嘛，为了自己的男人什么都愿意做的，而且心甘情愿。"

"但是爱情也总有消磨完的那天啊。如果男人太没志气……我说小玉，你当初和他在一起的时候也没提过这事儿吧。我们家千代、我们家那位到底是怎么想的呢，还一直和我生活在一起。有时候想想，真的觉得挺不可思议的。"

"哎呀，小中，你说什么呢，怎么突然这么说？"

"话赶话就说出来了。其实我也不是很担心。但是女人的心思呀，还是得问女人，男人再怎么费劲也琢磨不透的。"

"可能是吧。女人也是一样。看着了解男人的心思吧，但其实都是假象。我说小中，为什么我男人不像你这么明白事理呢？"

"你看你又要开始想他了吧。"

"不是。不会了。我下次再找，就一定要找像你这样有趣的人。"

"什么？像我这样有趣的人？"

"我之前就听千代子说过。她说你很喜欢这个行业，而且也很支持她做呢。"

"千代子这么说的？哈哈哈……但是这种事情不管别人再怎么劝，如果女人自己不想做，谁也没办法不是？真叫不是一家人不进一家门啊。所以她才能一直做下去。不过其实中间也发生过很多事情……"

中岛借着玉子追问的机会，半开玩笑似的随口说起了自己的经历，讲着讲着心情就慢慢平静了下来。现在的他只想好好倾诉自己那平素鲜少对他人提起过的前半生。

"哎，小玉。在我还是学生的时候，我呀……"重吉话还没说完呢，小玉忽然瞥见一户人家的飘窗上挂着一个出租房屋的牌子。

"等等，我想去问一下。"她突然停下了脚步。中岛的话头突然被打断后，恍若如梦初醒。小玉朝着那户人家的格子门走去，重吉仍站在原地，呆呆地望着她的背影。

三

中岛，名重吉。重吉曾在大正六七年间就读于一家私立大学，当时正值欧洲战争时期，也是日本工商业最为繁荣昌盛的时候，所以重吉轻而易举地就找到了一份工作，进入一家商会旗下的广告杂志社担任编辑一职，但他生性愚钝也就罢了，又不是踏实肯干的人，迟到早退也是常事，所以一年后就被解雇了。那段时间他见暂时生活无虞，就悠闲自在地打打台球，钓钓鱼，过着无所事事的每一天。也曾试着写过小说，但毕竟他也从未想过走上专职作家的道路，所以既无高度的热情，也无足够的信心。他曾给一家悬赏征集小说的报社投稿，但是随着作品的名落孙山，创作爱好也走到了尽头。曾经精心创作的五六篇文章注定只能被遗弃，只有一篇类似自传的小说，重吉无论如何也舍不得丢掉，至今还被小心地收藏在抽屉里的旧皮包中。千代偶尔在外面过夜时，重吉就会取出旧作反复阅读。

这篇小说的大部分情节都是真实的故事，重吉在书中描述了毕业前后的五六年时间内，与一名比自己大十岁的寡妇同居的故事。

这名妇人在麴町平川町一带开了一家台球厅。她经常带着四五个来打台球的学生去看电影，或者在浅草公园散步。重吉就是经常受邀的学生之一。每年八月份，这个寡妇都会暂停营业，前往镰仓避暑。重吉在某次随妇人去镰仓时，很快与之发生了关系，天气转凉后二人便回到了东京，不久妇人就将台球厅变卖，重吉也将租住的房子退了。然后二人租了一套独栋小院。也就在那段时间，重吉接到家人的通知说，今后不再给他寄学费了。为了能和妇人朝夕相处，重吉毫不犹豫地选择了结业，后来又丢了工作，便一直心安理得地过起了游手好闲的生活。

重吉家在新潟经营一家旅馆，父母很早就过世了，兄长虽然继承了家业，但是经营成本却逐年增长，债台高筑，最后不得不盘清家财，带着家人搬到朝鲜国的都城，希望去那里碰碰运气。重吉回复兄长说自己虽然还是个学生，但是如今已经可以体面地独自生存了，所以无须替他担心，事实上他正享受着与妇人做面首的悠闲日子呢。

重吉刚从学校出来去商会工作的那段时间里，每天都会在家等着重吉下班的妇人有一日不见了踪迹，一直到将近十二点才回来，而且满身酒气。重吉又急又气，哭着责备她，妇人却像安慰孩子般道：

"小重，对不起。小重你喝不了酒，所以我今天就去和朋友喝了点酒，吃了个饭。回来晚了是我不对，我真诚地跟你道歉。小重，你放心，我绝不会喜欢上别人的。"

那一晚，女人展现出了前所未有的热情，以至于重吉甚至不忍心怀疑她出轨。

不久后的某一天，重吉仍像往常一样准备出门去上班，而妇人则单独一人在二楼睡着。扶着栏杆穿鞋的时候，发现眼前有两三本看起来是邮局投递员刚刚送来的杂志，便顺手拿起来乘电车去了。重吉刚要打开杂志的封带时，突然在两本书间发现了一封封缄的信。收件人正是自己的女人种子，寄信人的名字看起来虽然也是女人，但那一瞬间的重吉仿佛接收到了某种暗示般总觉得不大对劲，一到办公室就马上小心翼翼地打开了信封。显然从字体就能判断出这是一个男人的笔迹，而且毋庸置疑这不是自己之手笔，信中所述字字椎心——"下周三等你""你一定不能忘了那天的情谊""老时间见"。这些暧昧不堪的字眼让重吉震惊到无法呼吸。

重吉看了看日历，"下周三"倒是好判断，但是"老时间"究竟指的是什么呢？随即重吉心生一计，与其亲自跟踪查清妇人的行踪，不如直接找个专业的私家侦探，从她的身份入手调查，定能更快查出结果。重吉咬了咬牙，决定把这个月剩下的工资全部砸给私家侦探。

种子压根儿就不是寡妇。而是大约十年前因渎职罪入狱，后又自缢谢罪的某实业家的小妾，在此之前，她是这位实业家雇佣的一位家庭教师。现在种子名下的动产和不动产很可能是那位实业家被检举前藏匿的一部分私人财产。而且据侦探调查，如今和种子维持不正当关系的男子共有三人，某位筑前的琵琶师，某位新派演员以及某位日本画家。

但是重吉之后很快就被公司解雇了，又过了不到一年的时间后，重吉终于等到了种子亲口把过去的经历一五一十说给他听的机会，甚至比私家侦探提供的报告更加详细。他本以为种子会将这些并不光彩的过往永远埋藏在心里。当然也不排除她这么做只是为了试探眼前这个男人的心意。

"小重，我从十九岁到三十岁这段时间里，都只是男人的玩物而已，而且这个男人还让我无比恶心。说真的，连我都忍不住佩服自己的忍耐力了。如今我已经是自由身，所以我想把那时候想做却没能做的事情都尝试一遍，也许是想借此找回我的青春吧。如果你觉得我可怜，对我还有那么一丝同情，我希望你能原谅我做的这些荒唐事。可是无论我再怎么乱来，我也从没想过要跟小重分开，然后和别的男人一起生活。我不否认我出轨了，但我也很清楚自己的内心。不信你看，所有与我交往的男人无一不是有家有室之人。自从你来家里，我就一次都没找过那种可能藕断丝连的人。只要你愿意原谅我，我可以写保证书的，怎么写都行。"

重吉听完冷静地思考了种子的话后，这才意识到自己不过就是一个被别人小妾包养的男妾而已。女人的话其实也可以这么解释：因为你才刚出校门，没有害人之心，所以我能安心与你共同生活。其他男人和你不一样，他们太过世俗，无一不在觊觎我的财产。所以我不会引狼入室，跟他们在一起都只是逢场作戏而已，绝对不会付出真心的。现在我对你毫无保留了，你也别多想，老实待在我身边就好。重吉感到了前所未有的耻辱，本想断然离开，可转念一想，自己也被解雇了将近一年时间了，早就过惯了懒散的日子，这时若是离开，必然就要回到四处奔走求职的生活，可他现在是绝没有这样的劲头了。老家也是回不了了，哥哥早就把家里的一切都给变卖了。重吉这才终于发现独自生活何其困难，他也开始清楚地意识到，如今只有忍辱负重，逆来顺受，才能不为生计所累，身边好歹也算有个女人。

重吉知道，如果想一直在种子的照拂下生活，首先要做的就是把男人与生俱来的廉耻之心连根拔起，然后彻底抛弃。

世间有多少男子为了荣华富贵忍气吞声，或是做了有钱人的养子，或是成了官宦人家的上门女婿。即便在当今社会有权有势的知名人士中，这种例子也不在少数。跟他们比起来，重吉受的这点委屈根本算不上什么耻辱。靠着女人过上游手好闲的日子，跟那些为了奢靡的生活而收受贿赂的公职人员比起来，根本就不值一提。重吉努力回忆着自己听过的闲话，社会上的那些真实故事，以及日常生活中的所见所闻，他试图用这些事例来麻痹自己的良心，压抑廉耻之心。

重吉之所以写下这篇类似于自传的小说，不过就是为了诉说心中的苦闷，为自己的行为找一个妥当的借口罢了。小说的前文留下了许多修改的痕迹，甚至到了影响阅读的程度，可见他也曾为定题纠结过好一段时间。

四

自此之后种子还是一如既往，每个月中必然有两三天下午时就出门，直到深夜才回来。她习惯于在每个月初去为留下了大笔遗产的已故丈夫扫墓，月末则会去银行处理存款及证券等事务，剩下的时间基本都花在了百货商场购物上。那段时间她只要是出门，无论路程远近都会叫一辆起步五日元的出租车来门口等待。重吉似乎已经习以为常了，不会再像刚开始那样难过。随着时间的流逝，重吉已经逐渐明白了自己对种子行为的默许，似乎并不会对自己的生活产生任何不利影响。不仅如此，重吉还在种子的周旋下，进了一家房产公司做宣传，尽管收入微薄，但是终于又过上了自食其力的生活，也就不会再像以前那样意志消沉了。

二人从最初居住的赤坂搬到了芝公园，然后又搬到了东中野并定居下来，过上了羡煞旁人的平静幸福生活。

关东大地震那年，种子四十五岁，重吉才刚刚三十三岁。种子依然每天打扮得光彩照人，而重吉自二十岁开始就已华发初生，再加上皮肤黝黑，以至两人站在一起时都快看不出年龄差距了。女人涂着香粉，打着腮红，发髻也紧跟潮流地遮住耳朵，碎花的和服，金丝刺绣锦缎的衬领颜色鲜艳，脸上笑靥如花，声音清脆爽朗。而身旁的重吉，身着朴素的碎白花绢布和服，外面套了一件同花纹的外套，时而煞有介事地咳嗽两声，摸摸自己快要秃掉的脑门，一眼看上去完全就像一对真正的夫妻，根本看不出二人的实际年龄差竟高达十二三岁。

九月初一，关东大地震发生时，重吉正带着公司的客户在外查看分块出售的土地，所以并未因此受到多大惊吓，而种子当时正在白木屋购物，只得仓皇逃生，在混乱的人群中被推来搡去，不知何时袜子被踩掉了，紧接着又被钉子刺伤，当天黄昏之时才一副狼狈的模样被人搀扶着回到家中。

脚伤好不容易才愈合，那年冬天又接连患上了感冒和腹膜炎，住进红十字医院后不久，种子的生命就走到了尽头。医生下达病危通知书后，重吉遵照种子的意愿，将素未谋面的种子的两位亲属分别从水户和仙台请到了医院。第二天夜里，种子就离开了人世，两位亲属在种子的遗产分配问题上发生了激烈的争吵。从水户来的是种子的兄长，是一位中学老师。而从仙台来的则是种子的叔叔，是一位律师。二人将种子家翻了个底朝天也没有找到故人留下的遗书，于是决定由两人对财产进行分配，将最终剩下的部分，也就是银行仅有的五千日元存款和一些衣物留给重吉。重吉提出了抗议，但是种子那位律师叔叔声称，重吉无权提出异议，而种子那位国文教师、柔道三段的兄长更是摆出了一副要对重吉进行道德审判的架势，不依不饶地追问他是怎么住进种子家的。无奈之下，重吉只能任由二人处置。学生时代的重吉曾与一位水户来的同学发生过矛盾，被那位同学手里的白鞘匕首吓得不轻，导致他现在看到水户人还忍不住心里犯怵。

葬礼结束后，二位亲属得意扬扬地离开了，只留下重吉一人。他觉得自己仿佛做了一个长长的梦，梦醒后就开始手足无措了，不知道自己的未来在何方。

这时耳边忽然传来了一声"先生，您的饭好了"，吓了一跳的重吉抬眼看了看四周，天色不知何时已经沉了下来，屋里也随之陷入昏暗，庭院里的树木在萧瑟的风中不停摇晃。一位姑娘进屋后打开了电灯，接着又把餐桌搬到了重吉面前，重吉一看，这不是他们平时差遣的那个小女孩，而是前几天守夜人手不足时找来的临时工。

姑娘二十五六岁的样子。虽然并非沉鱼落雁之姿，但胜在肌肤如玉白若羊脂，圆润的脸上长着一双炯炯有神的大眼睛，睫毛浓密而纤长，将那张脸蛋点缀得越发水灵鲜嫩。不知何故，重吉总觉得她的声音听起来如十六七岁少女般天真无邪。

"你要让我给你打下手吗？"重吉说着把碗拿了出来，姑娘丝毫没有表现出难为情的样子，一边盛饭一边说道，"不好意思，我忘了拿碗了"，"您可能会吃不习惯，我也不知道该准备什么好。"

姑娘在拉门外面的走廊里来回摆弄着遮雨板。

"没事的，味道很好。"重吉一口气喝了大半碗鸡蛋汤。举办葬礼的这三四天里，重吉都没有时间好好吃一顿饭，现在突然开始觉得肚子饿了，实际上自己刚才根本没有尝出饭菜的味道。姑娘得到了重吉的赞许之后终于开始露出笑脸，

"您得多吃点。吃饱了您就不觉得累了。"

"你是叫千代吧。你以前也帮忙张罗过葬礼？"

"在家时没有，不过我经常出去接些活儿。"

"你也做了很长时间吧？"

"没多久。地震前做过一段时间，后来休息了一阵子，上个月才重新继续做的。"

"大地震的时候没出什么事吧？你父母呢？"

"都没事。因为我家在市外的……乡下地方。"

"你看起来还没结婚呢吧？"

"是吗？哈哈哈哈……"

"即便结婚了，过得也不怎么如意吧？"

"是呀，也就是勉强过日子吧。还不如在别人家工作自在。"

"但是也不能一直给别人家干活啊。你还没到那种走投无路的年纪，好好找找总会有的。"

"话是这么说，但是还得看缘分啊！"

"哪有什么缘分啊，都是人们的借口罢了。"

"那您如果有好人家的话，可得给我介绍一个。"

"千代，你多大了？二十五六岁吧？"

"被您这么说我可真开心。其实我已经二十八了。"

这位临时工笑眯眯地把餐桌收拾好，又把饭桶取过来，跟重吉又聊了一会儿就退下了。

无所事事的重吉只能去睡觉了。心里盘算着将故去的种子的衣服、金银首饰处理掉之后，也要赶紧把这所房子解决掉，必须得想想办法做点什么，要不然仅凭自己微薄的工资是没办法生存下去的。火盆里的炭已经烧成了灰，重吉就这样抄着手，呆呆地望着墙上映出的人影。这时小姑娘过来给他倒茶了。

"千代怎么了？去告诉她可以睡觉了。"

"是。"小姑娘刚出去没多久，千代就打开了隔扇，拿着汤婆子进来了。

"哎呀。我以为床已经铺好了。真是对不起。"

"先生都没说什么吧？"小姑娘仿佛已经意识到了什么，然后气鼓鼓地出去了。千代从壁橱里将被褥取出来，铺好褥子之后，又去取枕头。但是两个圆枕一模一样，千代一时分不清哪个才是重吉的，脱口问道："先生，哪一个……"然后看重吉默不作声，顿时意识到自己仿佛说错话了，同情之感油然而生，千代羞愧地红着脸，尽管她不知道枕头是男人的还是女人的，还是将它放在了床单上，然后两膝跪在榻榻米上。这一刻重吉好像已经等了很久，突然从背后紧紧地抱住了千代。

"这样不行，先生！"千代压低声音说道，然后挣扎了一下，试图挣开重吉的手，"请您放手，用人一会儿要过来了……"

重吉经千代提醒，才想起来用人还在，缓缓松开了手，凝望着千代。重吉本以为千代会非常生气地指责自己，抑或是一脚将榻榻米踢开夺门而出，然而千代却转而从壁橱取出了重吉的睡衣，放在枕边，然后又将汤婆子从被角塞了进去。重吉在一旁呆呆地看着千代，她虽然只是一个临时工，却容貌清丽动人，对自己的企图不轨竟能如此沉着应对，莫非她早就习以为常了？重吉心乱如麻，她不会事后找自己的麻烦吧？算了，车到山前必有路。

"您休息吧。"千代以手支撑，刚要从榻榻米上站起来，重吉赶忙叫住她。

"我什么都不会做的。你能再待一会儿吗。我实在太孤单了。"

五

重吉听千代讲述了她的身世。她原是中川堤沿岸西船堀一家船员旅馆家的女儿，因为一直向往大城市的生活，不顾父母劝告，经东京市内的一个熟人介绍离开了家，之后在高轮的某个公馆做女用人，那是更换年号后的初春时节。到了盛夏，每晚都有形形色色奇装异服的人聚集在丸之内的芝原求神拜佛，当地的百姓出于好奇纷纷来此观看。千代也经常和府上的工读学生、车夫一起，趁着夜色偷偷溜出来，到黑灯瞎火的丸之内玩耍，不料某天夜里不幸被巡视的人抓了个正着，后来就被遣送回老家。那时候千代已经怀孕了，瓜熟蒂落后生下了一个女孩，便交由母亲照料，为了给女儿挣出抚养费，她又去了东京做用人。三四年后经人介绍嫁给一个杂货商为妻，不久乡下的母亲就病逝了，不得已她只能跟丈夫坦白了真相，把孩子接到了城里。就这样风平浪静地过了一年之后，丈夫的父母连带兄弟姐妹都从乡下搬过来和他们同住，家里开始争吵不断，店里的生意也每况愈下，最后一家人穷困潦倒，杂货店也不得不关张大吉。事到如今夫妇二人只得开诚布公地进行了协商，丈夫说对千代之前在家做过的种种荒唐事心存芥蒂，而且自己从一开始就对这桩婚事不甚满意，于是二人最终选择分开。幸而附近有户人家非常希望收养千代的女儿，她也就此将女儿送与他人做了养女。千代觉得自己从此又孑然一身了，又辗转几家公馆做了一阵子女用人后，决定开始出去做临时工。

次日一大早，重吉就把小姑娘打发出去办事了，然后吩咐千代把橱柜的门和抽屉都打开，里面装满了已故种子的衣物。千代肆意呼吸着樟脑丸的味道，打开抽屉一看，不禁惊叹道：

"先生，您是说这些漂亮的衣服都可以给我吗？哎呀，先生，您没有骗我吧？"

"我怎么可能骗你？我本来就打算你如果不要的话，我就把这些都卖掉，赶紧处理出去。小橱柜里还有些戒指什么的首饰，那些是要给亲戚们的。你要是想看看的话也请随意。"

"嗯，让我看看吧。光这些衣服就够我好好看一天了。"

千代一下子仿佛血气上涌了一般，脸蛋儿涨得通红，不仅如此，连眼圈都开始微微泛红了。她将戒指、手表从抽屉里取出来，戴了又摘，摘了又戴，一边试一边叹着气。

"也不着急把它们都分发出去。你可以先戴两三天。"

"哎，先生。这要是搁在地震前，我还可以戴着它们在三越走两圈，可是现在都没地方去了吧。"

"哈哈哈……"重吉不禁放声大笑起来，但是看到千代高兴的样子，他又觉得女人可能都是这样的吧，不由得感慨万千，心底甚至生出了一丝同情。

吃过午饭之后，千代为了解除合同直接去了临时工会。重吉则把种子生前雇用的小姑娘辞退了。华灯初上之时，重吉和刚刚归来的千代手牵手去了澡堂。

大地震之后的土地房产中介行业异常繁荣，在房产公司工作的重吉也收到一笔可观的奖金。歌舞伎座也得以重建，于是重吉便带着千代到街上看新鲜，千代也趁机把种子的衣服穿在了身上。高温休假时，二人去箱根旅行了三天。在这之前他们已经把郊外的房子变卖了，搬到了牛込矢来町，每天晚上小两口就手拉着手去逛神乐坂的夜市。二人的新婚生活美满甜蜜。

但是好景不长，经济再次陷入不景气的泥潭，他们的幸福生活也随之走到了终点。第二年春天，年号再次改换，市里的银行也纷纷倒闭，没有一家幸免于难。重吉当时从种子那里继承而来的五千日元存款也在一夜之间化为乌有。紧接着重吉工作的房产公司也突然解散。然而种子留下的那些贵重的金银首饰很早之前就已经被他们悄悄变卖一空。

重吉的生活顿时变得拮据起来，他虽然束手无策，却仍旧安慰千代说让她暂时先忍忍，自己的公司很快会重新盘点财产东山再起的。就这样重吉每天又过上了无所事事的生活。每月的最后一天，千代都要拿着种子的衣物去当铺一件一件当掉，而这些漂亮衣服曾经都是自己的囊中之物，自己也曾经因为它们欣喜若狂。

这天，千代找重吉商量道："亲爱的。我们找个地方租房子住吧。比自己买房子要便宜多了。"重吉等这一天已经很久了，但是仍然像往常一样故作平淡，但是他没有直接说"嗯，是呀"，而是告诉千代："不知道公司最近会有什么动静。其实我昨天被董事叫到家里去了……"

"就算能回到原来的样子，租房子住又有什么不好的呢？我们不用那么虚荣。还有，亲爱的。我的和服也只剩下当季的了，再没有其他的了。"

"是吗，我没有注意到。真是对不起，"重吉故意做出一副惊讶的表情，"以后就拿我的衣服去吧。不要再当你的了。"

"但是男人在社会上还是要一些面子的。其实我倒是穿什么都可以的。"千代哭着说。

"太对不起了。"重吉眨巴着眼睛偷偷瞄了瞄千代，他原本就打算等到他们再无可当之物时，千代会说些什么，再根据千代的想法做出最后的决断。所谓最后的决断，其实无非就是千代为了谋生或者去做店员，或者去做女用人，再或者继续做临时工，反正他无论如何也不会和千代断绝夫妻关系的。

重吉还是学生的时候，虽然当时街上还没有这么多咖啡馆和歌舞厅，但那时就已经意识到自己就是一个为了获取女人的欢心甘愿忍受万般屈辱的男人。曾经被台球厅的有钱女老板看中，过了七八年纸醉金迷的生活，那时的重吉甚至已经开始以被女人羞辱为乐。而且女人这种生物，一般都喜欢那种任由自己飞扬跋扈，他自岁月静好的男人。一个女人要么就是看不起所有男人，想把他们全部踩在脚下，要么就是要被男人蹂躏才心满意足。而重吉就有本事让这两种女人都对他欲罢不能，过去的经验让他对此深信不疑。

千代到底会如何选择呢？千代已经和自己一起生活了四年多，如今也已三十多岁了。四年间，自己没有给过她任何她想要的东西。他对眼前这个女人既有感激，又有不舍。既然她都已经三十多岁了，抛弃自己狠心离开的可能性也就不会很大。这半年多以来虽然一直靠典当度日，但是她仍然对自己不离不弃，所以他十分确定千代不会走。其实重吉早在心里打好了算盘。

重吉早就听说，这三四年以来，附近咖啡馆的女招待都收入不菲，便也想让千代进入这个行当。但是如果自己主动提出这个要求，女人肯定会觉得自己无情。所以他想让千代自己提出来，然后在上演一出自己极力劝阻却依旧不能挽回她坚持出去工作的戏码。

重吉觉得既然现在千代都已经提出把变卖房子改为租房居住，这个计划就已经成功了一半了。自从搬到饭田町边商业街一家店铺的二楼之后，重吉每天都待在家里，于是女人根本没有停下来思考的时间。女人有时会突然变得比男人更决断、更有魄力，但这并不是仔细权衡利弊的结果，大抵只是出于一时兴起。而这个一时兴起多半是出于无聊，抑或是因为寂寞难耐，重吉这样想着，于是每天开始不定时外出。当然也是顺便去拜访了去年破产的那家房产公司里的熟人们，希望他们能帮自己找份新工作。

一位五十多岁的保险业务员在他离开前说道：

"你和我不一样的。你老婆年轻漂亮。如果真的走投无路了，还可以让她做点什么。"

"我都这么落魄了，也就顾不上什么面子了。其实我想让她去做做女招待之类的工作。但是这事儿让我说出来的话总觉得不太好啊！"重吉答道。

"有什么不好的。世事艰难啊。举个极端的例子吧，有的男人还主动要求自己的老婆出去找男人呢。你还记得吧，我们在房产公司的时候，有一个叫野岛的业务员，个子很高，还是个龅牙。那小子的老婆在一家股票公司做业务员，然后和公司老板的关系不清不楚。野岛就当作没看到，最后在人形町开了一家咖啡馆。"

"真的？我还从没听过这事呢。不过话说回来，我该怎么办呢？是我自己暗示她去做呢，还是她主动去做，然后我再默许呢？"

"这和其他事儿不一样。你越是指使她，或者越是劝她，效果反而不好。你应该去找个女招待，或者艺伎之类的女人去劝劝她，虽然这也不算什么因材施教吧。只要她不是那种六亲不认的女人，一般都会点头的。"

重吉后来拜访的另一个人说道："中岛，你就别找这种收入低的工作了，去找找有钱的寡妇吧。你这小子有种吸引女人的特质，肯定没问题的。"

六

千代打算在拐角的蔬菜店买菜，然后回家。却意外遇到了一个很久不见的故人，久到即便听到他的名字，也想不起来究竟是谁。只依稀记得，他是自己以前做临时工时某个雇主家的男主人，只是无论如何也想不起他的名字了。

"你……你竟然还记得我的名字呀？"

男子一边漫不经心地看着来往人群，一边说道："希望你有时间可以再来一趟。你电话号码是多少？"

"但是我已经从临时工会辞职了。亲戚家里有病人，所以我是来这里帮忙的。"千代支支吾吾地说。以前被临时工会派到男子家里的时候，在他们软磨硬泡之下，自己勉强在那里待了一个月左右。除了规定的日薪以外，她还拿到了二三十日元的额外补贴。

"我家还住在老地方。小日向水道町……你还记得吧？可否抽空来我家一趟呢？一两天后也行。这个请收下，权当过来的车费吧。"男子掏出二三枚五十钱的硬币后，塞进千代手里，然后转头拐进了对面的横街。

这段时间以来，千代一直觉得，在那些已经当掉的衣服里，有几件是自己无论如何也不想就此放手交予他人的，那就想办法赚些利息也是好的。怎料正在这个当口，被一个故人叫住了，甚至连车费都付了，这是她做梦都没想到的。她不禁又开始想，只要抽空去一趟，对方总不能一点表示都没有吧。正好那天，重吉看了报纸上招募外勤人员的广告出门去了，过了晚饭时间都没有回来。千代只做了做饭，就给楼下的人留了话，慢慢悠悠地朝小日向水道町走去。千代回来的时候已经过了晚上十点，重吉在她到家的半小时后才回来。所以这日发生的那些事情，也就被秘密埋葬在了那个夜晚。

这天重吉出门后，千代正在二楼的窗台上晾睡衣等衣物。楼下马路突然传来了一个女人的叫喊声，"夫人，中岛夫人"。千代循声望去，是一个五十岁左右的寡妇，千代搬到这个出租房屋没过多久，在澡堂洗澡时，她曾主动上前搭话，待人很是热情。洗完澡回来的路上，老婆子说道："喝杯茶再上去吧。如果有什么急事需要用钱，大可告诉我，既不需要担保也不需要旁的什么东西。"千代本来想跟妇人说，等自己跟丈夫商量之后再来借钱，但想想还是作罢。毕竟这世上断然没有借钱的人不开口，却主动借人钱的好事。

这个老婆子以前活跃在大冢的坂下町一带，在那之前则是在根岸或者是高轮一带。她以介绍暗娼为生，也因此成了警察局的常客，是个名副其实的老狐狸。千代刚搬到二楼不久后，她也搬到这附近来了。凭借多年的经验，这位老婆子只消一眼，便可判断出眼前的女人是否可以成为自己的牟利工具。特别是在澡堂里，只要看一眼女子穿褪和服的模样，就可以轻易看穿眼前女子的过去和现在，就连她将来能否获得男子们的青睐，也能准确无误地做出判断。千代早就被这个老婆子盯上了。从她的年纪、打扮来看，必定会被那些常常流连花丛，喜好猎奇的男人们视若珍宝。

从初次交谈到现在也过了将近三个月的时间，可是千代还是日日穿着初见时的那件和服。那和服虽是金纱制成的上等品，但是袖口和下摆磨损得已经很严重了。来澡堂的时候，她光着身子，连粗糙不堪的内裙都没有更换，只是胡乱地系在腰上。见此场景，觉得时机已到，于是在去澡堂的路上提出想去参观她的屋子，得到允许后便上门拜访了。屋内拉门已经破败不堪，榻榻米也已破旧泛黄。从衣橱、火盆，到桌子、坐垫，这个出租屋二楼的一切家具，仿佛都在诉说着它们曾属于富贵人家。再看看眼前千代的穿着打扮，屋内陈设仿佛过于奢华。这与她最初的想象大相径庭。虽然她觉得千代夫妇的境遇有些不合常理，但不管怎样，如果他们以前曾享受过富足的生活，只是最近才落魄至此，那现在就不是说那些话的最佳时机了。

"你丈夫每天都出去吗？"她选择以这样的方式开始话题。

"不。也不一定。因为现在他也没有工作。"

"你总是一个人在家，一定很寂寞吧？像我这种爱热闹的人，家里还没个用人，我就受不了天天自己一个人在家做针线活，所以就经常去串门，而且一出门就不想回家了。"

"女人和男人不一样，总是一个人在外面闲逛也说不过去……"

"夫人，你可以在外面找个活儿啊，一边玩一边工作，也能给自己解解闷儿。"

"如今外面的工作，至少也要招个女校毕业生吧。我年纪大了，而且至今都没有去外面工作过。报纸上的广告倒没少看，但我觉得，咖啡馆女招待这样的工作我大概都不能胜任吧。"

"夫人要有此意，去哪儿工作都是后话了。但是呢……我也就是跟你说这话，哪怕夫人有出去工作的想法，你的丈夫也不明白啊。"

"等真找到工作再告诉他也不迟……毕竟若是最后哪里都去不成，也怪没面子的。有些话我也不跟您遮遮掩掩了。其实很早以前，我丈夫就……从今年夏天开始吧，就一直游手好闲。家里的东西都快当完了。"

"原来竟到了如此地步！不过不管什么事，心心念念要做却迟迟下不了决心，那种心情是最让人难受的。你一个人在家的时候，可以来我这儿闲聊解解闷儿。我之前说过吧，你不要客气，有什么事都可以来找我。毕竟我们都是女人啊！"

"嗯，谢谢您。但是不管怎么说，因为我的事给您添了这么多麻烦，真的十分抱歉。"

"所以呢，以后有什么困难我们可以相互照应。谁家都有些不能跟丈夫说的难处。需要稍微周转一下的时候，你就跟我说。就算是富贵人家的太太，还偶尔有闹亏空的时候呢。"

"是呀。急需周转的时候，我倒是可以毫不客气地找您借钱，但是如果根本不知道什么时候能还上的话，还是不开口为好。"

老婆子觉得时机已到，于是一边察言观色，一边留意着周围的情况，说道："夫人。您就权当我是疯言疯语吧……有件事我想跟你认真地谈一下。不过你可要保密呀。我觉得你干脆去做女招待吧……和客人出去玩玩，你心情就好了。哎，夫人，舍不得孩子套不住狼。你丈夫不在家的时候，我会偷偷通知你，你来我家就好了……"

千代什么也没说，只是直愣愣地盯着老婆子，然后慢慢红着脸低下了头。千代昨天又趁丈夫不在家的时候，去了一趟小日向水道町。她意识到，这和眼前老婆子劝她做的"买卖"如出一辙，此刻听完老婆子的话竟有种奸情暴露的感觉，不由得脸红了。

千代既不哭也不闹，只是微微斜着身子，脸涨得通红。老婆子见状，知道自己方才所言对方已经心领神会。她坚信千代的脸红比直接说"好"更加意味深长。

"我就先回去了，今日多谢您的款待。"老婆子说罢便静静地起身离开了。

七

"千代，我打算从今天开始打零工。这些天四处奔波，除了磨破点鞋底外，一点收获都没有。所以我放弃了，干脆打零工养家吧。"重吉脱去上衣后，双手交叉放于脑后，舒展着双腿，倚在桌子上。

"打零工？那我也可以帮忙的吧。"千代一边说着，一边给重吉泡茶。

"要是你能帮忙，我会告诉你的。不过就是些誊写抄书的活儿罢了。"

217

"要写字吗？那可不行。那些书都很难吧？"

"不不，一点都不难。类似于小说。我之后慢慢拿给你看。"重吉说着，突然开始放声大笑。

"哎呀，我脸上沾了什么东西吗？"千代不知道哪里不对劲，只能用手在脸颊上摸索。

重吉循着报纸上的招募信息四处奔走无果，为今之计也只有靠日薪一日元五十钱的笔耕勉强度日了。雇主告诉他，誊写的这些书籍，只在会员内部传阅，绝无被检举之虞。就算真发生什么意外情况，组织的领导者也会承担全部责任，不会连累誊写之人和其他无关人等。

这时，靠在重吉膝上的千代笑着直起身子："那就没问题了，我也就放心了。既能打发时间又能赚钱，也算美事一桩。"

"我也是这么想的，所以才应承了下来。但是每天只有一日元五十钱就有点过分了。"

"确实是呀。一天一日元五十钱的话，跟临时工差不多呢。"

"是呀。跟你以前的薪水差不多。这种收入放在女人身上倒还过得去。毕竟偶尔还有些其他收入补给生活。"

"哎呀，你瞎说什么呢。我也不是个随便的女人。那时候明明是你不好。现在你又说起这些风凉话，真的太过分了。"

"千代，如果我真的生病了的话……你，能为我出去挣钱吗？比如做女招待什么的？"

重吉将娇媚地倚在自己怀中的千代轻轻抱住，静静地俯视着千代的表情。其实重吉的内心非常好奇千代会做出怎样的回答，但脸上依旧一片平静。他心想，今晚的良机一定不能错过，干脆借着这个机会直截了当地问个究竟。

"嗯，我会。"

"你……真的吗？"

"是的，只要你同意，我就一定会去的。"

千代回答得很干脆，这让重吉感到有些疑惑。但是重吉又劝解自己说，毕竟千代从一开始就对自己言听计从，这样的回答倒也合情合理。然而这并不代表千代愿意为了重吉赴汤蹈火，而是这个女人本性如此，她遇事容易不假思索，盲目行动。做临时工的时候，时常会遇到对自己有非分之想的男人，她也一味顺从。要是再有人从旁苦口婆心劝说，她甚至能干脆地把自己嫁了。这个女人最大的毛病就是架不住身边人诉苦，也过不了循规蹈矩的日子。所以她不适合嫁到那种大姑小姑数量众多的家庭。譬如她禁不住那男人的劝说，竟然去了小日向水道町两次，而且全然不以为耻，也不觉得有悖道德，这便是本性使然。连声答应老婆子要去做女招待，也是同样的道理，只是因为找不出什么反对的理由，就同意了。她根本就没考虑过自己到底是否适合这个工作。做事之前深思熟虑，是这个女人一辈子都做不到的。

第二天，千代让重吉帮忙看了一下报纸上的招募信息，然后就前往银座大街上的一家咖啡馆应聘了，但是由于年纪太大而遭到第一家店的残酷拒绝。在第二家店应聘时，看到竞争对手竟有三四十人之多，本来就有些想打退堂鼓的她又在等待时，抻长脖子偷偷看了看众多女招待来往穿梭其中的店内景象，顿时明白了咖啡馆究竟是何种所在，她觉得自己是肯定做不了这份工作的。正出神时听到办公室的人叫自己的名字，她知道轮到自己了。一个二十四五岁，头发梳得油光发亮的男子详细询问了她的住处、姓名、年龄、经历以及之前从事的职业之后，告诉她会另行通知结果。她松了一口气，走出了咖啡馆。

然而三四天过去了，依然是杳无音信。重吉让千代不妨出去找找那些门口贴着招募信息的店面，大胆地去问问。于是千代又去了一趟银座大街，但是并没有寻到门口贴着招聘告示的店。失望的她随意走在大街上，筋疲力尽时无意中瞥了一眼京桥河畔的小巷，巷内两侧分布着众多咖啡馆，她终于在这里看到了寻觅已久的招聘告示。

狭窄的店门上挂着珠帘，千代透过帘子下面的空隙小心翼翼地观察，只看到四只女人的脚，而她们脚上都穿着精致的高跟鞋。千代想着只有身着洋装的人才能进这家店吧，正在门口踌躇之际，一张搽着褐色香粉的大脸出现在眼前，千代定睛一看，这女人身穿和服，嘴里正鼓鼓囊囊地嚼着什么，手里攥着香蕉皮，随手丢在了千代脚下。千代和那女人对视了一眼，趁弯腰的工夫问道：

"请问您这里是在招募女招待吗？"

"是呀，进来吧。正好经理也在呢。"那女招待含混不清地说着，嘴里咀嚼的香蕉差点掉出来，她赶紧用指尖塞了回去。

千代撩起珠帘进入屋内环顾了一圈，发现这是一间窄小的泥地房间，光线昏暗得甚至看不清屋内人的脸。盆栽、桌子胡乱地摆放着，里面的角落处设有一个小小的吧台，灯光懒懒地照在陈列架中的洋酒瓶上，灯光下坐着两个男人，一个穿着白色和服，一个穿着西装。千代踉踉跄跄地走了过去，深施一礼说，"我看到门口贴着招募信息……"穿西服的男人马上停止了谈话，转而开始询问千代住址和姓名。千代觉得，这家店肯定也要让自己回去等消息，于是跟男人说"那就拜托您了"，顺手整理了一下披肩。没想到穿西服的男人竟然直截了当地告诉她："你现在就可以开始上班了。去学习一下吧。"

穿西服的男人将一个领班模样的女招待招呼过来，交代了两句后，女人就将千代带到了吧台后面一个仅三叠的房间，吩咐她脱下外褂和披肩后说道："我们归在红组，今天红组在二楼，我们去二楼吧。"

不久天色暗了下来，二楼虽然亮着灯，灯光却比一楼更加昏黄。留声机里悠扬的旋律缓缓流淌，这时一声尖锐的女声"大人，您来啦"打破了这份宁静。只见两位顾客被三四名女招待簇拥着来到楼上，一路上还互相拉拉扯扯。虽然并未喝酒，但乍一看那些客人和女招待们都像酩酊大醉的酒鬼似的，摇摇晃晃地向房间角落里的包厢走去。刚一落座，二楼的六七个女招待一下子围了上去，其中一个女人将两三瓶麦酒放在桌子上，朝顾客娇嗔地喊道："好啦，快张嘴吧！"

"喝酒忙什么，快把你们的看家本领使出来！"客人吼道。

女人见状忙说："不喝酒哪来的兴致呀！"

片刻之后，包厢里包括千代在内，只剩下三名女招待了。其中一位客人一手将一个穿洋装的女子抱在膝上，另一只手也不老实地伸进了其他女人的衣襟里。另一位客人见此情景，一把将千代揽在怀里，效仿同伴将手伸进了千代的衣襟里。"什么玩意儿，你这婊子。装什么清纯，真令人恶心。"说着就把千代推到了一旁。

千代并不知道这个店里的女人都是素身穿和服的，一时间不知道发生了什么。这时穿洋装的女人赶紧跑过来打圆场："这是今天刚来的，你可不要欺负人家哦。"说着就将短裙挽起，坐在了男人的膝上。不知何时桌上又多了两三瓶麦酒。

千代知道这时已是夜里十二点了，店内虽然依旧歌舞升平，但她还是忍不住担心错过末班的电车，便独自走出了店门。到家之后发现重吉还没睡，仍伏在案上誊写文章，于是开始向重吉讲述今天的遭遇。

"这样啊。那今天可真是不慎落入虎穴了。但是这种咖啡馆应该别处还有吧。再耐心找找吧。"

"嗯，也只能这样了。银座大街上的高档咖啡馆都不愿意收我，而且不管怎么说，要想去咖啡馆工作，至少要有件像样的洋装，这才是眼下最难办的事情。即便是从当铺赎回来，那也是种子的东西。再多华丽也派不上什么用场。"

"嗯，毕竟银座还是太高档了。这样吧，你暂时先在附近的小镇上找找咖啡馆，然后再去银座那边。"

"唉，也只能这样了。即便现在再去做临时工，也只会让人越来越懒散。要想找工作赚钱，也只能是去咖啡馆了。"

第二天，千代像前一日般出门寻找女招待的工作。只是她今日没给自己限定地点，所以反而不知道该去哪个方向了。千代在银座大街和附近的小巷漫无目的地走着，但只是往那些咖啡馆里看了几眼，觉得自己似乎还未入行却已厌倦。可如今又不知道该找什么样的工作，接下来该何去何从，她这才发现身边竟然一个可商量的人都没有。走着走着她突然想起了在澡堂遇到的那位亲切的老太太，于是放弃了去车站的计划掉头往回走。

老婆子问明来意后说："那么夫人，我们这样吧……"她让千代在重吉面前继续装作四处寻找咖啡馆、辗转学习的样子，

223

暗地里来自己这里打发时间。

　　老婆子家里虽然装了电话，但是害怕自己的买卖败露，所以并没有雇用下人，只是偶尔会打电话让店家送些食物过来，每个月着人过来打扫一两次，所以厨房、橱柜倒比那些穷苦的大家庭干净许多。每天下午开始，一直持续到深夜都会有男客陆续登门。客人登门后，老婆子就会打电话给姑娘们，让她们来二楼待客。如果是两三个人一起来，就不会在家里接待了，而是提前打电话跟姑娘们打好招呼，而客人也会直接前往订好的酒馆或者旅馆。常客知道老婆子行事小心，所以有时只打电话过来，拜托她帮忙找姑娘，在外面随处找个地方就解决了。正因如此，虽然老婆子家里也是人来人往地十分热闹，倒不至于太过引人注意。

　　那天下午千代在老婆子家一直待到了黄昏时分才离开，老婆子做的生意她都看在眼里。老婆子也故意让千代看到自己家里的景象，实指望她无须再言语点拨，自己幡然醒悟过来。千代在回去的路上想，这种是非之地以后还是少去为好，但是第二天出门后，既不想再费心思去找女招待的工作，又苦于无处可去，最后便又鬼使神差地来到老婆子家消磨时光。不知不觉在这里待了一天又一天，千代甚至开始觉得一天不去老婆子家就有点坐立不安。有时候遇到两个客人同一时间上门，老婆子忙不过来的时候，她就帮忙给姑娘们打电话，老婆子有事外出的时候，也会拜托她帮忙看家。但是千代又不能天天告诉重吉说自己出去找女招待的工作。于是老婆子便想了一招，她给自己认识的酒馆打了电话，拜托人家对外宣称千代在他们那里工作。这样一来，原本每天傍晚时分便可以回家的千代只能干等到凌晨十二点才离开，每天回家之后还要给重吉看自己当天拿到的小费。一天晚上，有个客人在老婆子家二楼等了又等，原本约好的姑娘却不知为何迟迟没有出现。可是一看时间，都已经将近夜里十一点了，即便另找姑娘来也来不及了，千代看着老婆子为难的样子，禁不住她再三央求，最终还是迟疑着走上了二楼。这种事一旦答应过一次，以后就再难拒绝了。过了两三天，那天晚上的客人又来了，而且一再嘱咐，一定要找那天晚上的姑娘，这下千代更是难以开口回绝。每到夜晚，千代就仿佛坠入无底深渊一般。但是那个月的收入让千代不仅还清了当铺的利息，就连房租都按时缴上了。

八

　　千代并没有仔细考虑过一旦自己的秘密被重吉发现将会发生什么事情。她也不知道照这样下去，这个秘密到底可以维持多久。她只能央求神灵保佑重吉永远都不会发现。她无暇考虑如何保密，也来不及提前设想一旦秘密败露该如何处置，事实上她似乎也没有思考这些问题的能力。被发现之后，无非就是被重吉狠狠打一顿，然后被他抛弃。但是即便如此，对于千代来说也并非什么了不起的大事。现在摆在她面前的有两种可能，一是和重吉就此分开，那么今后的她可能就会再难谋生，二是和重吉继续一起生活，但只要重吉还处在失业状态，她的生活就不会有什么起色。但愿上天保佑，至少在重吉找到正式工作之前，不要让他发现吧……千代现在只能这样祈祷了。

那年的年尾并不似往年那么冷，还有两三天就到除夕了。十二点的钟声响了，半小时之后千代从老婆子家回来了，照旧装作刚从酒馆下班的样子。实际上那天晚上她去了鸟森的客人家，回来时也是直接在那里叫了一辆出租车。千代一边上楼一边解开外衣的扣子，到了二楼发现重吉好像也刚从外面回来，帽子和外套挂在墙上，围巾还没来得及取下，正蹲着侍弄火盆。

"银座的人可真是多得走不动路。"

"毕竟要过年啦。"

"银座那边的咖啡馆，从二十五号起就都把营业时间延长到两点了，神田那边估计也会有样学样吧。"

"是呀，毕竟银座是个好地方。"千代说完突然意识到神田一带的咖啡馆可能也已经把营业时间调整至深夜两点了，于是为了转移话题，把略微有些倾斜的暖炉摆正了，然后开始往火盆里加炭。这时重吉从怀里掏出零钱包说道：

"千代，我今天大胆冒了一次险。当然，这次也是纯属偶然。"

千代有些担心地看着眼前的男人。

"早就听说银座附近有陪客女出没，所以我就想跟着她们进小巷子里看个究竟。没想到被一个穿着斗篷的男人叫住，让我悄悄去给他买明信片回来。其实我手上就有好东西，是和之前的手抄本一起拿回来的。我突然就觉得，或许我也可以试试。银座真是个好地方啊，不一会儿工夫就赚了两日元。"重吉说着把硬币掏了出来。

千代有些惊讶，又想到自己内心一直藏着的那个秘密，便怔怔地看着重吉一时语塞。

"每天都去同一个地方肯定是多少有些危险的，但偶尔出外散步的时候顺便赚点钱就不会有什么大问题了。"

"但毕竟还是很危险啊。如果不小心……"

"所以我才说是冒险啊。但是仔细想想，这种事可以看作消遣吧。也可以说是个爱好。想想这和扒手、小偷等还真有点相似呢。我呀，虽然不会去做扒手或是小偷，但是对一些暗地里进行的交易、秘密什么的格外感兴趣。倒也说不出个所以然来，但总感觉特别有意思。我这辈子怕都做不了那种正经人了。"

千代隐约觉得重吉大概已经对自己的秘密有所察觉，她想着与其等有朝一日事情败露，不如现在就大胆坦白，可又不知该从何说起，便依旧沉默着起身取下挂在墙上的茶壶，接着又往火盆里加了几块木炭，火已经逐渐旺了起来。

"我们用这些钱买些好吃的吧。今天和往常可不一样，大家应该都没睡吧。去前面看看，那些卖关东煮的应该还开着门呢。不去吗？累了？"

"不是。"

"那走吧。今年真是意外地暖和。不会又要地震了吧？"

"昨天还下了阵雨呢。"

千代感到有些害怕，她觉得重吉肯定是发现了什么才想带她出去的，于是小心翼翼地随他出了门。

外面虽然有些风，却笼罩着一层薄薄的雾气，放眼望去，苍茫夜色下的街道，竟给人一种仿佛身处夏日黎明时分的错觉，稀疏的星星闪着淡淡的光，怎么看也不像身处寒冬的深夜。店家都关门了，但是路上仍有来往的行人，牛込见附门附近更是繁华。距离二人不远处的前方也有两人并肩同行，不时有一些诸如早班、晚班之类的词语随风传入后面二人的耳中。重吉像是想起了什么似的，突然说道：

"千代，你们店里过年怎么放假啊？新年那天会休息吗？"

"啊，我还没问呢。"

"怎么也得放松几天吧。你去酒馆都有三个月了，还一天也没休息过呢。"

千代再度语塞。她不知道今天晚上重吉怎么总是问些让人难以回答的问题。她不禁又一次怀疑重吉早就洞悉一切，却仍装作一无所知的样子，故意让自己为难，借机泄愤。

"我有些事必须要回家处理一下。可能明天就要出门了。"千代小声说道。

"回家？你是说船堀的家吗？"

"嗯。母亲去世之后我还一次也没回去过呢。"

"千代，你是打算这次走了就不回来吗？要是你真这么想的就直说吧。"

重吉大声喊道，但突然意识到前面还有两个行人，连忙停下了脚步。这时不知哪里突然传来了一阵窸窸窣窣的声音，像是哪里的情侣正在接吻，随之而来的则是一声："哎呀，是谁？"

"但是，我……"千代脚步沉重，用低到几乎听不见的声音说，"我做了对不起你的事。"

"那你是想跟我分开吗？"

"你不会原谅我吧？"

"如果真的没办法原谅你的话，我就不会到现在才说。千代，都是因为我……你都是为了我，这也是没办法的事情。"

"……"

"你就权当是我让你去的，在我们稳定之前就再辛苦一阵子吧。唉，委屈你了。"重吉用手环住千代，静静地把她拉到自己身边。千代顺势倚在重吉身上。

"我……你竟然能原谅我。可我还是觉得自己是个胆大妄为的女人。但是……"

"好了好了。我都知道。你既然愿意跟我坦白，我又有什么好怪罪你的呢？"

"真的吗？"千代将头靠在重吉肩头，仰面望着男人的脸。重吉突然被这猝不及防的重量压得脚下猛地一个踉跄，好在他马上就站稳了身体，接着紧紧抱住了千代。

"只要你的心还在我身上，我就永远不会怪你的。其实我早就觉得你有些不对劲了，但又不知道该怎么问，而且我觉得问了你也未必会说。所以就一直等到了现在，这段时间你一定也心惊胆战的吧？"

前面的两个人似乎因为听到说话声而故意走远了一些，但是回头望了一眼后发现他们也是两个人同行，便松了一口气般地又重新亲密同行了。千代透过弥漫的雾气望着两个人的身影说道：

"嗯。我确实挺担心的。但是，你是怎么知道的呢？"

"肯定能猜出来的嘛。你每天说去酒馆上班，但不仅一次都没喝醉过，就连衣服上也没沾上一点酒气，而且袜子也很干净。所以我就觉得你肯定不是在酒馆或者咖啡馆上班。"

"你可真够厉害的。"

"不仅因为这些，还有别的原因。"重吉再次把女人拉到自己身边，走了两三步才接着说，"不过在这种地方还真有点说不出口……"

"为什么呀？你告诉人家嘛。"

"有点难以启齿！"

"没事啦，告诉我嘛，告诉我嘛。"千代仿佛来了兴致一般，半开玩笑半撒娇地抬头盯着男人的脸看。路灯的光线斜照在她的脸上，重吉觉得此刻的千代越发明艳动人，惹人怜爱。

重吉停下脚步，想低头吻一下那双凝视着自己的眼睛，却被后方突然照来的汽车灯光吓了一跳，便赶紧护着身边的女人避到了路旁。再往前一看，一直走在前面的两个人也让到了路旁。汽车呼啸而过的声音犹在耳边回响，雾霭茫茫，透过树林间的缝隙隐约可以看到护城河畔人家的屋顶处广告牌林立，正在夜色中亮着昏暗的光。

在护城河畔的摊位上，两个人将从未喝过的酒分而饮之，全然不觉晚风已经开始猛烈，空气也变得愈加寒冷，他们一路开心地说着笑着，摇摇晃晃地回了家。从那夜起，两个人的心灵与肉体似乎都变得越发亲密无间、难舍难分。

重吉也有过年少轻狂的岁月，曾经和一个不修边幅、比自己年长很多的女人共同生活过一段时间，所以非常擅长哄女人开心。他总想尝试一些其他男人无法忍受的事情，这是他时至今日依旧戒不掉的一种怪癖。重吉始终觉得那些表面风光的人，真正的生活肯定是既拮据又充满伪善的味道，而那些稍显懒惰的卑微小人物，才真正过着无须修饰美化的幸福生活。他和千代一起生活四五年了，也难免开始觉得有些枯燥乏味，然而从那天晚上开始，他却意外地感到自己如同重新焕发了活力般，只要想到身旁的这个女人常被其他男人染指，就不禁浮想联翩，接着体内就会涌出一股更加强烈的情欲。

　　千代得到丈夫的许可后，内心的负罪感也慢慢淡去了，不仅如此，她还开始觉得自己这是在为丈夫工作，所以非但不以为耻，反倒从心底生出了一股自豪感。而且千代认为，自己从年轻时起就被众多男人所倾慕，这也算是这副身体的一大资本了。她还在船堀老家时，就有不少年轻人拜倒在自己的石榴裙下。去大公馆做女用人时，也经常被公子哥儿觊觎，就连做临时工的那段时间都经常受到男主人的骚扰。千代并不觉得这些是对自己的侮辱，相反，她很是得意于自己具备了吸引男人的魅力。随着年龄的增长，千代也接触了越来越多的男人，这种特质也越发明显，这让千代不免有些自得。她单纯地认为重吉是深爱着自己的，其他男人自然也是一样，她全然忘了自己是一个即将度过三十三岁生日的妇人，依旧过着自我感觉良好的每一天。

九

这天，千代照旧出门挣钱去了，重吉去麻布谷町邮政局取钱，然而直到深夜千代仍没有回家。千代时常会在外面过夜，所以重吉并没有特别担心，这偶然得来的独眠之夜反而成了他缓解疲劳的大好时机，他睡得格外香甜。但是第二天直到傍晚，千代仍然迟迟没有回家，而且也不曾打过一通电话。重吉觉得有些反常，开始担心了。

重吉把中午的剩饭热了一下，加了些辣酱和烤紫菜，草草吃完了晚饭。然后给昨天将千代叫出去的芳泽旅馆去了电话询问情况，对方只说当天傍晚之前千代确实在旅馆，但之后就不知道她去哪里了。又给经常去的两三家酒馆去了电话，得到的也是同样的答复。重吉越想越害怕，他觉得如今只能去问问平日和千代交好的几个同伴了，但却不知道她们的电话号码。想着千代可能会将电话号码放在梳妆台的抽屉里或者什么地方，便将家里翻了个底朝天，仍然一无所获。

"中岛先生，有客人。"玻璃店老板娘的声音传来。重吉下了三四阶楼梯后往外望了一眼，原来是昨天下午在池塘边遇到的玉子。

"上来吧。"

"千代呢？"

"她出去了，我有话跟你说，你上来吧。"

玉子和玻璃店老板一家打了个招呼，然后跟着重吉去了二楼。

"昨天真是不好意思呀。"

"我觉得你肯定会来的，所以一直在家等着你呢。找好房子了吗？"

"那个……你说池塘边那间房子吧。本来已经定好了，但是后来听说楼下的人在报社上班，所以又不想搬过去了。今天找了一天也没找到有电话的房子。"

"如果你在这附近住，倒是可以让他们打到我家来，我再去通知你。"

"也只能这样了，那就这么办吧。千代子怎么还没回来呢？"

"其实她昨天白天出去之后就再没回来。我很担心她会出什么事。能打电话的地方我都打过了，还是找不到她。我也打了电话给饭田町的荒木婆婆家，但是怎么也打不通。可能是现在住到四谷去了吧，我正打算去那里找找呢。"

说起来玉子也好长时间没去过荒木婆婆家了，心下想着不如也让老婆子帮忙从中周旋一下重拾旧业，便和重吉提出一起前往。

二人从本村町的护城河畔左转，在满是低矮房子的昏暗小巷里又拐了好几道弯。重吉只来过这里一两次，他一直都将巷子里的一个邮筒视为路标，但奇怪的是今天这个路标竟消失了，附近也没有可以问路的酒家和烟草店，最后竟迷迷糊糊地走到了津之守坂。两人发现后着实吃了一惊，赶紧又掉头返回小巷子，借着昏暗的灯光仔细查看屋檐下和小门旁的门牌地址，这才终于找到了荒木婆婆家。

二人从小门走进院子里，门铃声音依然洪亮，而格子门里却漆黑一片。重吉喊了两声没人回应，这时候屋内的电话突然响起，却依旧听不到任何人说话的声音。不久后电话停了声响，屋内传来了若有似无的呻吟声，重吉和玉子疑惑地看向对方。

"婆婆生病了吧，但是屋里好像没人照顾。"

"不会是有人谋财害命吧？"

"哎呀，讨厌。你别吓我！"玉子吓得连忙抱住了重吉。

"上去看看吧。"话虽如此，重吉还是生出了一些不祥的预感，他站在门前努力稳了稳心绪后，小心翼翼地伸出手，将纸拉门拉开了一条缝隙，里面一片漆黑，呻吟声也越发清晰起来，重吉仔细听了听，觉得这声音八成是从厨房那边传来的。

"怎么回事呀？我不敢一个人进去。玉子，我们去厨房那边看看吧。老婆子早就该雇个用人了。"

"跟邻居说说，让他们来个人帮忙吧。我真的不敢进去。"话音刚落，屋内呻吟声越发强烈了起来，玉子吓得赶紧跑到了格子门外面，重吉也紧随其后。

"老婆子平常和邻居街坊应该也不怎么来往吧。应该就是生病了，我们还是进去看看吧。"

两人走到厨房门口，战战兢兢地打开了厨房门。借着房间角落昏暗的灯光，他们看到荒木婆婆正披散着白发倒在厨房与茶屋之间的拉门处。重吉并没有进门，只探头进去问了声：

"老太太，荒木太太，你是身体不舒服吗？"

老婆子的回答只有一如既往的呻吟声，她仿佛已经不省人事了。厨房看上去仍然整整齐齐，附近也没有血迹，重吉稍微松了口气，站在排水沟盖板处，探出半个身子，再次大声喊道：

"老太太！荒木太太！"老太太终于听到了喊声，抓着纸拉门挣扎着要起来。重吉看到老婆子的脸不禁大叫了一声"啊"，站在门外的玉子也连滚带爬地逃到了门外。

老婆子的半边脸肿成了平时的两倍大，眼睛和鼻子都被挤得看不见了，嘴巴也被挤歪了。重吉透过纸拉门，借着门后微弱灯光看到那张脸的瞬间，差点以为自己见到了妖怪。

玉子跑出去后带着一个邻居回来。不久后他们又找来了附近的医生，医生诊断说老婆子得了齿根骨膜炎，必须找口腔外科大夫做手术。无奈之下，重吉和玉子只能去四谷大街寻找牙医，好不容易找到了牙医，又被告知老婆子的病情过于严重难以医治，众人只得帮忙将她送到了庆应义塾医院。

医生告诉他们，病毒不仅已经侵蚀了老太太的颌骨，甚至已经上行到达脑内，如今已是回天乏术。重吉和玉子离开医院时已经是晚上十点多了。

"小玉，今晚可真是吓死我了。荒木太太大概是不行了吧？"

"可能吧，看她那个样子……"

"就是不知道我们家那位怎么样了。"

二人在半路上打车回到了玻璃店门口，从后门上了二楼，拉开隔扇一看被子竟然已经铺好了，千代背对着门睡得正香，二人看不到她的脸，只有丝绸般的长发散落在地。重吉和玉子下意识地觉得她大概是出了车祸或者受了什么伤，便异口同声地大声喊道：

"千代，你怎么了？"

"你回来啦？"千代闻声醒了过来。

"千代子，好久……"重吉身后的玉子说道。

"啊，小玉，你们……"千代显然没想到小玉竟然也在，便慌忙起身。

"你没事吧？"

"我没事呀，怎么突然问这个？"千代越发觉得可疑，睁大眼睛望着重吉。

"就是，啊，挺好的。你没事就好……"玉子心里的大石头落地了，开始脱外套。

"哎，真的是奇怪呢。"

"何止是奇怪，简直吓死人了。昨天白天你就出门了，电话也不打一个。"

"哎呀，我交代用人给你打电话了呀。她肯定是忘了。真不好意思。"

"荒木婆婆怕是要不行了。"

"我呀，当时真是要吓死了。她的脸竟然肿得这么大！"玉子一边比画着，一边把今天发生的事情详细地说给千代听。

"今晚真是我长这么大经历过的最离奇之夜了。我们原来是因为担心你受伤才费劲地找到了荒木太太家，却无意中发现痛到晕厥的她正在不停地哼哼。"折腾了一夜的重吉大概已经筋疲力尽了，一进门便直接躺倒在地。

"真是应了那句老话——世界之大，无奇不有。我昨晚都恨不得找个地缝钻下去了。平时哪怕有意创造，也创造不出那么可笑场景呢。"

"什么事情啊，你别光顾着自己笑，倒是告诉我呀！"

"但是我光想想就觉得好笑啊，笑得我都说不出话了。你知道吗？我竟然把客人弄错了，我都被自己的荒唐吓到了。"

"天哪，你可真行啊，千代子。"

"碰到那样阴差阳错的事情，我也真是无奈啊。昨天从芳泽旅馆回家的路上，我在新桥大桥下遇到了一个客人。在他的邀请下，我们去了银座后街吃关东煮。回来时我想着跟他一起去百货商场买点东西，于是我们两人就去了银座闲逛。当时正是人潮高峰期，我们走到松屋附近时看到到处都是人头攒动，整条大街都被挤得密不透风。我站在一家店前，想看看挂在门口的娃娃。这时候有个喝醉的学生故意往我身上撞，我被吓得赶紧躲到路边。那个客人就在我前方两三步远，正站在一家夜店门口，我也就跟着站在原地不动。但是街上的人潮实在是太可怕了，不多久我就看不到他了，于是汹涌的人群就把我们彻底冲散了，我感觉后面有人故意推搡，便回头看一看，这才发现客人似乎把我扔下朝反方向走了。我连忙伸手推开人群想要追上他，但是却反被人群挤回原地，我们就这么被人群挤得忽近忽远，我们距离四五间^①远时，终于被挤到了一个稍微宽敞的地方，于是我赶紧追上去喊了他一声，这时正好瞥到了他的侧脸，你们猜怎么着？我居然追错人了。我真是尴尬到面红耳赤，就连道歉的话都说不出来了，只是下意识地鞠了一个躬表示歉意。可那个男人居然微笑地拉着我的手说：'走路太烦人了，不如我们坐出租车吧。'说完就在路边叫了一辆出租车，若无其事地带着我上了车，不明真相的人肯定以为我本来就是他的女人。当时出租车司机正开着车窗，周围又是人来人往的，我要是问东问西的只会更丢人，心想先跟他走了再说吧。后来我们在滨町

①间，日语长度计量单位，一间约合 1.6~1.8 米。

下车后，他给了司机五十钱车费，然后靠在我耳边说，'你每天都来银座吗？'我这才明白他肯定误以为我是个站街女了，但我觉得也没必要解释什么。"

"你还真是越来越机灵了。这事儿回头再说。"重吉笑着说道。一旁的玉子却不依不饶地继续问道："他带你去哪儿了？"

楼下的钟声响起，玉子看了看自己的手表，说道："哎呀，已经十二点了，我该告辞了。"

"行啦别回去了，你今晚就住这儿吧。我还想听听你和你男友的恋爱史呢。"

"那你可要失望了，我今天已经和他说清楚了。"

"是吗？已经分手了？"

"嗯。"玉子正准备往下说，突然响起了一阵电话铃声。千代知道，十二点前后如果有电话打进来，不是找前厅的女用人，就是找自己的，便匆匆忙忙下楼接电话去了。没多久又折返上楼对着玉子道："玉子，我今晚实在太累了，如果可以的话，能替我去一趟吗？你要是愿意我就去应下来。这次是去筑地的茶屋，很不错的。"然后用手指比画了一下数字。

"嗯。可以。"玉子点了点头，"要过夜吧？"

"应该是的。所以是这个数。"千代为了让玉子看清楚又比画了一下，然后就下楼回电话去了。

十

第二天早上，千代跟重吉说自己想去探望一下荒木婆婆，接着就出门去了医院。重吉闻言便重新躺回被窝，打算睡个回笼觉，等中午再起来。正酝酿睡意时，就听到隔扇外面有个女人在喊千代的名字。重吉心想大概是昨晚去茶屋的玉子回来了，便不假思索地答道：

"进来吧，她去医院了。"说罢翻了个身往外一看，发现来客并非玉子，而是一个约莫三十岁，梳着过时的发髻，做用人打扮的妇人。重吉觉得似乎在哪儿见过，却怎么也想不起她的名字了。女人进来后走到重吉枕边直接说道：

"出大事了！"从她的样子和语气中，重吉好像已经明白了大半。

"是吗？谢谢您特意跑一趟。"重吉一边说着，一边迅速起身，取下挂在墙上的和服，"您是哪位来着，我有点……"

"我是芳泽旅馆的。刚才老板娘被带走了。然后一个警察进来把账房里的人也都赶走了。账房里有张纸，上面写着相关人员的电话号码。要是被发现了，大家可就都完了。幸好我当时去厕所了没被发现，赶紧趁机逃了出来。但是我一分钱都没带，连公用电话都打不了。之前我跟千代一起去拜金比罗神回来的时候曾路过您家，所以就赶紧先来通知她了。"

"您不能用这儿的电话，还是打公用电话吧。我给您拿一元。"

"那……就当我借的。"

"您快先去打电话吧。"重吉和女用人一起下楼后，立即打电话去庆应义塾医院，找到千代后只说了一句："你别回家。"千代便心领神会。重吉又马上回到二楼迅速地把梳妆台和其他地方的抽屉都检查了一遍，确认好里面没有任何残留的书信或收条后，打开壁橱，将行李箱、行李、手提包一股脑儿都取出来堆在外面，叫了两台出租车后，把被子之类的生活用品都满满当当地塞了进去。然后去玻璃店的房东处随便搪塞了一个说辞，结清房租后便慌忙离开了。重吉将一半行李寄存在新桥站的行李存放处，然后坐上满载被子、手提包等行李的那台出租车就去了浅草千足町一丁目，直奔一家叫作藤田的山货店。出租车沿着松竹座一直往前开去，最后停在了南千住的一条新大道上。这家山货店是千代妹妹的婆家，很早以前千代就告诉重吉，一旦遇到危险就来此处应急避难。

重吉将被子、手提包等行李放好之后，立刻就出门找房子去了，到中午回来的时候才见到千代。

千代到医院后不到半小时，荒木太太就撒手人寰了。不过此刻的重吉和千代根本没时间讨论一个已经去世的人。二人匆

242

匆吃完炸虾盖饭后就分头去找房子了，傍晚时分才又回到山货店。千代找的房子位于大鸟神社斜对面的一处巷子里，楼下是一家米店。重吉找到的则是浅草芝崎町的天岳院附近的一处房子，附近有一座很大的寺庙日轮寺，出租的是一间二楼的小屋，楼下是洗衣店，巷子里也都是做正经买卖的人家。这两处房子里都装有电话，米店老板和一个朝鲜司机师傅同住，而洗衣店里只住着老板的一个小妾，所以二人决定尽快把被子和提包搬过去。

"千代，现在也不知道怎么样了。梳妆台、火盆，还有桌子、茶具架都没带过来。今天晚上应该不会有什么危险的，我想着过去问问情况，顺便拿点东西回来。"

"悄悄打个电话再去吧。问问警察去了没有，情况怎么样……"

"如果现在还没有警察出现，应该暂时不会有什么问题的。"

"那可不一定。去年玉子就是这么被抓的。都过去两天了，可是一回去就被带走了。"

"大家好像都被抓过啊。到现在还没出过事的也就只有服部的阿甸和你了吧？"

"一说到交税大家都头疼，但是谁也不想进那种地方去呀。眼下我还是先改个名儿吧。"

"你打算改成什么？"

"什么都行。不过我最开始用的假名字叫橘。"

"嗯。当时种子已经不在了，是用了她的姓吧？"

"都已经四五年了。荒木婆婆也过世了，现在应该已经没人知道这个名字了吧？"

"那么，就继续用这个假名字吧，跟楼下的房东也这么说。然后再给芝之家打个电话吧。"重吉借了楼下的电话，向玻璃店老板询问了情况。老板告诉他们没人来过，二人这才稍微放下了心，一起走出了出租屋。

二人走在紧挨着日轮寺白铁皮墙的巷子里，远方的灯火闪烁似乎在告诉他们，那儿有他们期待的热闹街景。两人很快便走到了松竹座前的大街上，重吉突然听到远处有铃声传来，顺着铃声望去，只见田原町的角落里站着一个卖报小哥，便从兜里摸索出一枚铜币，跟卖报小哥讨价还价一番后，买了一份《每晚新闻》和一份《国民》的晚报。

"早上才出的事，应该还没登报吧，"重吉一边走着一边打开报纸，"根津的松冈已经出事了，芳泽旅馆的事儿虽然还没被曝光出来，但估计也难逃一劫啊。"

"报纸上都登了哪些姑娘的名字呀？"

"本乡区富坂町的太田哲，大塚辻町的宫原幸，赤坂区冰川町吉冈露……"

"吉冈也被抓了呀。对了，你应该知道她吧。个子不太高，爱穿洋装的那个……"

"嗯，在谷町的时候曾经到我们家住过的那个是吧？还有很

244

多人呢。"重吉说着把《每晚新闻》递给了千代，自己则打开了《国民》。千代怕引来往行人注意，慌忙把报纸折起来收好。

"每次去松冈的时候我都是去安玉。"

"你去过那边啊？"

"都已经是两三年前的事情了。现在那边的客户群也不行了。"

说话间，重吉和千代已经拐到了大街上，此处夜店林立，人潮拥挤。于是二人赶紧结束了刚才的话题，一路缄默无言地走到雷门。

"你有什么打算吗？还有哪里可以去吗？"

"让我想想，要不我去滨町那边看看。就是我昨晚说的银座那个客人。他不是把我当成站街女给带走了吗？后来跟我说让我今晚过去一趟，我也答应了。"

"现在这个节骨眼儿上，不会出什么事儿吧？"

"就在滨町公园旁边，而且那家我以前都没去过，所以不用担心。再者说也可以趁现在转移一下活动范围。我可不想十二月刚一开始，就因为搬家而穷得揭不开锅。"

千代叫了一辆出租车走了，重吉则走向了芝樱川方向。不久后千代在银座附近下了车。

她穿过宽阔的大道，走进一条通往灶河岸方向的狭窄小巷，走过四五户人家后，在一家宅子前停下脚步，抬头一看，门口的灯笼上写着"深草"二字。屋里亮着灯，千代推开格子门后走了进去，这时候一个用人赶紧上前迎接，千代总觉得这张面孔似曾相识，却又记不起来究竟在哪里见过。"刚刚接到电话说您马上就到，让我在这里稍等您一会儿。"用人说着便把千代领到了前天晚上去过的房间。

十一

　　用人给千代斟好茶，又把《报知新闻》晚报和《都市新闻》放好后就退下了。千代打开《都市新闻》寻找松冈和芳泽旅馆的报道未果，上面刊登的净是些锦州和天津的战报，根本引不起女人的兴趣。这时千代记起外套口袋里还藏了一份《每晚新闻》，便取出仔细默读，生怕落下一字一句。这次落网的十二三位姑娘的住址和名字吸引了她的目光，其中有一位叫作深泽Tomi（十九岁）的姑娘。千代轻轻闭上眼睛，歪着头，开始掰着手指计算年龄。

　　深泽和千代的姓一样。Tomi这个名字，和千代十八岁时生下的私生女Tami的名字也很相似，只一字之差。而且按照括弧里写的十九岁计算一下，也和大正二年夏天出生的私生女同岁。千代的直觉告诉她，报纸上登的这个叫作深泽Tomi（十九岁）的姑娘，很可能就是自己的私生女Tami。

十四五年前千代嫁给了一个杂货商，但好景不长，二人的感情很快就走到了尽头。于是千代不得不把爱女 Tami 送给他人抚养。她记得当时收留自己女儿的是一个女发型师，自此以后女儿便音信全无，去向不明。可千代就下意识地认定，报纸上登的 Tomi 就是自己的女儿。如今女儿竟也和自己一样，做着见不得人的生意，这让千代感到了深深的愧疚，但更多的则是对女儿的思念之情。大街上传来了号外新闻的叫卖声，附近也开始逐渐热闹起来。千代用手臂支着餐桌正想得入神时，外面传来了客人和用人上楼的脚步声，吓得她赶忙将《每晚新闻》小心翼翼地收起来了。

"您可是来了。"用人说话声响起的同时，隔扇也被打开了。前天那位客人一边爽朗地笑着一边进了房间。刚一进门，还没来得及脱掉外面的披肩，就迫不及待地用毛茸茸的粗壮手臂将千代一把抱过来，亲密地贴着她的脸，全然不顾用人还在一旁看着，看那样子仿佛已经等待了一世纪。这位客人已经接近六十岁，头顶油光发亮，只有耳朵上方和后脑勺处还依稀残留着一些白发。肩膀很宽阔，体格健壮，鼻子、嘴，还有那大红脸膛儿，都和秃脑门一样泛着油光。老人名叫杉村，是一家大型呢绒商铺的老板，他还在银座西买了一座大楼，只是不知道具体在哪儿。千代倒是经常见到一些好色老头儿，随便去一趟花街柳巷，或者进个咖啡馆，都能听到一两个人在谈论他们，

247

但是像眼前这个呢绒店老板一样，一眼就能看出必是色中饿鬼的人也还是少数。这老头儿二三十年间游乐于花丛之中，随着年龄的增长，那些一般的把戏已经不能满足他了，于是总想着寻求新的刺激。当时阴差阳错被千代抓住了袖子，以为她就是传说中的站街女，竟瞬间觉得平日里积攒的欲望一下子得到了满足。

"洗澡水烧好了吗？"

"是的。"

"那你先去对面房间，把屋子里弄得暖和点儿。把炉子点上。交给你了。"老头儿边吩咐用人，边开始解腰带。用人见状慌忙说道：

"我去给您拿睡衣。"然后走出了房间。

"我可不需要那玩意儿"，话音未落就已把娇小的千代揽入怀里，靠在他毛茸茸的胸膛上，"一起洗吧，好吗？"

千代早已经习惯这种要求，便不慌不忙地跟着老头儿去了澡堂。之后用人把二人的浴衣带了过来，然后就去对面的小房间收拾去了，把电暖炉点好后，本来打算打开澡堂的门，迎接其他客人，却在门口听到了二人的说话声，才知道原来这两个人竟在澡堂内待了这么久，不免有些吃惊，但也不敢惊扰，便蹑手蹑脚地走开了。千代始终认为除了家里的重吉之外，自己接待过的那些客人中肯定也有不少都深爱着自己。那么偶尔遇上个举止猥琐的男人，看他们做出些不合常理的荒唐事，不也很有意思吗？最初遇到这样的男人时，千代只是强忍着心中的厌恶和愤懑，但后来发现自己在忍耐的过程中竟意外地生出一种强烈的快感，而这种快感一旦经历过就会让人欲罢不能，甚至还会主动寻求这种快感。而且经过那晚之后，千代认定杉村是个有钱人，心里打好了小算盘，定要利用自己的身体向他多讨要些钱财，所以无论他做什么事情自己都能忍受。她甚至想从老头儿这儿拿到足够的钱，让她能把那个大概是自己女儿的姑娘从警察局赎出来。而且千代心里很清楚，无论是常在花柳巷中穿梭的老油条，还是刚刚踏入风月场的新客，即便自己再怎么努力地迎合，他们也绝不会来第三次，大多数都是两次之后便作罢。所以她认为今夜便是从老头儿那里讨钱的最佳时机。

谁承想千代的计划却收获了意想不到的效果。尽管杉村阅人无数，但却是个独断专行，只相信自己直觉，而且头脑极其简单的人。那天晚上他把千代的态度看在眼里，马上就认定这样的女人简直世间难求。而且他自以为是地断定前天晚上她在银座拉住自己的衣袖，肯定也不只是为了做生意，由此产生了想将这个女人据为己有的想法。但还是不免担心她是不是已经名花有主了。不过即便真有，他也尽可以和这个女子暗度陈仓，只要对方不是个骇人的冲动角色就好。但现在既不知道女子的姓名，也不知道她以何为生，既如此，那便趁机试探一番吧。

"好哇。这点儿钱就当我给你的新年礼物了，今晚就给你。

不过话说回来，你想不想以后都跟着我呀，我也可以给你买栋房子。不过我不是那种强人所难的人，也不会限制你的自由，所以要不要跟我还是你自行决定吧。"

"可以。就这么办吧。"千代的回答听上去平淡如水。

"你答应了呀？那这事儿越早办越好。我这人一旦决定好的事儿，就绝不会拖拖拉拉的。明天就去找房子好了。"

"好。"

"哪儿都可以。如果是京桥或者日本桥的话我会方便一点。你找好之后就给我打电话，我随时都能过去，只要你喜欢就马上租下来。"

"那我就赶紧开始找。"

"你有母亲或者其他亲人在吗？"

"现在不住一起。"

"也没有哥哥或者叔叔之类的吗？哈哈哈哈哈，不过这种事儿也无所谓。"

"唉，什么亲人都没有了，有的话也不会做这种事。"

"我相信你，就不去查你的背景了，那样做没意义。"

"无论您信不信我，我都是一个毫不作伪的人。我也绝对不会给您添麻烦的。"

"所以我从一开始就很相信你。今晚住这儿吗？你怎么打算的？"

"我听您的。不过我明天早上要去扫墓。"

千代拿到钱之后，便一心想着要去打听到那个像是自己女儿的姑娘如今怎么样了。恰好将近十二点的时候，银座附近发生了火灾，杉村也匆匆离去了。

十二

一直以来无所事事的重吉，自那天晚上与千代商量完之后，一下子变得忙碌了起来，甚至感到分身乏术。首先便是迅速找到一处房子，让千代顺利成为秃头老头儿的小妾，而且他们刚刚搬入这间房子不久，想想办法或许还能讨回点房租。除此之外，自己也要在千代的外宅附近找间房子，作为自己的藏身之处。另一件事便是如今松冈老太和一众姑娘们都进了拘留所，所以他还要去一趟警察局，确认深泽姑娘是否是千代的女儿，一旦确定了就要办理缴纳赎金等手续了。

外宅很快就找好了，报纸广告的威力出乎他们的意料。但是剩下的事情却有些棘手，短时间难以有所进展。重吉去警察局的时候，深泽姑娘已经被释放了。根据这姑娘的原籍推算，她必是千代的女儿无疑了，但奇怪是她明明已经被别人收养，户籍却一直没有改变，所以她现在仍然跟刚出生时一样，于名于实都是千代的女儿。重吉去了一趟深泽被捕时居住的房子，想跟她本人见一面，但是房东却说她已经把房租结清了，也没有说要搬往哪里。无奈的重吉好不容易等到松冈老太释放后向她询问了深泽姑娘可能的去处，但最终仍是徒劳无果。于是重吉又千方百计地去打听了当初那位收养人的行踪，却因为时隔太久而无一人知晓。

那一年的冬天过得比往年敷衍了许多，千代在八丁堀的外宅，重吉在仅有两三町之隔的出租房内迎来了新年。转眼又快到二月了，然而他们一直在苦苦寻找的女儿仍然杳无音信。

重吉仔细观察着男主人杉村回家的时间，不到最后一刻绝不离开外宅。外面一旦响起格子门的声音，他便立刻从后门逃走，消失得无影无踪，接近凌晨十二点时再折返回来。二人已经约定好了，只要后窗的灯光亮起，就证明杉村留在外宅过夜，重吉看到之后就直接回到出租屋。第二天再透过格子门观察情况，若看到鞋柜上的万年青花盆正面朝里，就代表此刻宅子里没有外人，重吉就可以大摇大摆地走进去，反之则悄悄离开。这种情形像极了言情小说中的偷情情节，重吉觉得这跟以往平淡如水的夫妻生活截然不同，他的每一天都充满了生活的热情。

一天晚上，重吉觉得男主人杉村肯定不会来了，谁知格子门突然响起，他大吃一惊后慌忙从后门逃走了。重吉来到外面后，顿觉寒风扑面而来，而八丁堀大街上夜店众多，虽已深夜但依旧人头攒动，不知不觉间他已经来到了樱桥附近。护城河对岸的银座灯火辉煌，将远处的天空映得通红。重吉又走了一会儿，来到了京桥附近，熙熙攘攘的人群仿佛要把明晃晃的灯火喝退一般，留声机里的军歌和号外新闻的叫卖声在寒风的掩盖下显得忽近忽远，夜晚喧闹的街道让重吉的心情更加苦涩。重吉在桥上走着，此刻脑海里浮现的不是号外新闻上有关上海事变的报道，而是那晚千代抓着秃头杉村的衣袖穿过人群的情景。然后他又想到了杉村丑陋的容貌，再想到千代未曾表现出一丝厌恶，反而极力迎合，突然觉得女人的性情真是难以捉摸。这段时间以来，重吉从其他姑娘和老鸨婆口中也已经听说了千代为何如此让男人着迷，但也毕竟只是传言，直到她搬到外宅里，重吉才窥探到千代在面对面容猥琐的客人时是如何曲意逢迎的。然而重吉并不觉得残酷，也不觉得悔恨，更不觉得她无耻。只是一想到这些，心情就变得异常沉重阴郁。重吉漫无目的地走在深夜的街道上，偶尔瞥一眼昏暗咖啡店前女招待涂脂抹粉的面庞，或者透过帘子下的缝隙，窥视一下身着洋装女人的双足。抑或是跟在牵手同行的男女身后，偷听他们的悄悄话，他向来以此为乐。

　　重吉从昏暗的河畔大街上拐进了行人较少的小巷。他在一家药店前停下了脚步，望着窗口整齐排列的商品发呆。这时他发觉有个女人突然走了过来，回头发现是自己之前住在樱川町玻璃店二楼时，曾在前面屋子住过的一位叫作伊东春子的女用人。

"啊，中岛先生吧。好久不见。"

"你还住在那里吗？"

"不在了。我搬到歌舞伎座后面去了。您现在住在哪里呢？"

"新富町。"

"千代子也还好吧？"

"出了点情况，现在没在一起住。"

"啊，真的吗？"

"偶尔分开一下也不错。"

"那时候我可是经常听她说起您呢。"

"我也经常听她说过您。"

"中岛先生，我有个请求。那个……手抄本，还有吗？"

"我现在没带着。你想要的话，两三天内我给你抄好。"

"那就拜托您了。这次送到服部钟表店的后街，一家叫作卡门的店里就可以了。"

"尾张町后面对吧？"重吉又问了一遍。虽已经是晚上九点，但是尾张町咖啡馆的女人们却还在京桥附近闲逛，重吉怎么也琢磨不透其中的缘由。

"从这一直往前走，道路左边便是了。虽然门面很小，倒也很显眼的。"

"你这是要出门吗？"

"现在真是不景气呀，为了讨生活不得不多做打算。店里闲下来的时候，就得出门揽客。咖啡馆都已经是这副光景了呢。"

"啊，原来如此呀……"重吉又想起了千代去年所做的事情，他才明白过来，徘徊于银座大街间的女人原来也是形形色色，各有不同。"是要把他们拉进店里吗？还是……"

"其中也有些胆子大的。"

这时有一位短发洋装女子从对面走来，看样子应该是春子的朋友。"现在那边的小巷子里，一帮流浪汉在结拜呢。真是银座之大，无奇不有哇。哈哈哈哈。"

"心情不错嘛。"

"总之就是，银座之大，无奇不有。"

重吉看了那女人一眼，发现她就是两三年前自己还住在麻布谷町时，来找过千代然后在家里住了一晚的吉冈露，去年十二月初，还被登在了《每晚新闻》的名单之内。女人也认出了重吉，但碍于眼前的春子，于是什么也没说，只朝重吉使了个眼色，就当打招呼了。

重吉想起去年的事，觉得这个女人可能知道深泽的消息，"店名叫卡门对吧？你是和春子一起……"

"是的。"露子红着脸答道。春子在一旁赶紧介绍说，

"这位先生叫中岛。去年和我们一起住在二楼。"

"啊，是吗？我叫露子。"

三人一起在路上走着，这时春子稍微领先了两三步，重吉赶忙趁机凑到露子身边，"你认识一个叫深泽 Tomiko 的姑娘吗？松冈出事的时候……"

"认识。"

"她现在在哪里？"

"嗯。"

恰好此时春子叫住了刚刚从身边经过的三四个醉汉，"小哥，要去喝杯茶吗？"

重吉赶紧趁这个空当将千代的详细地址告诉了露子。

十三

大正六年秋，千代将女儿 Tami 送给了京桥区新荣町的女发型师做养女，那时候海啸余波未了，从深夜的筑地一直涌入木挽町，Tami 也才刚刚五岁。

塚山家是女发型师的老主顾，家里有位小妾，之前在柳桥做艺伎。在一次香市上这小妾看到发型师拉着 Tami 的手，十分喜爱这个可爱的小姑娘，去浅草寺等处参拜的时候都一定要带着，还经常给她买各种礼物。

两三年后，寡居已久的女发型师招了一个年轻的上门女婿。

这个男人很不喜欢小孩子，时常虐待 Tami。塚山家的小妾便将小姑娘带到了自己家，还供她上小学。后来发型师的丈夫出轨了，发型师则连夜追寻丈夫的踪迹去了，之后便像人间蒸发般失踪了。无家可归的 Tami 就这样直接被塚山家的小妾领养，正式成了她的养女。

临近小学毕业时，有一天同年级的孩子钱包丢了。虽然没有确凿证据，但学校却认定 Tami 形迹可疑，于是将警告书寄到了塚山家。小妾大吃一惊，慌忙去和丈夫商量该做何处置，丈夫说："没事，以后就让她在家玩吧。"

这位叫作塚山的男人，曾从父亲那里继承了一家电力工厂，早在全民选举实施之前，他就预感到劳动问题肯定会日益严重，于是早早将工厂卖掉了，远离现代社会的纷扰，在家过着赏玩古董、读圣贤书的自在生活，倒也独善其身。

大地震发生那年 Tami 十一岁，正赶上她刚从小学退学，开始学做裁缝。小妾家直接从日比谷公园的避难所搬到了涩谷，Tami 外出学做裁缝之后就再也没回去过。四年之后，也就是昭和二年的春天，小妾染上了丹毒，弥留之际 Tami 仍杳无音信，生死不明。

第二年春天，塚山带着艺伎到箱根游玩时，他看到隔壁一个六十多岁的老夫妻带着一名少女，那张稚嫩的脸像极了 Tami，于是赶忙上前询问，那名少女果然就是已经十六岁的 Tami。

老夫妻原本在箱崎町以放贷为生，慌忙避难的路上救了Tami，带着她回老家桐生过完年后返回东京，一直在等领养人上门，在漫长的等待中，Tami渐渐长大了，老夫妻也始终将Tami视如己出。

塚山告诉老夫妻，之前非常疼爱Tami的小妾已经病逝了，现在没有人能领养她。但是还是给了老夫妻一些钱，并嘱咐说之后会来和他们商量Tami的去处。

又过了半年多，这天塚山要去新潟办事，乘坐火车时再次邂逅了Tami和放贷的老人。听老人说，他从箱根回去后不久，老伴便去世了，他带着Tami去伊香保温泉，给他做个伴儿。塚山听老人说话间无意中望了Tami一眼，发现仅仅半年多的时间，这孩子像变了个人似的，完全一副大人模样，不由觉得事有蹊跷。从Tami的姿态和容貌来看，无论如何都像极了隐瞒年龄的见习艺伎①，再看看她与年龄不符的风韵十足的表情，塚山就更加笃定了。

眼前这个六十多岁的放贷老人和十六七岁的Tami之间究竟是什么关系，塚山在脑海里进行了无数种设想。他想查明真相，无奈并没有找到合适的机会。就这样时间又过去了半年，有一天他突然收到了Tami的信。

Tami已经在某个地方做了舞女，而且信上毫不避讳地写道，

---

①见习艺伎，日语原文写作"半玉"，是关东一带对年少的见习艺伎的称谓。

这次给他写信就是来向塚山要钱的。

之后的两年时间，塚山再没听到 Tami 的消息。后来偶然在《每晚新闻》上看到她被拘留的消息，于是委托律师给她办了赦免手续。

"我本来还担心这姑娘是不是有小偷小摸的毛病，幸好她没有。真是做了小偷或者扒手的话，手续麻烦倒在其次，如果年纪轻轻就被贴上小偷的标签就不太好了。看样子这姑娘生来注定就是要从小一直做艺伎呢。"

塚山和律师谈论着 Tami 的案子，时而放声大笑。

虽然塚山对与孤儿无异的 Tami 有恻隐之心，但并无训诫、教诲之意，他更想作为一个冷眼旁观的观众，静静地看着 Tami 这曲折离奇的人生。按照塚山的性情和他的哲学观，人生不存在绝对绝望，他觉得 Tami 与其选择一个正经工作，或是陷入贫困的深渊，抑或是出人头地被虚荣之心所束缚，倒不如像沟渠里的草芥一般过着放浪形骸的生活，这才是她的人生幸福所在。他认为对 Tami 最大的安慰，不是站在道德的制高点上对她指指点点，而是时常给她一些钱，在她落难的时候施以援手。

某天，塚山又收到了 Tami 的来信，这是一封长如小说般的信。

我见到我的亲生母亲了，我原以为一辈子都不会碰到她的。我觉得我有义务把这件事告诉你，所以写了这封信。至于我是怎么见到、出于什么原因见到了我的亲生母亲的，这些事情都有可能把我、我的母亲甚至于她的情人暴露出来，所以除了你，我不能再告诉任何人了。我的母亲从很久以前就跟我过着一样的生活。那段时间里，我和我的母亲很有可能住过同一家旅馆，但是我们都毫不知情，而且因为我们算是同行，所以我曾经听过很多次关于半老徐娘橘千代子的传言（橘千代子是我母亲的假名）。两三年前，我母亲还住在麻布谷町的时候，我的朋友露子姑娘还曾经因为大雨在她家住过一夜。即便如此我们也仍没有等到见面或者搭话的机会，东京还真是个可怕的地方。

两三天前露子突然来我家，她跟我说有个我一定要见的人，问我能不能随她一起去。露子在去年年底时和我们一起被罚了钱，现在在银座四丁目的小巷子里一家叫作卡门的酒吧里工作。听露子说完我大吃一惊。当我知道我的生母竟然是同我做着一样的工作时，我不仅没有感觉到难过，反而有些开心，这样说起来好像有些奇怪，但我的确感受到了一种亲近感。也可能因为这个原因，我对她当初的无情抛弃，以及多年来的不闻不问生不出任何怨恨来。如果母亲做了某个大户人家的太太，我反而可能会记恨她。可能因为她觉得不够光彩，才强忍内心的思念之情没来找过我吧。即便是母亲，也难免还是会有这种顾虑吧。这次的事情虽然让我们都感到有些羞愧，却无意中促成了我们的相逢。

我急忙去了位于八丁堀的母亲家。我从朋友露子那里听到了很多关于母亲的事，想着可能下午去会比较好，于是在下午三点的时候去了母亲的住处。有一个十二三岁的小姑娘出来迎接我们，然后她就去了二楼。母亲可能是刚刚睡醒，一边整理睡衣，一边下楼来了。

"啊，上来吧。你竟然来了。"

我一时间不知道该说些什么，心里有好多话想说，但却什么也说不出来，只好默默地跟母亲去了茶屋。母亲说她要去穿个外套，然后就去二楼了，过了好一会儿仍不见回来。我觉得可能是有客人，正想着要不要下次再来，这时就听到了下楼梯的声音，而且听起来不像是一个人，而是两个人。不久隔扇开了。

"啊，先不要铺被子了。嗯。"母亲在长火盆的对面坐下，然后开始给我倒茶。我连一声"好久不见"都说不出口，也不知道该怎么打招呼。

只说了一句"您忙着呢"。这是我们同行之间经常用到的寒暄语。在这种情况下说出来，事后想想确实

261

很可笑。母亲好像并没有放在心上，没有表现出任何异样的表情。

"他不是客人。而是一个我必须要介绍的人。"

"是您的男朋友吧？"

这时候一个四十岁左右的男人从隔扇后面探出头来。"欢迎欢迎。我们从去年年末就开始找你了。果然还是要看天意，天意不到，任你再努力也是徒劳无功啊！"他说罢便坐在了母亲旁边。我从朋友露子那里听说过他，所以也没有刻意打招呼，

"原来您就在附近啊，太不可思议了。"我笑着说。

"你一直同露子在一起吗？"他问道。我告诉他，我和露子是在舞厅认识的，成了好朋友后便合租在一起了，后来同时被抓，还被吊销了舞女执照，所以市内的舞厅都不收我们了，然后经五反田元宿的经理介绍，来了这边。

母亲跟我说要不就改个名字，或者想想别的办法，再做回舞女吧。或者像露子一样做个女用人也比较安全。我跟他们解释说，我刚开始做舞女的时候还觉得挺有意思，但是正式进入这个行当后反而渐渐有些厌倦了，因为我觉得这工作太累，而且还要受时间限制，所以我不想再继续做下去了。而且如果在露子去的那

种店里做女用人，还得去大街上招揽素不相识的客人，万一出事的话也很危险。

母亲跟我说，如果要省房租的话，可以先搬过来跟她一起住，然后在这住一段时间有些积蓄之后，再找个房租便宜的房子。然后可以试着去茶屋看看。这时母亲的男友在一旁补充说，他们已经有两千多日元存款了。

我当时还前路未卜，听到两千日元存款的时候，着实觉得母亲挣得可真不少，不由得吃惊地望着母亲的脸。母亲十八岁时生下我，所以现在已经三十七岁了。然而秀发依然浓密，身材匀称，看她穿着睡衣的慵懒样子，完全就是一个刚刚二十七八岁、正值大好年华的姑娘。出门时打扮得就更年轻了。我还在舞厅的时候，也有个舞女拼命存钱，还盖了房子，母亲看起来比她还要年轻。听别人说，那个靠当舞女盖了房子的人有些傻，男人说什么她都听，而且只有存钱这一个爱好。我想母亲是不是也是这样的人呢？但是母亲一眼看上去就不像是坏人，这一点我是很肯定的。虽然看上去年轻漂亮，但是总觉得她是个大大咧咧的人。好像从来也不会说别人的闲话。如果这样性格的人打定主意要攒钱，那也是很可怕的吧。

我本来想问问母亲知不知道我父亲在哪儿，但那天没找到合适的机会提起这件事，而且我从小就不知道父亲是谁，长大成人后也从来没问过，所以对父亲也并没有多深的执念。所以当时面对初次见面的母亲，我也没有打算追问父亲的下落。我想念的不是素未谋面的父亲，而是把我养大成人的船堀的婆婆。婆婆去世的时候我刚三四岁，我现在甚至记不起她的模样了。但是每每夜里独自一人时，我时常会躲在黑暗中盯着某个地方发呆，或是在那些失眠的晚上，或是在那些筋疲力尽、半睡半醒的时候，我会觉得我好像模模糊糊地看到了婆婆的身影，看到了那个河流穿过的小村庄。可能就是幻觉吧。我最想念的人，大概只有大地震发生前住在新荣町的婆婆和你了。我在之前的信里也说过，我一生中最幸福的时光是在新荣町的家里度过的。我一辈子也忘不了婆婆牵着我的手走在明石町的小河边，陪我一起抓螃蟹玩的情景。带给我最美好回忆的两个地方都有水流，而我最想念的两个人却都不在人世了。

　　我决定暂时和母亲住在一起了。有什么变化我也会通知你的。再见。

　　　　　　　　　　　一九三二年二月十六日 Tamiko

某　夜

季子走进省线市川站的候车厅后找了处椅子坐下，她并不打算去东京或是其他任何地方，只是单纯想找个地方坐着发发呆。对于现在的她而言，这里跟公园的长椅或是路旁的石头并没有多大区别，都只不过是个能坐的地方。

　　高挂在检票口前墙上的时钟旁，贴着一张写有"故障"的纸，所以现在几点无从得知。不过从已经不似傍晚那般拥挤的出入口情形判断，现在是晚上八点左右吧。售票口处的队列短了许多，入口处杂货店里的晚报似乎也已销售一空，老板娘正用鸡毛掸子清扫着货架，收拾铺子准备关门了。对面的椅子上是一个身穿工作服的男人，正仰面躺在自己的行李上旁若无人地呼呼大睡。检票口旁的一个拐角处，一名头戴制帽①，学生模样的少年正坐在椅子上看着杂志，身旁的两个老妇显然是出来

---

①制帽，特定人群（如学生、警察等）佩戴的特定帽子。

购物的，正背着一个满满的袋子抽着香烟。季子的旁边则坐着一位穿着宽松扎脚裤、皮肤白皙的妇人和一位身着洋装的少女，膝盖上放着一个购物袋，脚上的那双红带绳木屐一会儿穿上，一会儿又脱下，双腿靠在椅子上不停地晃荡。

每当检票口处涌出一大波的人群时，身旁这位肤白的太太便会抻长脖子在人群中焦急地搜索着。如此反复多次后，那个她要等的人终于出现了——那是一位头戴礼帽，身着西装，手拎公文包的男子，只见她边喊边跟了上去，似乎在出口处终于追上了那个男子。

季子不是第一次来这里了。她从今年夏天开始搬到姐姐家里住，每到心情低落时，她就会自己一个人走到街上闲逛，兜里有钱的时候就去看看电影，或是去黑市买点东西站着吃完再走，要是累了就来这个省线市川站候车厅或是下一站的元八幡站候车厅里坐着歇会儿。她发现每到傍晚时分，站里就会出现很多等丈夫下班回来的太太，或是来接太太回家的丈夫。季子倒也没有感到特别的羡慕或厌恶，因为十七岁的她至今还未体验过恋爱的感觉。之所以会注意到这些，只不过是坐在这里的时候太过无聊，所以权当消遣罢了。季子的眼睛虽然跟随着四周的人群，但心里想的依旧还是姐姐一家的事情。她不想再在姐姐家住下去了，就没有其他地方可以去了吗？季子脑子里不停地胡乱想着这些事。

她穿着一条短裙，两条腿在蚊子的侵袭下已经满是红疙瘩，好在现在候车厅里没有蚊子。不知何时已入秋了，夜里更深露重了几分，夏日里还能见到两人结伴纳凉，或是出来带孩子玩的那些女人，如今也都缩回家里了。这让季子不想待在姐姐家里的情绪越来越强烈了。

　　季子家里一共三个姐妹，她是最小的那一个。上面的两个姐姐嫁人后，她就和母亲一起被疏散到了埼玉县的某个小镇上。母亲在今年春天病逝了，无处可去的她所幸得到了大姐的收留，大姐夫在本镇的一家银行担任课长职位，他和姐姐的孩子今年三岁了，是个男孩。姐夫年近四十，是个普通的工薪阶层，工作倒算不得辛苦，但所有的精力都在对上司情绪的揣摩和与同事间的谨慎交际中折磨殆尽。姐姐也是如此，生来就是一张路人脸，要是站在配给所①前面排队，甚至都分不清她和前后五六位太太的脸有什么区别。性格上也是不张扬不愚钝，不骄奢不吝啬，不爱清理卫生，但也并非懒怠不理。该洗的衣物一定会洗得干干净净，却不爱干针线活。总之就是一位普通到不能再普通的家庭妇女。大姐夫每晚固定时间回家后，夫妻两人便一起看看报纸，聊聊配给物资和孩子的身体状况——似乎这些就是这对夫妻间所有的话题了。晚饭后，两人一起坐在茶几边，

_____
①配给所，战后日本物资匮乏，政府针对大部分物资实行定额配给制度。

哈哈大笑地听着收音机里的落语节目，有时候也会沉浸在长呗①或流行歌中无法自拔。直到厨房传来老鼠作乱的声响，两人才会收拾茶几结束一天的生活。

　　季子也知道，这样的家庭已是十分难得了，只要自己不主动开口，姐姐就不会要求自己洗衣打扫。姐夫也从未托大管教过自己，甚至也很少让她帮忙出去邮寄过东西。每逢周日，夫妻两个便会带着儿子一起出去散步采购，也都会亲切地邀请她"小季，一起去吧"。但季子也知道这是姐姐的客套话，不是非要她去，也不是非要让她看家。季子也总是很识相地表示愿意留在家里，其实这样更舒服，她可以肆无忌惮地大声唱流行歌，然后洗洗衣服，收拾收拾厨房，吃光橱柜里的剩菜，再把盘子舔个光亮，或是把配给的地瓜蒸熟后一顿猛吃，然后心满意足地走到后门，靠在围墙的栏杆上无所事事地晒着太阳，望着天空发呆。

　　就连季子自己也不知道为什么这么迫切地想要从姐姐家出来，随着时间的慢慢流逝，冷静下来仔细想想，其实待在姐姐家的日子还是挺舒心的，自己想要逃离还是出于别的原因。季子清晰地意识到对于如今的自己而言，姐姐家可以算是自己唯一的安身立命之处了，正因如此，她的内心才不断地滋生出一

①长呗，江户地区的歌舞伎音乐，于18世纪上半期形成。以细棹三味线作为主奏乐器的一种音乐体裁。

种抵抗情绪。若是自己有的是立足之处，单纯只是喜欢才来陪姐姐住，一定不会像现在这般万分纠结。所以内心的伤感与愤怒皆是源于这种无处容身、寄人篱下的现状。

季子急切地想要找一份可以糊口的工作，女用人、保姆，或是列车员、检票员，只要是份工作她都会毫不犹豫地点头，但她知道姐姐和姐夫是一定不会同意的。但凡过得去的公司或政府机构，都不会录用自己这种因为疏散等原因而从女子高中中途辍学之人的。

刚来大姐家四五天后发生的一件事突然跳入她的脑海中，当时比大姐家境更好的二姐从镰仓的老家过来探望大姐，闲聊时提到最近有许多军人复员回家，都在四处找寻适合的媳妇人选，季子今年也十七了，说起来也到了嫁人的年纪，不如趁现在找个婆家也未尝不可。正好被躲在角落的季子偷听到了一点。

两个姐姐的谈话让她生出了一丝别样的情绪，每每看到姐姐和姐夫坐在茶几前谈笑风生的样子，她的心就忍不住跳个不停，但他们却一次也没说过这个话题。季子也不是没想过自己开口，但一个未出阁的姑娘又怎么好意思说这些事呢？所以过了一阵子后，就连自己都忘了这件事。

候车厅里安静了许多，刚刚那位枕着行李呼呼大睡的人也已不知所终。不停荡脚的那位木屐少女起身离去后，来了一位背着孩子的妇女，坐下后便打起了盹儿。

一阵烟味飘来，季子这才发现旁边有人在抽烟，自然地转头避开。

"请问京成电车的车站离这里远吗？"有人问道。

自己身边不知何时坐了一位身穿西装，头戴鸭舌帽的男人，二十四五岁，长着一张娃娃脸。但季子以为他在问别人，所以并未答话。

"请问，我该怎么去京成的市川站呢？"

季子有些不可思议地看着眼前的男子，想不出看起来这么机灵的少年怎么会问这个问题。

"京成电车没有这一站。"

"是吗？市川站只有省线才到？"

"嗯。"季子回答完吸了一口气，猛地被边上的烟味呛得一阵难受。

"不好意思，不好意思。"男子抬手驱散烟雾后站了起来，透过出口看了看黑市后，径直走了出去。

列车声与汽笛声同时响起，上下行的电车似乎前后脚进站了，检票口处一片混乱，进站的人急忙地想要跑进去，出站的人又迫不及待地互相推搡着出来，但这杂乱的景象宛如一阵暴风雨般，很快又归于宁静。

季子打了个大大的哈欠，看着就像马上要大叫出声似的。

车站已经无聊到让人待不下去了，她站起身慢慢地向夜市灯光处踱了过去，一如来时的悠闲模样。

夜市小摊上的老板娘们朝着每一位停下的、路过的人大声喊着：

"羊羹，又香又甜的羊羹。"

"要不要来块夹心面包？"

"收摊了，降价了呀。"

走到一个拐角处时，季子发现刚刚那个跟自己询问电车路线的鸭舌帽少年正站在电线杆旁看着自己。

"是要回家了吗？"

季子假装没听到，微笑着从他身边走过，谁知那少年竟然跟在不远处的身后，朝同一个方向走来。

在江户川河堤经八幡中山向远处的船桥边延伸而去的这条国道上。两侧鳞次栉比的商店与电影院的灯光照亮了整条道路。随处可见卖关东煮、红豆年糕汤或烤鸡肉串等的食肆，店门前悬挂着的暖帘在夜风中不停地翻动。

"要不要一起来碗红豆年糕汤？"

少年突然停下脚步，带着不容抗拒的坚定目光盯着季子的脸问道。说罢便率先走进小店，却站着不坐下，似乎是在等季子进来。这种情况下季子也不好再装傻离开了，只好跟着一起进了店。

吃完一碗红豆年糕汤后，"味道不错，够甜。"少年说罢又点了一碗。

季子刚开始只是沉默着，像个听话的孩子般顺从地吃下红豆年糕汤。吃完第二碗才稳定下心绪，认真地打量了一下眼前的少年。她觉得少年的心思，或者说他这么做的目的，其实并不难猜。他们互不相识，即便现在坐在一起吃了红豆年糕汤，离开后又是毫无瓜葛的两个人，别说对方住哪里了，就连对方叫什么名字都还不知道。不管现在做了什么，或是对方做了什么，都不用担心自己会因此而产生什么其他的后果。这个年纪的小姑娘本就对异性充满了好奇心，而且这种瞒着姐姐和姐夫大胆私会陌生异性的冒险行为，让她感到了刺激和兴奋。

走出红豆年糕汤的食肆后，季子沉默地继续走着，商店的灯光逐渐减少了，取而代之的则是茅草的屋顶与低矮的篱笆，路上的行人寥若晨星，长在两栋房子间的松树枝繁叶茂，高耸入云，似乎与天上的点点星光一起诉说着此处的清冷寂寥。偶有卡车奔驰而过，明亮的车灯一直照到了这条国道的尽头，照亮了路上的每一个人。季子越走越觉得冷清，到后来就连货车与行人也几乎看不见了。

鸭舌帽少年安静地跟在后面，季子像是失去了在红豆年糕汤店里的那份胆量似的，忽然加快了脚步，从路口的邮筒处逃也似的迅速拐进小路，但是背后的少年显然并不打算放弃，三步并作两步地追上了她。

"你家住在这条巷子了？"

"嗯。"季子回答道。但其实她家并不在这条巷子里面，准确地说是穿过巷子后，跨过京成电车的轨道，然后再走很远的一段路才能到。

小路的两端是连绵不绝的树篱和竹篱，这里比国道更加寂寥，连个人影都看不见。所幸门柱上的电灯，以及从两侧人家的窗口透出的灯光给了这条小巷一丝光亮，让它尚不至于完全漆黑。随着脚步的加快，季子的呼吸也变得急促了许多，她心里暗自揣摩着：这个男人究竟打算跟自己多久呢？越过这条轨道后就是松原了，莫非他是打算一直跟到那边去？据说那一带经常出现骚扰事件呢。要是现在能对自己出手也不错啊。

自从自己跟随母亲一起被疏散到熊谷后，季子的心中就开始对男性的暴力既恐惧又好奇。战后的日本，骚乱随处可见，每当听到旁人讨论起来，季子就会开始在心中幻想，若是自己遇到这样的情况会怎样？而这种幻想在二姐从镰仓来看大姐，并提及了自己婚事后就变得越发猛烈了。有时夜里被隔壁屋里姐姐和姐夫的低语声吵醒后，甚至还会因此而辗转难眠，那滋味别提多难受了。

季子胡思乱想着继续往前走，冷不丁被墙角的松树根给绊了一脚，身体不受控制地倒向背后的男人。男人伸出双手扶住她，但并未抱紧，似乎是在等着她自动站起来。

"你没事吧？"

"没……没事，你也住这附近？"

"我住在八幡的公司宿舍里。今晚去车站是因为约了人，谁知人家没来。"

"原来是这样啊。"

"你也是约了人的吧？"

穿过那片树篱后，一大片农田映入眼帘，松林的那一头出现了车灯，那辆电车正朝他们驶来。

季子看了看四周，寂静无人且幽暗无光，心想若是这男子有什么想法，这里无疑是最适合的地点了。一想到自己每天的幻想终于要实现了，兴奋得就连身体都不住地颤抖起来，季子觉得自己已经迈不动步伐了，似乎再走一步自己就会跌入泥泞的农田之中。田边茂密的草丛不停地轻撩自己的脚趾，季子突然蹲了下来。

季子蹲下后闭上眼，并用双手捂着脸，满心期待地等着男人扑倒自己的那一刻。

电车已经飞速穿过了松林，可自己的身体依旧没有被任何东西所触碰。放下手抬起头一看，那个男人刚刚似乎并未发觉自己正蹲在地上，走过两三步后才发现，于是跟自己拉开了一段距离。

"田间小路还真不错啊，那我也不客气了。"男人笑着说了一句后，草丛中便传来了水流的声音，原来男人看季子蹲下，还以为她是要小解呢。

　　季子怒而起身，感到既失望又羞耻，就连说话声都忍不住尖锐了几分："再见！"说完便朝来时的方向跑了回去。

　　跑了没多久又停下了，似乎有些不死心，可身后的男人却丝毫没有要追来的意思。刚刚绊了自己一脚的那棵松树上传来了一声啼叫，不知是猫头鹰还是什么别的鸟儿。

　　满心失望的季子拖着沉重的步伐走回姐姐家。

　　　　　　　　　　　　　　　　昭和二十一年①十月草

---

①公元 1945 年。

羊　羹

新太郎在银座后面一家名为"红叶"的小饭馆里做学徒没多久，就被征编入军了，两年后才回到家乡。但战时的日本实行的是统制制度①，所以银座一带早已变得面目全非了。

　　因为物资匮乏，东京所有的餐馆都无法做到每天开门营业。"红叶"也是如此，门上天天都挂着"停止营业"的牌子，只有熟客和熟客介绍的新客才有进店消费的机会。即便如此也不是天天都能待客的，每营业十天就必须休息一天，因为老板不得不出门补充一下仓库里所剩无几的下酒菜、蔬菜、酒和煤炭。要是这场战争再无休止地持续下去，歇业的时间或许就要变成每十天两次甚至三次了，这样下去所有店铺都会因为无力支撑而关门的，但无论是老板娘还是食客都对此束手无策。

　　坊间的那些传闻，新太郎都听在耳中，身边的景况他也都

———————————
①统制制度，由于经济物资匮乏而采用的政府强制性干预制度。

看在眼里，他心想若自己再这么无所事事下去，兴许又免不了被征召的厄运，即便不被送上战场也难逃被送入工厂干活的命运。即便有幸在这里工作，将来也成了一位技艺娴熟的厨师，不见得就能实现自己开餐馆的梦想。倒不如赌一把，主动请缨去海外占领地，或许能创造一个完全不同的人生呢？这么下定决心后，新太郎在昭和十七年的那个岁末，托关系顺利成为一名随军人员漂洋过海到了满洲。凭借入伍前就习得的驾驶技能在满洲安安稳稳地做了四年司机。

停战后新太郎回到日本，但战火炮轰后的东京早已是满目疮痍。"红叶"的老板娘和厨师们早已不知逃难去了哪里。他只好先回父母家，也就是船桥町往北二里远的一处村庄里暂居一段时间。后来在市政府的介绍下去了小岩町的一家运输公司工作。

一两个月后，新太郎的经济就宽裕起来了。不管他怎么挥霍，兜里总还能剩下将近一千日元的钞票。他先是给自己从头到脚地换了一身行头，又把平日里想要的东西买了个遍。上班时会路过一个黑市，但凡看到什么想吃的想喝的，新太郎就绝不会亏待自己。

晚上，新太郎和五六个同事一起睡在一个搭在田地里的简易小屋中。工作不忙时他就会回船桥的父母家，有时路过黑市时就买上几串鳗鱼蒲烧，每串标价十日元，然后再买几颗一日元一颗的糖果分给邻居家的孩子们，回去后留下一点现金给母亲。

新太郎总想向邻居和亲戚们炫耀一下自己如今有工作了，收入也十分可观。他最大的乐趣就是看到曾经训斥过自己的那些长辈们面对如此成才的自己时，浮现出的那种惊讶神情。

逐渐地，那些农民的崇拜已经不能满足他的欲望了。新太郎又将心思转向了在"红叶"做学徒时叱骂过自己的那位上田厨师，还有老板娘夫妇，当然也少不了那些每晚都来店里喝酒的客人，以及吩咐自己出去买烟后把找回来的零钱当作小费施舍给自己的客人们。他想亲眼看看那些人在看到自己穿着与驻军相同的高级呢绒西装，以及战时士官穿的那种真皮长靴，戴着无檐帽和墨镜的这一副年轻上班族模样时，究竟会出现什么表情。所以他就连上班开车时都不忘探听这些人的下落。

厨师的老家在位于下谷区的入谷一带，新太郎某次因公路过的时候，还特意拐到区政府里打听过，但毫无消息。老板娘二十四五岁时曾在原赤坂地区经营过艺伎屋，算起来现在也已年过三十了。据说她的丈夫以前是木场①的一位木材批发商，统制后想必财产也都被冻结了吧，不知道如今过得怎么样了。说不定过得还挺惨的呢。这么一想，新太郎更觉得自己一定要打听到他们的行踪了，他要当面感谢他们过去对自己的诸多照拂。新太郎的脑海中浮现出昔日那些极受欢迎的艺伎和客人们的模样。当时经常出入老板娘的艺伎茶屋和艺伎屋的艺伎也有五六

①木场，日本地名，曾是一处木材集散中心。

位，在路上偶遇其中的一两位想必也不是什么难事吧？新太郎一边想着，一边开着车留意街上的每一个人。

终于，新太郎在载着某位搬家的客人从东京中野开往小田原的途中，在东海道的藤泽附近稍作休息并躲在松树的树荫下吃盒饭时，遇见了一位衣裳华丽，做妇人打扮的女子正牵着博美犬散步。他总觉得这条狗十分眼熟，却没想起来狗和主人的名字。新太郎单手端着饭盒站起身来问妇人道："请问您以前去过'红叶'吗？是我呀。您住这附近？"

"哎呀。"妇人显然也忘了新太郎的名字，所以停顿了一下才继续说道，"你什么时候回来的？"

"今年春天回来的。不知道'红叶'的老板娘近况如何。本想去看看她，但是到了町会①也没探听到她的消息。"

"'红叶'被烧毁前就都被强制疏散了。"

"那她应该平安无事的吧？"

"很久没联系她了，大概还住在疏散地吧。"

"那您知道她被疏散到哪里去了吗？"

"在千叶县的八幡。我之前记了门牌号，那张便条应该还放在家里。你把你的地址给我，回头我寄明信片告诉你。"

"八幡啊？难怪我总找不到呢。我现在在小岩的一家运输公司工作。"

---

①町会，类似居委会、村委会的组织。

281

新太郎掏出烟盒，撕下一小块纸片写下地址后递给妇人。妇人看完才恍然大悟道：

"原来是小新啊。你现在可算是完全转行成了生意人了，工作还不错吧？"

"简直好得不行。活儿多得我都觉得分身乏术了。代我向大家问好。"

新太郎说罢就和助手一起跳上车了。

这天收工得早，新太郎看了看天色还亮着，便照着妇人给的地址去了"红叶"老板娘的疏散地。

从省线的车站出来后，新太郎到国道前一个拐角处的巡查派出所里问了路。他穿过京城电车途径的八幡神社鸟居①前的那片松林后，沿着沟渠边的小路走了四五个小镇。这一路上竟是平房、别墅般气派的大门、茅草屋顶农舍、田地和松林，而且看起来都大同小异，所以新太郎绕了几个弯后又回到了原来的那条岔路，这下可算是彻底找不到方向了。初秋的日头一不小心就隐入西山了，玉米秆在风中摇曳的声音伴着路边的虫鸣声传入他的耳中。新太郎心想，光靠门牌号怕是找不到了，不如找个人问问看，若还是找不到，那今天就直接打道回府好了。正想着呢，刚好看见不远处有两三个孩子举着竹竿扑蜻蜓，新

①鸟居，神社前的牌坊。

太郎叫住他们问了问，其中一个孩子立刻就回答道：

"就是那家啊。就在那里了。"

另一个孩子也附和道："就是门口有松树的那一家。"

"哦，谢谢你们啊。"

新太郎看了看那座设有小门的房子，发现原来自己曾来过这里，当然那时只是一无所知地路过而已。

两侧都围着长满了冬青卫矛的长篱笆，也都开有一扇小门。新太郎看清门牌和松树后走了进去。这是一栋新建的两层楼房，院里种着大片的玉米和茄子，一直延伸到最里面的那扇格子门前。

新太郎在屋檐下徘徊了一会儿后，正打算从后门喊一声，正好一个穿着洋装的女子走了出来，看起来应该是家里的女用人，只见她走出玻璃门后，把一口锅架在了手中的小炉子上。新太郎仔细一看，那不就是当时在银座店里帮忙烫酒的小近吗？

"小近！"

"哎呀，小新？你还活着啊！"

"是呀，而且两条腿还都在哦！你跟老板娘说一声新太郎来了。"

小近还没来得及进门，一位年约三十岁的鬈发女子就已闻声来到厨房了，她穿着一件中型①浴衣，腰上齐整地绑着一条翻

_____

① 中型，此指用中型染化版染成的花纹，以及染有这种花纹的布料。

283

新过的半幅带①，这一身打扮即使是在东京也只有下町的烟花女子才懂得欣赏。来者正是"红叶"的老板娘。

"您还好吗？我从赤坂的一位姐姐那里打听到了您的地址。"

"是吗？你来的可真巧，我丈夫也在家呢。"说罢回头喊了一声，"老公，新太郎来了。"

"是吗，请他进院子来吧。"里面的一个男声响起。

新太郎跟着女用人进了院子，一副秋草烂漫之景映入眼帘，老板娘的丈夫此时正坐在一旁的走廊上，看起来五十多岁的年纪，身材肥胖，满面红光。

"你还真厉害啊，这一带门牌号是打乱的，有时候问都未必能问到。请上来坐。"

"好的。"新太郎在檐廊处坐下，"我是今年春天回来的，因为打探不到你们的消息，一直也没机会上门拜访。"

"你现在住哪儿？"

"在小岩，现在在开货车，每天都忙得不行。"

"真是不错。正好该吃晚饭了，我们边吃边聊。"

"上田先生现在过的如何？"新太郎脱鞋的同时，问起厨师上田的近况。

"上田家在岐阜，后来也没联系了，大概也被疏散了吧。不过也多亏了被疏散啊，我们才能安然无恙地活到现在，不然怎

①半幅带，半幅布匹宽的带子，约为18厘米。

么也得被烧伤点地方吧。"说罢朝着老板娘喊了一声，"先拿点啤酒来，饭一会儿再吃。"

"好的，马上就来。"

新太郎在兜里揣了两盒美国香烟，打算作为登门礼物。可是他刚刚把手插入兜里，还没来得及掏出香烟，主人就已经从和服袖兜里掏出一盒外观一样的烟了，他取出一根后便将剩下的香烟连同袋子一起递给新太郎。

"我不用，您请。"

"配给的烟草真是不行，天天抽谁受得了，跟这个没法比。光看这烟就知道肯定得战败。"

说话间，老板娘已经在客厅摆好了茶桌。

"小新，来这边坐，家里什么都没有真不好意思。"

茶桌上摆着拌黄瓜、鲑鱼干和两个杯子，老板娘拿出一罐啤酒。

"用井水镇的，可能不会很冰。"

"您先请。"新太郎等主人喝了一口后才端起了杯子。

啤酒似乎只剩两瓶了，后来上的是日本酒，新太郎喝了两三杯就放下了杯子。在主人的询问下，新太郎说起了自己这些年的经历，说到战后从满洲回来时，女用人端着食盒进来了。老板娘将饭菜一一摆了上来，新太郎一看，桌上放着成套的餐具，几碗白米饭，一盘盐烤竹笋鱼，一盘炖茄子，一碗野姜荷包蛋汤和一碟咸菜，看起来像是越瓜酱菜。

几个人一边吃着饭一边闲聊着一些日常生活琐事，从食品黑市价格聊到了第二封锁^①等。晚饭过后，院子里已是一团漆黑，璀璨的星星如一盏盏小灯笼般点缀着单调的夜空，松林里传来了呼呼的风声，不时有趋光虫向着客厅的灯光疯也似的飞来，最终啪嗒啪嗒地丧命于隔扇之上。隔壁人家似乎已经开始烧起了洗澡水，透过院里的树木缝隙，可以清晰地看到闪烁摇曳着的炉火。新太郎抬起手看了看表说：

"冒昧突然拜访，谢谢您的款待。"

"以后有空常来玩啊。"

"老板娘，非常感谢您一直以来对我的照顾，如果有什么需要帮忙的，尽管写明信片告诉我。"

新太郎几次点头致谢后，才从小门走了出去。和院里一样，屋外也是黑得伸手不见五指。借着各家各户窗口上透出的微弱灯光，新太郎走到京成电车轨道上所花的时间倒是比来时短了许多。新太郎觉得有些纳闷，受到昔日雇主的款待并未让他感到由衷地开心。当然多少还是有些开心的，但其中为什么竟夹杂着一丝失望与落寞呢？

新太郎把手揣进口袋时摸到了那两盒忘记送出的香烟，他一把抓了出来，似要发泄怒火般地抽出一根点上了火。店主一

①第二封锁，日本战后实行的一种限制存取款制度。

家哪怕被冻结了财产，也依旧过着富足的生活，每晚还能喝点啤酒或日本酒，原来他们根本就不像自己想象的那般穷困潦倒。战后的社会其实并非如报纸或杂志上报道的那般凄苦，资产阶级也并未被逼到走投无路的境地，旧社会和旧组织依旧安然无恙，曾经的富裕阶层也依旧过着丰衣足食的生活。新太郎这才发现自己现在仍然过着不足一提的生活，刚刚生出的那种不明所以的怒气越发地强烈了几分。

走出国道后，新太郎看了看四周，一个药方的招牌进入了他的视线，他想了想，刚刚来的时候似乎未曾见过这家店铺。他突然很想找个地方再喝一杯，于是在八幡站前仔细地搜索了一圈，可惜没有一个摊子卖酒。倒是有家看着像个咖啡馆的小店，店里灯火通明，窗口处码着一排羊羹和点心，路过的人看了看标签上高额的价格后无一不目瞪口呆，有人还忍不住骂了句"可真是个傻子"。新太郎冲进店一屁股坐下，看着菜单上最贵的那些东西叫道：

"给我来个最好的苹果。还有羊羹甜吗？要是甜就帮我包两三个来，我要分给邻居家的孩子吃。"

昭和二十一年十一月草

287

永井荷风年谱

明治十二年（1879 年）

十二月三日，永井荷风出生于东京市小石川区（现文京区）金富町四十五号，名为壮吉。其父久一郎是尾州藩士永井匡威的长子，师从鹫津毅堂学习儒学，又师从森春涛学习诗词，作为汉诗人闻名于世，号禾原、来青；明治四年赴美国普林斯顿大学留学；历任文部省会计局长，日本邮船株式会社上海、横滨分社长。其母阿恒为鹫津毅堂的次女。荷风有一姐二弟，姐姐早逝，二弟名为鹫津贞二郎，三弟名为永井威三郎（明治二十年十一月出生）。

明治十六年（1883 年）四岁

二弟贞二郎出生，荷风被寄养在下谷区竹町的鹫津家中。

明治十七年（1884 年）五岁

通过鹫津家进入御茶水女子高等师范学校附属幼儿园。

明治十九年（1886 年）七岁

回到小石川老家，进入黑田小学普通科学习。

明治二十二年（1889 年）十岁

进入东京府普通师范附属小学高等科学习。

明治二十三年（1890 年）十一岁

其父从帝国大学秘书调任至文部大臣秘书时，举家搬迁至长田町的官邸。荷风进入神田锦町东京英语学校就读。

明治二十四年（1891 年）十二岁

因其父调任文部省会计局长，回到小石川本家。进入神田一桥高等师范学校附属普通中学就读二年级。

明治二十六年（1893 年）十四岁

移居至麹町区（现千代田区）饭田町三丁目藕之木坂下。

明治二十七年（1894 年）十五岁

移居至麹町区一番町四十二号。师从冈守节学习书法。

明治二十八年（1895年）十六岁

一月感染流行性感冒，一直卧床到三月底。四月，转院到小田原的足柄医院治疗；七月回到东京。

明治二十九年（1896年）十七岁

师从岩溪裳川学习作汉诗；师从荒木竹翁学习尺八。

明治三十年（1897年）十八岁

二月，在吉原游玩。三月，初中毕业。父亲辞去会计局局长一职，担任日本邮船株式会社上海分社长。九月，和家人一起前往上海。十一月，随母亲和弟弟回国，进入东京高等商业学校附属外国语学校汉语科学习。

明治三十一年（1898年）十九岁

二月，在《桐阴会杂志》上发表《上海纪行》。九月，携处女作《帘中月》拜访广津柳浪，成为其门下弟子。

明治三十二年（1899年）二十岁

三月，成为落语家朝寐坊的门生，并取名三游亭梦之助，每晚出入曲艺场。此外，还练习清元、舞蹈、尺八，因未参加毕业考试被外国语学校开除。五月，在《烟草杂志》上以广津柳浪的名义发表了《三重襷》。六月，《花笼》获《万朝报》小说征集活动一等奖并发表。八月《弦月》获《万朝报》小说征集活动二等奖并发表。十月，分别以荷风、柳浪合著名义在《文艺俱乐部》上发表了《薄衣》，在《伽罗文库》上发表了《夕蝉》。同年，经中国人罗卧云（号苏山人）介绍，结识了严谷小波，并成为木曜会的会员。

明治三十三年（1900 年）二十一岁

一月，《烟鬼》作为小说征集活动特别奖在《新小说》（临时增刊号初日之初）上发表。《染浊》在《善恶草》上发表。四月，《暗夜》入选《新小说》小说征集活动奖。五月，《四叠半》在《若草》上发表。六月，经榎本虎彦介绍，成为福地樱痴的门生，并成为歌舞伎座狂言见习作者；在《善恶草》上发表了《胧月》；在《文艺俱乐部》上发表了《纳发》。八月，其祖父匡威去世；在《文艺俱乐部》上发表了《青帘》。九月，在《关西文学》（即改版后的《善恶草》）上发表了《花落夜》。十二月，在《活文坛》上发表了《邻座敷》（后改名为《庭之夜露》）；在《文艺俱乐部》上发表了《拍子木物语》。

明治三十四年（1901 年）二十二岁

三月，在《文艺俱乐部》上发表了《小夜千鸟》，在《活文坛》

上发表了《樱之水》。五月，福地樱痴离开歌舞伎座，出任《日出国新闻》报社总编辑，荷风也加入该报社，成为杂志栏的助手。后在该报纸上连载了《梅历》，但由于不受欢迎，五月中断连载。八月，在《文艺俱乐部》上发表了《草莓的果实》。九月，被报社解雇，立志到晓星学校的夜校学习法语。

明治三十五年（1902年）二十三岁

一月，翻译左拉的《冰夜》在《白鸠》发表。四月，《野心》作为新青年小说丛书的第一卷由美育社出版；在《饶舌》上发表翻译作品《左拉的故乡》。六月《暗之呼唤》在《新小说》上发表。九月，《地狱之花》由金港堂出版，稿费七十五日元；移居大久保余丁町七十九号。十月，在《文艺界》发表《新任知事》。

明治三十六年（1903年）二十四岁

一月，经市村座介绍首次结识了森鸥外。五月，《梦中女》由新声社出版。七月，在《新小说》上发表《夜心》；在《大阪每日新闻》上连载翻译左拉的《恋与刃》至八月完结。九月，翻译左拉的《娜娜》由新声社出版；二十二日，乘坐信浓丸号前往美国。十月，到达塔科马，进入高中学习；在《文艺界》上发表《隅田川》。十一月，《恋与刃》由新声社出版。

明治三十七年（1904年）二十五岁

四月和五月，在《文艺俱乐部》上分别了发表《船室夜话》（后改名为《船房夜话》）和《舍路港的一夜》。十月，移居圣路易斯。十一月，进入密歇根州卡拉马祖学院旁听。

明治三十八年（1905年）二十六岁

六月，移居纽约。在《文艺俱乐部》上发表了《冈上》。七月，作为勤杂工到日本驻华盛顿公使馆居住，并认识了妓女伊迪丝（音译）。十一月，回到卡拉马祖。十二月，以临时工的身份进入正金银行纽约支行。

明治三十九年（1906年）二十七岁

二月，在《太阳》发表《强弱》（后改名为《牧场的路》）。十月，在《文艺俱乐部》发表《长发》。对法国的憧憬与日俱增。

明治四十年（1907年）二十八岁

六月，在《太阳》上发表《雪之宿》。七月，在父亲协助下，进入法国里昂的正金银行支行工作。

明治四十一年（1908年）二十九岁

三月，难以忍受银行的工作，辞职去了巴黎。前往英国，后经由香港于七月回到日本。八月,《美利坚物语》由博文馆出版。十月,在《新潮》上发表《ADIEU》(法语,告别)(后改名为《巴黎之别》)。十一月,在《早稻田文学》上发表《蛇的利用》。十二月,在《新小说》上发表《成功之恨》(后改名为《再会》)。

明治四十二年(1909 年)三十岁

一月,在《中学世界》上发表了《狐》,在《新潮》上发表了《祭夜谈》。二月在《趣味》上发表了《深川之歌》。三月在《早稻田文学》上发表了《狱中》;博文馆出版了《法兰西物语》,但在申请出版时被禁止发售。四月,在《新文林》上发表《译诗两首》。五月,在《中央公论》上发表《祝酒杯》、在《新潮上》发表《春天来临》。七月,在《新小说》上发表《欢乐》,在《中央公论》上发表《牡丹客》、在《昂》上发表译诗《恶之花》;九月,在《昂》上发表三首译诗。《欢乐》由易风社出版,被禁止发售。十月,《荷风集》由易风社出版;在《中央公论》上发表《归国者日记》(后改名为《新归国者日记》)。十二月,在《新小说》上发表《隅田川》;《冷笑》在《东京朝日新闻》上连载,次年二月完成。同年,他结识了滨町的妓女藏田,夏天过后结识了新桥的妓女——藏田新翁家的富松(吉野浩)。

明治四十三年(1910 年)三十一岁

一月,在《中央公论》上发表《假寐之梦》。二月,庆应义塾大学文学部改革之际，经森鸥外、上田敏推荐，出任文学部教授；在《屋上庭园》上发表《西班牙料理》。五月，主持的《三田文学》创刊，《喝过红茶之后》自此陆续连载，于次年十一月完结；《冷笑》由佐九良书房出版。九月，戏曲《平维胜》在《三田文学》上发表。这一年，荷风几乎每个月都在《三田文学》上发表雷尼尔和诺瓦耶的诗歌译文。结识了新桥的艺伎巴家八重次。

明治四十四年（1911年）三十二岁

一月《秋别》，二月《下谷之家》，三月《灵庙》，八月《不眠夜的对话》（后改名为《短夜》），九月、十月、十二月《意大利新晋女作家》分别在《三田文学》发表。

明治四十五年（1912年）三十三岁

一月，在《中央公论》上发表《暴君》（后改名《烟》）；在《三田文学》上发表戏曲《病叶》。三月，在《朱栾》上发表《姜宅》；在《三田文学》上发表《若旦那》（后改名为《色男》）。四月，在《中央公论》上发表《感冒的感觉》；在《三田文学》上发表了《浅濑》；六月、七月《三田文学》上分别发表了《名花》《松叶巴》。九月，与木材商人斋藤政吉的次女结婚。十一月，《新桥夜话》由籾山书店出版。十二月下旬，与八重次在箱根塔之泽游玩时，其父因脑溢血昏迷不醒，不知荷风所在。

大正二年（1913年）三十四岁

一月二日，其父去世。在《三田文学》第三、第四号上连载了《剧作者之死》（后改名为《散柳窗的晚霞》）。二月，以父亲去世的为契机，与妻子离婚。四月，《珊瑚集》由籾山书店出版。五月、六月，在《三田文学》上发表了《父恩》。九月，《大洼記》（后改名为《大洼与里》）在《三田文学》上连载，次年七月完成。十二月，在《三田文学》上发表了《恋衣花笠森》。

大正三年（1914年）三十五岁

一月在《中央公论》发表《浮世绘鉴赏》，七月在《三田文学》发表《浮世绘与江户演剧》。八月，在征得其母同意后，请市川左团次夫妇做媒，正式与八重次（金子）结婚。在《三田文学》连载《晴日木屐》，并于次年六月完成。

大正四年（1915年）三十六岁

一月，《夏姿》由籾山书店出版，却被立即禁售。二月与妻子离婚。五月，移居至筑地一丁目。于籾山书店出版了《荷风杰作抄》。

大正五年（1916 年）三十七岁

一月，移居至浅草旅笼一町十三号米田处。一月、二月，在《三田文学》上发表《花瓶》。三月，辞去庆应义塾大学教授职务，停止编辑《三田文学》。四月，与籾山庭后、井上哑哑等人共同创办杂志《文明》。七月，回到大久保洋町的家，将六叠大的正门命名为断肠亭。八月，在《文明》上连载《竞艳》，次年十月完成。十二月，与米田断绝联系。同年，结识了神乐坂的妓女中村。

大正六年（1917 年）三十八岁

一月，在《文明》上发表了《爱慕狐》（后改名为《旅姿思挂稻》）。四月，在《文明》上连载《西游日志》（后改名为《西游日志抄》），七月完成。九月，搬至木挽町九丁目居住，并将自己的房子命名为无用庵。十二月，通过十里香馆私人出版了《竞艳》（限量五十部）。停止《文明》的编辑工作。

大正七年（1918 年）三十九岁

一月，由籾山书店出版《断肠亭杂稿》。在《中央公论》发表了《龟竹》。三月，在《三田文学》上发表《姑妄写之》。五月，井上哑哑、久米秀治等人共同创办文艺杂志《花月》;并在《花月》上连载《龟竹》的续稿，十一月完成。十一月、十二月，在《花月》上发表《禾原先生游学日志》;由春阳堂出版《荷风全集》(全六卷),大正十年(1921年)出版完结。十二月,卖掉了余丁町的房子,移居至筑地二丁目三十号。

大正八年（1919 年）四十岁

五月,在《三田文学》上发表了《断肠亭尺牍》;十二月在《改造》上发表了《花火》。

大正九年（1920 年）四十一岁

三月,由春阳堂出版《江户艺术论》。五月,在麻布市兵卫一町六号建起新居,并将涂漆的区域命名为偏奇馆。九月,在《新小说》上发表《一百二十日》。十月,在《新小说》上连载《偏奇馆浪漫录》,次年三月完结。

大正十年（1921 年）四十二岁

三月,在《新小说》上发表《雨潇潇》。七月,戏曲选集第十二卷《三柏叶树头夜岚》由春阳堂出版。

大正十一年（1922 年）四十三岁

二月,在《明星》上发表《早春》。三月,春阳堂出版戏曲集《秋别》。《积雪消融》在《明星》上发表。六月,《两个妻子》

在《明星》上陆续连载，并于次年一月完结。十二月，《隐居琐谈》在《明星》上发表。

大正十二年（1923年）四十四岁

三月，《耳无草》在《女性》上陆续连载，并于次年一月完结。

大正十三年（1924年）四十五岁

二月，在《女性》上连载《下谷之话》（后改名为《下谷丛话》），七月完成。四月至五月，在《苦乐》上发表《猥谈》（后改名为《桑中喜语》）。九月，《麻布杂记》由春阳堂出版。

大正十四年（1925年）四十六岁

二月，在《女性》上发表《卷发》（后改名为《弄卷发》）。六月，春阳堂再版《荷风全集》（全六卷），于昭和二年（1927年）完成。

大正十五年（1926年）四十七岁

四月，春阳堂出版《荷风文稿》。七月，在《苦乐》上发表《出租房的女人》。

昭和二年（1927年）四十八岁

六月，《荷风随笔》在《中央公论》上连载，次年三月完结。七月，由春阳堂出版明治大正文学全集《永井荷风篇》。九月，由改造社出版现代日本文学全集《永井荷风集》。

昭和三年（1928年）四十九岁

三月，改造社出版《新撰永井荷风集》。

昭和四年（1929年）五十岁

二月，《单相思》在《中央公论》上发表。

昭和五年（1930年）五十一岁

十二月，《梦》脱稿。该作一直秘而不宣，直到昭和二十七年（1952年）四月在《中央公论》上发表。

昭和六年（1931年）五十二岁

三月和五月，在《中央公论》上分别发表了《紫阳花》（后改名为《绣球花》）和《榎物语》；八月，在《三田文学》上发表《夜之车》。十月在《中央公论》上发表《梅雨前后》。

昭和八年（1933 年）五十四岁

该年，结识私娼黑泽。

昭和九年（1934 年）五十五岁

八月，在《中央公论》上发表《背阴之花》。

昭和十年（1935 年）五十六岁

四月，由偏奇馆私人出版了《冬之蝇》。

昭和十一年（1936 年）五十七岁

四月，青灯社出版《桌边记》。

昭和十二年（1937 年）五十八岁

一月，在《中央公论》上发表《万茶亭的黄昏》（后改名为《作后赘言》）。四月，印制个人书《濹东绮谈》，并在《东京、大阪朝日新闻》上连载，六月完成。九月，其母阿恒去世。自十一月左右，经常前往浅草，开始出入歌剧院等场所。

昭和十三年（1938 年）五十九岁

二月、四月，在《中央公论》上分别发表《面影》和《女佣的话》；五月在《新喜剧》上发表《葛饰情话》。

昭和十六年（1941 年）六十二岁

四月、五月，在《中央公论》上发表《杏花余香》。七月至八月，执笔写下《为永春水》。

昭和十七年（1942 年）六十三岁

三月，《浮沉》脱稿。十二月，执笔创作《勋章》。

昭和十九年（1944 年）六十五岁

二月，《舞女》脱稿；四月《来访者》脱稿；十一月，《自言自语》脱稿。

昭和二十年（1945 年）六十六岁

三月十日清晨，偏奇馆被空袭摧毁，前往在原宿的表弟杵屋五叟处避难。四月，移居东中野文化公寓。五月，再次受灾，前往驹场避难。六月，去往冈山，受灾。九月，寄居在热海和田滨的木户处。十一月，《不打自招》脱稿。

昭和二十一年（1946 年）六十七岁

一月，寄居在千叶县市川市菅野杵屋处；在《展望》上发表《舞女》，在《新生》上发表《勋章》，在《中央公论》上发表《浮沉》。二月，在《人间》上发表《为永春水》。三月，在《新生》上连载《战灾日记》(后改名《罹灾日记》),六月完成。七月,在《展望》上发表《不打自招》,后由扶桑书房出版。

昭和二十二年（1947 年）六十八岁

一月,寄居在市川市菅野的小西茂也处。十月,《中央公论》上发表《木槿花》。

昭和二十三年（1948 年）六十九岁

二月,细川书店出版《荷风句集》,三月中央公论社出版《荷风全集》(全二十卷)。在《荷风全集》(附录第一号)上发表了《葛饰土产》(其一);五月,在《中央公论》上发表了《苦心》。十一月,筑摩庄坊出版《偏奇馆吟草》。十二月,在市川市菅野一一二四地区购房并搬入。

昭和二十四年（1949 年）七十岁

四月,在《小说世界》上发表《停电之夜事变》。五月,中央公论社出版《杂草园》。六月,在《中央公论》上连载《断肠亭日乘》,次年八月完成。十月,在《中央公论》(文艺特辑号)上发表《人妻》。

昭和二十六年（1951年）七十二岁

一月，创元社出版《永井荷风作品集》（全九卷）。

昭和二十七年（1952年）七十三岁

十一月，被授予日本文化勋章。十二月，在《中央公论》上发表了《异乡之恋》（收录于禁售的《法兰西物语》）。

昭和二十八年（1953年）七十四岁

一月，《荷风战后日记》在《中央公论》上陆续连载，并于七月完结。三月，《漫谈》在《中央公论》上发表。九月，中央公论社出版《永井荷风文库》（全十卷）。

昭和二十九年（1954年）七十五岁

一月，成为日本艺术院会员。二月，中央公论社出版《裸体》。三月，《吾妻桥》在《中央公论》上发表；四月，《浅草交响曲》在《SUNDAY每日》上发表。

昭和三十年（1955年）七十六岁

一月《变心》、三月《黄昏时》、五月《表里》、十一月《水流》，分别在《中央公论》上发表。

昭和三十一年（1956 年）七十七岁

一月，《袖子》在《中央公论》连载;三月,《葛饰历》在《每日新闻》连载，四月完成。五月,《男人心》在《中央公论》上发表。

昭和三十二年（1957 年）七十八岁

《夏夜》和《冬日影》分别于当年度的一月和九月在《中央公论》上发表。

昭和三十三年（1958 年）七十九岁

四月、十月,《十年前的日记》在《中央公论》上发表。十一月，东都书房出版《永井荷风日记》（全七卷），次年五月完成。

昭和三十四年（1959 年）八十岁

一月，随笔《向岛》在《中央公论》上发表。四月三十日凌晨因胃溃疡突然死亡，后被女佣发现。他最后的日记写着"四月二十九日，祭日。阴。"五月二日，朋友在他家中举行了佛教告别仪式，并将他安葬在丰岛区杂司谷的永井家墓地。《荷风全集》（全二十八卷）于昭和三十七年（1962 年）十二月由岩波书店出版，昭和四十年（1965 年）八月完成。